**GERT WEIHSMANN**
Ischgler Schnee

**GERT WEIHSMANN**
# Ischgler Schnee
*Kriminalroman*

Personen und Handlung sind frei erfunden.
Ähnlichkeiten mit lebenden oder toten Personen
sind rein zufällig und nicht beabsichtigt.

Immer informiert

Spannung pur – mit unserem Newsletter informieren wir Sie
regelmäßig über Wissenswertes aus unserer Bücherwelt.

Gefällt mir!

Facebook: @Gmeiner.Verlag
Instagram: @gmeinerverlag
Twitter: @GmeinerVerlag

Besuchen Sie uns im Internet:
www.gmeiner-verlag.de

© 2021 – Gmeiner-Verlag GmbH
Im Ehnried 5, 88605 Meßkirch
Telefon 07575/2095-0
info@gmeiner-verlag.de
Alle Rechte vorbehalten
1. Auflage 2021

Lektorat: Claudia Senghaas, Kirchardt
Umschlaggestaltung: U.O.R.G. Lutz Eberle, Stuttgart
unter Verwendung eines Fotos von: © karegg / stock.adobe.com
Druck: CPI books GmbH, Leck
Printed in Germany
ISBN 978-3-8392-0034-6

»His soul swooned slowly as he heard the snow falling
Faintly through the universe and faintly falling,
Like the descent of their last end,
Upon all the living and the dead.«

(James Joyce, *Dubliners*)

\*

»Relax … if you can.«

(Ischgl-Claim)

\*

Für Ischgl – wie es früher gewesen ist.

# INHALT

Prolog — 9

TEIL 1 – FALL — 12

TEIL 2 – SNOW — 155

TEIL 3 – DEATH — 241

Epilog — 336

Dank — 344

# PROLOG

Zum letzten Mal diesen Raum betreten. Das Büro im zweiten Stockwerk, 25 Quadratmeter Schweigen. Die Bilder von der Wand nehmen: Ernennungen, Auszeichnungen, Gruppenfotos und Zertifikate. Den Schreibtisch räumen, die Laden entleeren und eine letzte Notiz an den Nachfolger schreiben: ... *Ihnen alles Gute, Kollege Selikovsky, viel Erfolg* – und ein Zitat aus dem Gedächtnis wiedergeben. Die Füllfeder in der Schatulle verstauen und beides in einen Pappkarton legen, die Laschen mit einem Klebeband fixieren – dann ist das letzte Kapitel geschlossen.

Der prüfende Blick über die kahlen Wände, die leeren Schränke, die toten Zeiger der Wanduhr – ein Schlussbilanzblick. 25 Jahre Ermittlungen sind in den wenigen Kisten verpackt, die noch heute von einer Spedition abgeholt werden. Der kahle Raum liegt für kurze Zeit brach – bis der Neue einziehen wird. Magister Selikovsky – sein Name steht schon draußen an der Tür unter dem Vermerk »Zimmer 212, Mordkommission«. Er wird andere Ansätze haben, anderen Ideen und Dogmen gehorchen – oder auch gar keinen mehr. Die nächste Generation tickt immer anders. Wird pragmatischer, geradliniger sein; anderen Ansätzen verpflichtet. Die Zeiten ändern sich. Oder haben sich längst geändert.

Draußen im Vorzimmer die letzte Tasse Kaffee. Bei Frau Havlicek und Herrn Linhart, den beiden Mitarbeitern, alt geworden auch sie. Ein Jahr noch oder zwei. Danach Rosen züchten oder Schach spielen bis ins Grab. *Und was werden Sie in Ihrer wohl verdienten Pension machen?*

Achselzucken. Diese Frage ignorieren oder eine ausweichende Antwort geben. Der Kaffee schmeckt bitter heute, und sauer.

Die beiden größten Fälle sind längst vorbei. Der Frauenmörder. Und der politische Schreihals von der Völkischen Heimatarmee. Jack Sturminger und Felix Wurz. Überführt. Verurteilt. Beide haben sich in der Haft erhängt. Kurz vor der staatlichen Auszeichnung – der Verleihung des Silbernen Kreuzes am blauen Band – für die erfolgreiche Aufklärung der beiden Fälle. Und der Ernennung zum Wirklichen Hofrat. Eine Art Ritterschlag. Die Anerkennung der Republik. Alles vorüber. Längst Geschichte geworden. Einmal im Jahr noch den verliehenen Orden ausführen. An der Galauniform. Beim Ball der Wiener Polizei. Der eine oder andere Minister oder Sektionschef erinnert sich noch daran: Das waren halt Zeiten. Als ob auch die Erinnerung Patina angesetzt hätte.

Frau Havlicek hat einen Strudel gebacken. Herr Linhart einen Eierlikör nach dem Rezept seiner Großmutter gemacht. Ein paar Bissen, ein paar Schlucke, dann noch einmal Hände schütteln und gehen. Die Stufen hinunter. Der erste Stock. Das Mezzanin. Keine vertrauten Gesichter mehr. Nur Uniformen und graue Anzüge ohne jede Bedeutung.

Das Gebäude verlassen. Auf das Auto zugehen. Auf den Mittelklassewagen mit den beiden Jagdhunden darin. Sie winseln vor Freude und kratzen mit den Pfoten an der Glasscheibe. Ein Lächeln, zuletzt. Ein seltsam gefrorenes Lächeln.

Auf das Päckchen warten, zu Hause. Irgendwo im fernen Tirol. Das Gift wird von einem ukrainischen Labor produziert worden sein. Es soll schnell wirken und keine Spuren im Blut hinterlassen. Der Tipp eines früheren Kollegen aus dem Bundesnachrichtendienst war hilfreich gewesen.

Die Probe aufs Exempel machen. Noch heute. Das Gift in einen der beiden Fressnäpfe geben. Unter das Hackfleisch mischen. Die Hunde in der Diele ihrer Gier überlassen. Die Nachrichten im Fernsehen verfolgen. Und warten.

Die Kopfhörer aufsetzen, den Stimmen der Journalisten lauschen und einfach nur warten.

# TEIL 1 – FALL

Fritz stand auf dem Gipfel des Piz Buin und genoss den herrlichen Fernblick. Ende Oktober war das Wetter noch immer strahlend schön und sagenhaft mild. Seit Wochen war über ganz Mitteleuropa keine einzige Wolke zu sehen. Ein riesiges Hoch erstreckte sich von der Iberischen Halbinsel quer über die Alpen bis weit hinauf nach Dänemark und Schweden. Es trug einen weiblichen Vornamen und besaß die Kraft, bis auf Weiteres jedes männlich benannte Islandtief abzuwehren. Solange Fabienne, Jasmin oder Sybille stabil über den Alpen verweilten, würde der Wintereinbruch auf sich warten lassen.

Fritz war mit dem Mountainbike bis zum Ochsentaler Gletscher gefahren und hatte die Route über das Wiesbadener Grätle zum Gipfel gewählt. Mit 62 Jahren befand sich Fritz in der Form seines Lebens: Er hatte die Kondition eines 30-jährigen Triathleten, und die tiefen Furchen des Ausdauersportlers durchzogen sein braun gebranntes Gesicht. In der Bergsteigerausrüstung war Fritz dem jungen Luis Trenker wie aus der Gletscherspalte geschnitten.

Während des Sommers lebte er wie ein Eremit im hintersten Pitztal. Erst vor einigen Tagen, Anfang Oktober, hatte Fritz sein Mitarbeiterzimmer im *M-Hotel* bezogen, um wie jeden Herbst Bewerbungsgespräche zu führen und sich das Gefasel der Getränkevertreter und Bestecklieferanten anzuhören. Seit mehr als zwei Jahrzehnten war Fritz als Direktor für den gesamten F&B-Bereich und alle Personalfragen zuständig – ohne seine Zustimmung lief im Hotel und den beiden hauseigenen Klubs *Pasha* und *Coyote* gar nichts. Die Hotelier-Familie Adler ließ ihm dabei freie Hand. Solange Fritz an den Schalthebeln saß und nach seinem Gutdünken wirkte, stimmten die Kennzahlen. Genau nach dem Geschmack der alteingesessenen Sippschaft der Adlers.

Ein paar Bergkrähen umkreisten den Gipfel und ließen sich von der Thermik dahintreiben. Außer ihrem Krächzen war es hier oben auf dem Berg ruhig. Die Sommertouristen waren längst abgereist, und unten in Ischgl werkten Legionen von Handwerkern an Um-, An- und Zubauten herum. Fritz kannte das Drama der Nachsommerbaustellen nur allzu genau: Die Pläne waren Makulatur, die Handwerker renitent wie Maultiere, und wenige Wochen vor der Saisoneröffnung wurde hektisch zu improvisieren versucht, um alles so hinzubekommen, dass Ende November aufgesperrt werden konnte. Oben im fünften Stock gab es in den ersten beiden Dezemberwochen noch kein Fließwasser, aber im Keller tanzten schon die Stripperinnen aus der tiefsten Gosse von Bukarest oder Sofia. Im Erdgeschoss tobte der Après-Ski, und in den zwei oder drei benützbaren

Etagen zahlten die ersten Gäste die Hälfte des normalen Tarifes.

Die Zeit drängte, denn in Ischgl hatte das Jahr nicht 365 Tage, sondern allenfalls 140. Es hieß auch nicht Jahr, sondern Wintersaison: 140 falsche Samstage, an denen sich die Kassen und Portemonnaies bis zum Rand füllen mussten. Knappe fünf Monate reichten aus, um die Kohle für die nächsten anderthalb Jahre zu verdienen. Das halbe Jahr obendrauf war für notwendige Investitionen bestimmt: für neue Armaturen, Betten und Böden, für einen neuen Anstrich. Und für Dutzende Aquarelle von Dorfschullehrern in der Walde-Nachfolge, die ein paar neu errichtete Wände im Dependance-Gebäude schmücken mussten.

In der Brusttasche vibrierten einige Anrufe, aber Fritz ignorierte die Anfragen nach Geschäftsterminen und Bewerbungsgesprächen. Solange er auf dem Berg war, blieb er anderen Leuten unerreichbar. In 3000 Metern Seehöhe gab es kein lästiges Schnorren, keine Küchenchefzicken, keine horrenden Gehaltsvorstellungen durchgeknallter F&B-Manager mehr, hier krächzten nur ein paar Dohlen auf der Suche nach Schwarzbrot und Dauerwurst über dem rostigen Gipfelkreuz. Fritz starrte auf den Ochsentaler Gletscher, der sich jedes Jahr ein Stück weiter zurückzog. Der Permafrost brach auf, die Berge wurden brüchiger, und die Anzahl der Murenabgänge und Steinschläge erhöhte sich dramatisch. Früher waren die meisten Bergsteiger unter Nassschneelawinen geraten oder in Gletscherspalten gestürzt, seit einigen Jahren dagegen wurden die Freizeitsportler eher von massiven Steinschlägen getroffen oder rutschten auf locker gewordenen Felsplatten aus. Die Berge waren in Bewegung geraten, von den rasanten Temperatursprüngen aus kurzzeitigen Frostschüben und langen Warmwetterperioden gezeichnet: zerklüftete Trümmerberge, die jeden Augenblick abrutschen konnten.

Fritz war froh, dass er 62 Jahre alt war und das Schlimmste hinter sich hatte. Er hatte als Koch- und Kellnerlehrling angefangen, später die Matura nachgeholt und war für zehn Jahre auf einem Kreuzfahrtschiff gewesen, um die Welt kennenzulernen. Danach hatte er in Ischgl als Restaurantleiter angeheuert, zuerst im *Hotel Elizabeth*, dann – Anfang der 90er-Jahre – im damals neu erbauten *M-Hotel*, das derselben Familie gehörte. Er war in den Job hingewachsen wie in eine viel zu groß geschnittene Jacke: Entweder du bekommst Muskeln, setzt deinen Verstand ein und hast das notwendige Glück auf deiner Seite – oder du scheiterst auf der Durststrecke zwischen den Lagerräumen und dem Direktionsbüro.

*If you can make it there, you can make it anywhere.* Das *there* war nicht mehr Frank Sinatras untergegangenes New York, sondern ein kleines Bergdorf im Paznauntal: 1.600 Einwohner, 11.000 Betten, davon mehr als die Hälfte im Vier- oder Fünfsternsegment. In 1.377 Metern Seehöhe auf einem Schuttkegel zwischen der Silvretta und der Verwall-Gruppe gelegen – Fritz' persönliche Tal- und Bergstation in einem: Talstation, was den Ausgangspunkt für Bergtouren zum Piz Buin oder zur Wildspitze hinauf betraf, und Bergstation für die Karriere vom kleinen Berufsschüler zum einflussreichen Hoteldirektor.

Adler senior hatte als charismatischer Pionier die Marke Ischgl entwickelt, sein Nachwuchs dagegen interessierte sich eher für Modelabels, schnelle Cabrios und die neuesten Smartphones. Im Sommer weilten die blasierten Nicht-Nachfolger in Paris, auf Ibiza oder den Malediven: verzogene Designerpuppen, die sich hinter ihrem digitalen Spielzeug verschanzten. Sie verschwendeten keinen Blick an die Berge und kümmerten sich kaum um das Draußen. Sie waren gierige Paschas, verzogene Kleinkönige, früh vergreiste Kalifen. Wenn Fritz die beiden halbwüchsigen Adler-Jungs auf eine Bergtour mitnehmen musste, hatte er das Gefühl, mit betagten Leuten über die gewundenen Forstwege hinauf zur Baumgrenze zu wandern: pubertierende Alzheimerpatienten, die sich über unbequeme Bergsteigerkleidung, die Kieselsteine im Schuh und das Wetter ausließen. Fritz ließ sie reden und ging unbeirrt der Alm auf 2.300 Metern Seehöhe entgegen.

Gegen Ausreden war er seit mehr als drei Jahrzehnten immun.

*

Lizzy zapfte das Bier und trug es zu den jungen Einheimischen auf die Terrasse hinaus. Es war Mitte September, und die Saison am Wörthersee war gelaufen. Obwohl es noch immer schön war und der See eine angenehme Badetemperatur hatte, verirrte sich kaum mehr ein Tourist an den See. Bis auf das Terrassencafé und das Casino vis-à-vis hatten die meisten Betriebe geschlossen. Die Eingangstüren waren mit grobem Packpapier verklebt und die Menükarten aus den Glasvitrinen geholt worden. Auf den jeden Tag staubiger werdenden Fenstern stand: »*Auf Wiedersehen in der nächsten Sommersaison*«.

Lizzy stellte das Tablett mit den sechs großen Bieren auf der Tischplatte ab und verteilte die Krügel unter den Burschen. Die meisten von ihnen hatten schon das vierte oder fünfte *Villacher* intus und begannen, mit schwerer Zunge zu lallen. Sie rauchten ununterbrochen, prosteten einander lautstark zu und warfen ein paar heimliche Blicke auf Lizzys Brüste im Gailtaler Dirndl. Lizzy beachtete diese Blicke kaum mehr. Die meisten Dorfburschen hatten gerade die Lehre beendet und träumten von ein paar schnellen Jahren im Ausland, auf einem Schiff oder einer Bohrinsel oder im Straßenbau, und vielleicht würde der eine oder andere auch als KFOR-

Soldat in Serbien oder auf den Golan-Höhen ein paar gut bezahlte Soldatenjahre verbringen, bevor sie alle heiraten, eine Familie gründen und langsam ihre vage Sehnsucht nach Freiheit abtöten würden – bis ihnen nur noch die Fußballbundesliga, die Rückzahlung eines Wohnbaukredites und eine verhärmte Frau bleiben würden, die sie ab und zu mit einer Arbeitskollegin oder einer billigen Nutte aus dem örtlichen Laufhaus betrogen.

Lizzy stellte das leere Tablett am Tresen ab und setzte sich zu den Jungs auf die Terrasse. Sie zündete sich eine Zigarette an und beobachtete eine Wespe, die am Rand eines Bierglases ein paar Tropfen Malz zu ergattern versuchte. Es war Herbst geworden, und in wenigen Tagen würde auch das Terrassencafé zusperren. Lizzy würde ein paar Wochen zu Hause in Patergassen verbringen und auf einen Anruf vom Fritz aus Ischgl warten, ob sie nicht wieder ins *Pasha* kommen wolle, *zu denselben Konditionen wie in der letzten Wintersaison plus fünf Prozent obendrauf, bist du dabei?*

Lizzy war 24 Jahre alt, hatte lange blonde Haare, eine ansprechende Figur und konnte gut mit Betrunkenen jeden Alters umgehen. Außerdem war sie eine schnelle Kopfrechnerin, die aus jeder noch so dünnen Brieftasche die letzten Scheine herausholen konnte. Sie beherrschte ihr Metier, war ein Profi: abgebrüht, distanziert, freundlich. Eine perfekte Dienstleisterin, genau die richtige Mischung zwischen Gouvernante und Nutte. Außerdem war der Sex im Mitarbeiterhaus meistens richtig gut. Lauter von der Außenwelt abgeschirmte, von Alkohol und Designerdrogen gezeichnete Jungs mit allen erdenklichen Vorlieben. Im *Haus Bettina* ging es zu wie auf einem jeder Kontrolle entglittenen Skikurs: Es wurde gesoffen, gefickt und geblasen, es wurden Linien gezogen, Joints gedreht, Tabletten eingeworfen, aber spätestens um 7 Uhr früh, pünktlich zum Frühstücksdienst, war jeder Rausch besiegt, jeder Körper geduscht, jedes Kopfhaar gegelt: *Ich fühl mich wie ein abgefuckter Rockstar, aber ich muss jetzt raus auf die Stage: Frühstücksdienst oder so. Rock'n'Roll, Baby.*

Lizzy drückte die Kippe im Aschenbecher aus und betrachtete die jungen Burschen aus Velden. Es waren nette, einfach gestrickte Jungs, die ihren Job als Installateur, Maurer oder Mechaniker erledigten, Bon Jovi oder Rammstein hörten und am Abend in einer Dorfmannschaft Fußball spielten oder zum Kickboxen gingen. Sie waren langweilig, ohne große Träume oder Visionen. Hauptsache, sie hatten ihren Job, ihre Dauerkarte beim KAC und ihr Villacher Bier, ihre besten Kumpels, ihre Lieblingsband und ihre – ungefähr an der sechsten Stelle des Rankings – Freundin/Frau/Lebensgefährtin. Lizzy hatte keine Lust, an dieser sechsten Stelle zu landen. Die Jungs kamen ihr unreif und früh vergreist zugleich vor.

Nur der jüngste von ihnen hatte sich noch den Charme eines österreichischen Skispringers bewahrt: hochgewachsen, extrem dünn, mit einem breiten Lachen auf den üppigen Lippen. Unter der Zimtsternkappe quollen dichte braune Locken hervor, die Augen waren groß und haselnussbraun, und die üppigen Lippen ploppten an einem rosafarbenen Kaugummi herum. Der Junge erinnerte Lizzy an Schulskikurse und Snowboardrennen, an *Flying-Hirsch*-Drinks und an das besoffene Skischuh-Gehopse im *Kitzloch* oder im *Kuhstall*. Der Junge hieß Roman und war so etwas wie eine Vorahnung auf die Wintersaison, wie viel zu früh gefallener Schnee.

Willst du was, fragte der Junge und schluckte den Kaugummi hinunter.
    Was meinst du denn, fragte Lizzy zurück.

Sie sah über die bunte Zimtsternkappe hinweg und fixierte einen imaginären Punkt an der Wand. Romans Blicke waren überall an ihrem Körper, nur nicht in ihrem Gesicht.

Einen *Jägermeister* zum Beispiel.
    Wie bitte?
    Oder was du sonst trinken willst.
    Na schön, kippen wir einen *Flying Hirsch* hinunter – wie heißt du noch einmal?
    Roman.
    Ach ja, schöner Name (Grabsch mir ja nicht auf den Po, Kleiner, das macht schon dein Papa bei mir.).
    Du siehst ganz cool aus.

Ja, Danke für den Drink. Auf dich.
Auf uns.

Lizzy versuchte, nicht das Gesicht zu verziehen. Der Junge war 16. Unreif, unsicher, niedlich wie ein Zwergpudel. Irgendwann war es Mitternacht, und nur noch Lizzy und der Junge waren übriggeblieben. Auf der Theke standen zwölf Fläschchen mit dem Hirschgeweih drauf. Aus den Blicken waren längst Hände geworden, die unbekanntes Gebiet erkundeten. Nett, aber unbeholfen. Halsansatz, dann das Dekolleté, die Brüste, der Bauch, dann noch weiter hinunter, ins letzte Geheimnis. Lizzy ließ Roman machen und stieß den Rauch gelangweilt in kleinen Ringen nach oben.

Darf ich …, fragte der Junge so nahe am Ziel seiner Sehnsucht, seines sanften Begehrens.
Von mir aus.
Ach komm, sag nicht von mir aus. Das klingt so nuttig.
Hey, Roman, fang ja nicht mit dem großen Unaussprechlichen an.
Was meinst du?
Eben. Man kann es nicht aussprechen.
Magst du Gabalier?
Was?
Ich werfe jetzt eine Münze in die Musikbox, nur für uns: zwei Euro, drei Lieder. Ich nehme Bon Jovi, und du? Gabalier, oder? Die meisten Mädchen mögen doch Gabalier.

Na schön, drück auf Gabalier, Kleiner. Und weißt du was: Bei der dritten Nummer hopsen wir nicht mehr wie auf einem Kindergeburtstag herum – während der dritten Nummer werde ich dir einen blasen.

*

*Ischgl, 20. November*

*Ich stehe auf einer Leiter und räume Hunderte Gläser ein. Libbeygläser, Cocktailgläser, Biergläser, vor allem Biergläser. Und jede Menge Stamperln, wo der billige Fusel hineinkommt: der berüchtigte Willi mit Feige, die Wodka-Shots und der Fliegende Hirsch.*

*Seit sechs Jahren bin ich Betriebsleiter in der größten Après-Ski-Bar von Ischgl, und die Story wird immer wilder. Früher, sehr viel früher war der Laden um 20 Uhr abends dicht; die Lichter wurden aufgedreht, die Leute hinauskomplimentiert, die Tische wieder eingedeckt, und los ging's mit dem Bauernbuffet oder mit italienischer oder einheimischer Küche.*

*Aber das ist lange her, mindestens zehn Jahre schon, lange vor meiner Zeit. Jetzt rollen die DJs schon um 11 Uhr vormittags an und rocken den Stadel in mehreren Schichten, bis 4 Uhr morgens oder so. Komm, hol dein Lasso raus, Eine Woche wach von Mickie Krause oder Saufi Saufi, das sagt ja schon alles. 1.000 Männer auf 100 Quadratmetern mit 10.000 Shots. Da geht die Post ab. Die Hölle (Hölle, Hölle, Hölle!) und so. Noch zwei Regalreihen, dann bin ich fertig für heute. Es ist 20 Uhr abends oder 21 Uhr, und draußen stehen noch 20 Paletten mit weiteren Gläsern, Flaschenkühlern und anderem gebrandeten Unsinn. Was die Firmen so hergeben, Jahr für Jahr, worauf ihr verdammter Fokus liegt und so weiter. Die Show muss weitergehen, hier in Ischgl und anderswo, die Show und der billige Rausch.*

*Die Holztür wird aufgestoßen, und Revierinspektor Gruber schaut herein. Die jährliche Polizeikontrolle kurz vor dem Opening am Freitag. Ein paar Blicke auf die Jugendschutz-Verordnung und auf den Hinweis, dass an Betrunkene kein Alkohol ausgeschenkt werden darf. An wen denn sonst, verdammt nochmal, aber gut, Gesetz ist Gesetz, und Vorschrift ist Vorschrift. Zumindest auf dem geduldigen A4-Anschlag, schön verglast, gleich neben der Backbar, von allen nicht einmal ignoriert.*

*Heute hat Inspektor Gruber einen Schatten dabei, einen eher grindigen Typen im verschlissenen Lodenmantel, den Jägerhut tief ins Gesicht gezogen, ziemlich seltsam, der Kerl, aber er ist mit Gruber unterwegs und wird mir sogar vorgestellt, ein gewisser Sellner, der früher ein hohes Tier bei der Kriminalpolizei war, nein, nicht in Innsbruck, in der Bundeshauptstadt, in Wien. Direkt einem Sektionschef unterstellt, was immer das ist.*

*Ich zeige den beiden Beamten die Betriebsgenehmigung, die Öffnungszeitenbewilligung und was sie sonst noch kontrollieren wollen. Die Notbeleuchtung, die vielen Rettungswege. Ob die Geländer in der richtigen Höhe angebracht sind, ob die Ausgänge die korrekten Maße aufweisen. Gruber ist mit einem Lasergerät unterwegs und kontrolliert, bis er Durst nach Ramazzotti bekommt. Ich stelle ihm die Flasche mit dem rotblauen Etikett hin und einen Stapel Shotgläser. Der Typ mit dem Jägerhut trinkt auch mit. Vier Runden und zehn Minuten später ist die Kontrolle vergessen.*

*Wird schon passen, resümiert Gruber und wischt sich mit dem Armrücken über den Mund.*

*Der Typ mit dem Hut sagt nichts. Steht einfach nur am Tresen und mustert die Aluminiumfläche der Bar. Als ob er sich fragen würde, wie viele Gläser dort während eines Abends leer gemacht werden, Tausende, könnte ich ihm antworten, Abertausende. Das meiste kommt direkt aus der Schankanlage. Aus langen Leitungen, die Fässer stehen unten in einem Keller, dessen Fläche mehr als doppelt so groß wie das gesamte Lokal ist. Tausende Liter Bier, Hunderte Flaschen Wein, ungezählte Spirituosen, und das jeden Tag. Manchmal kommt es mir selber schon zu viel vor. Trotzdem ist es unser Geschäft, das ganze fünf Monate dauert.*

*Wir trinken gemeinsam noch ein paar Kurze, dann trollt sich Gruber mit seinem stummen Kumpan zur Holztür hinaus. Ein pensionierter Profiler oder so. Keine Ahnung, was das ist. Ich steige wieder die Leiter hoch und schlichte die letzten Glasreihen zu Ende.*

*Kurz bevor ich fertig bin, schneien die Eigentümer herein. Johann, Martha, Burkhard und der zweite noch jüngere Sohn. Sie wollen wissen, ob die Schankanlage schon in Betrieb ist, ob Gruber schon da war, ob eh alles passt. Ich nicke mit dem Kopf und deute zum DJ-Pult hinüber. Der Sound klingt immer noch furchtbar. Die Bässe sind viel zu dumpf oder so. Und aus den beiden Boxen über der Hauptbar kracht es wie bei einem gröberen Kurzschluss. Die beiden Söhne tippen irgendwas in ihre Smartphones und bestellen den Techniker für morgen früh her.*

*9.30 Uhr, okay?*
 *Ja, sicher, werde ab sieben da sein.*
 *Die Brauunion kommt auch. Und ein Weinhändler aus Krems.*
 *Kein Problem.*

*Bei mir gibt's wenige Probleme. Das Barpersonal wird morgen Nachmittag anrollen, zumindest die wichtigsten Leute. Laszlo, der Barkellner aus Szombathely, ist bereits da. Er hat am Nachmittag 300 bunte Glühlampen eingeschraubt und macht sich jetzt an den Kartons mit den verpackten Kissen und Decken zu schaffen. Er ist 38 Jahre alt und arbeitet seit acht Jahren hier. Seine Frau putzt die Hotelzimmer in den oberen Stockwer-*

*ken. Noch drei Saisonen, dann haben sie genug Kohle für ein kleines Lokal in Ungarn und ein Einfamilienhaus am Stadtrand von Szombathely beisammen. Bis dahin rackern beide mindestens zwölf Stunden am Tag. Kranksein gibt es bei uns nicht. Jeder Cent wird von ihnen beiseitegelegt. Leute wie Laszlo und seine Frau können wir hier wirklich gut gebrauchen. Es macht auch nichts, wenn ihr Deutsch ziemlich grauenhaft ist und Laszlo die Angewohnheit hat, herrenlose Gästegläser auszutrinken. Er hat ein kleines Alkoholproblem, aber das haben die meisten hier. Eine ganze Wintersaison im Après-Ski durchzubuckeln, ohne auf irgendwas drauf zu sein, ist unmöglich. Der Alkohol ist gar nicht das Schlimmste. Die meisten der jungen Barleute stehen auf härteres Zeug. Tabletten und Pulver. Gibt es hier an jeder Ecke zu kaufen. Anders hältst du die Tausenden Betrunkenen pro Tag gar nicht aus. Seit ein paar Jahren werden weichgesoffene Partyleute aus halb Europa in riesigen Bussen angekarrt. Zwölf Stunden Kurze. 20 Stunden Lagerbier. Eine Woche Vollrausch. Hau rein, was du brauchst, Kumpel.*

*Ich stelle die Leiter ins Eck und entsorge ein paar leere Kartons im Altpapiercontainer. Kurz vor 21 Uhr schicke ich Laszlo aufs Zimmer und gebe ihm ein paar Dosen Bier mit. Soll er sich einen netten Abend machen und irgendein doofes Fußballspiel anschauen. Seine Frau bügelt inzwischen 300 Leintücher fertig.*

*Ich lege die Baseballkappe auf den Tresen und starre das leere Lokal an. In nicht einmal 48 Stunden wird hier die Hölle los sein. Tausende Saufbrüder wollen den Eisbären sehen. Oder »Hurra, die Gams!« grölen. Und was sonst noch durch die Boxen dröhnen und die Partypeople zum Durchmachen anstiften wird, denn eines wird hier unter all den Hirschgeweihen und falschen Kuhglocken ganz sicher nicht: relaxed. Das geht hier ganz und gar nicht. Relaxen kannst du wieder morgen früh beim Buffet oder wenn du nachts um 2 Uhr in den Bus zurück nach Bayern oder in die Tschechei geholt wirst. So sieht das aus hier.*

*So und nicht anders.*

*

Selikovsky saß in der *L-Bar* und bestellte sich einen Kensington Sour. Dieser Drink erinnerte ihn an die Zeit, als er Vertreter für Spirituosen in Tirol gewesen war: ein damals noch junger Mann, der den Gastronomen mit den entzündeten Augen ein paar Neulistungen reinzudrücken versuchte.

*Lass die Finger von deinem Billigbourbon und probiere es mit Scotch, versuch es mit* Chivas. *Sag* London Sour *dazu, wenn du den zwölfjährigen verwendest,* Kensington Sour, *wenn du den 18-jährigen reinschüttest, und wenn es weihnachtet und die Leute richtig Kohle aus-*

*geben, dann knöpfst du dir die geile Keramikflasche vor:* Royal Salute für die ganz großen Momente.

Manchmal hörte sich Selikovsky noch immer so reden, obwohl die Vertretergeschichte seit gut 20 Jahren vorbei war. Es waren nette, trinkfreudige Jahre gewesen, die er in den Skiresorts des äußersten Westens zugebracht hatte. Warum er damals den Vertreterjob angenommen hatte, wusste Selikovsky nicht mehr. Vielleicht war es die Aussicht auf reichlichen Alkoholkonsum gewesen, oder er wollte einfach sein Verhandlungsgeschick beweisen und ein sicheres Auftreten trainieren.

Cocktailklassiker wie diesen *Kensington Sour* mochte Selikovsky immer noch: satte 6 Zentiliter *Chivas* 18yo, Zitronensaft, Läuterzucker, schöne, dicke Eiswürfel, keinen Orangensaft, dafür eine kleine Zitronenscheibe und – das Allerwichtigste: die Cocktailkirsche, die ihn an das legendäre *Pasha* in Ischgl erinnerte.

Der Barkeeper – irgendwie hießen sie alle James, Sebastian oder Roland – erkundigte sich beflissen, ob im Job noch immer beide Daumen nach oben zeigten. Was für eine Frage, Selikovsky war kein Immobilienmakler, sondern Kriminalkommissar, Sonderkommission Mord, Abteilung kläglicher Alltag. Wenn ein frustrierter Ehemann seine Frau niedergestochen hatte oder ein hoch verschuldeter Kleinkrimineller in einem Bordell Amok lief, war Selikovsky mit seinen Ermittlungen dran. Meistens lag das Opfer in einer riesigen Blutlache, und der Täter stand mit schlotternden Beinen in einer Ecke und sagte hundertmal seinen Warum-hab-ich-das-getan-Spruch auf.

Selikovsky musste dem winselnden Unglück nur noch die Handschellen anlegen und in die nächste Justizanstalt einweisen: Das Verhör würde zehn Minuten und zwei Zigarettenlängen dauern, dann wäre das Protokoll, komplett mit den Unterschriften aller Beteiligten, verfasst, und der Täter würde wenige Monate später zu lebenslang ohne Aussicht auf Bewährung verurteilt und wie im 19. Jahrhundert in einem betongrauen Bunker weggesperrt werden.

Obwohl sich der Planet in einem Zustand permanenter Veränderung befand, war die Anzahl der Verbrechen in Wien überschaubar geblieben: Anstelle international organisierter Krimineller hielten in Wien höchstens blutige Amateure die Gerichtskiebitze und Tatortjournalisten in Atem, statt Terroranschlägen ereigneten sich wenige Eifersuchtsmorde pro Monat zwischen Stephansdom und Mariahilfer Straße, und sogar jenseits der Gürtels war die österreichische Hauptstadt sicher wie ein Kinderspielplatz geblieben, sodass der Kriminalkommissar seinen Beruf als durchaus angenehm empfand.

Selikovsky zahlte seine *Kensington Sours*, nahm den Mantel und trat auf die Straße hinaus. Es war Spätherbst in Wien, und ein eisiger Nordwind rauschte wie ein mächtiges Gespenst durch die Häuserzeilen und Parks. Außer einigen Obdachlosen und den üblichen Nachteulen waren nur wenige Passanten auf den Straßen zu sehen: Die meisten hatten sich in ihren Wohnungen verbarrikadiert und jagten vor einem riesigen Flatscreen ihren Fantasien und Begierden hinterher. Es war ein ganz normaler Novemberabend in den späten Zehnerjahren des dritten Jahrtausends.

*

*Ischgl, nach dem Opening-Wochenende*

*Die Leiche lag in einem Mitarbeiterzimmer im Seitentrakt des Silvretta-Hotels. Ein Mann Ende 30, ungefähr 180cm groß und übergewichtig. Bekleidet mit einem Poloshirt des Kuhstalls und einer Bermuda mit grellem Hawaii-Muster.*

*Nach Angaben seiner Ehefrau hatte sich der Zahlkellner namens Laszlo bereits schlafen gelegt, wachte gegen drei Uhr früh röchelnd auf und wollte ins Badezimmer gehen, brach aber kurz davor zwischen einem Wandschrank und drei übereinander gestellten Koffern zusammen. Seine Frau versuchte noch, Laszlo zu beleben, rief aber schon nach Minuten gellend um Hilfe. Zehn Minuten später war der Notarzt da, der nur noch den Tod feststellen konnte. Und einen Alkoholgehalt von 2,1 Promille.*

*Nicht besonders viel für Ischgl, aber auch nicht gerade wenig. Übergewicht, hoher Alkoholgehalt im Blut und Dauerstress während des Ischgl-Openings – der klassische Herztod. Schnell und unmittelbar.*

Der Notarzt zuckte mit den Achseln und rief den Sprengelarzt an, der eine Viertelstunde später gemeinsam mit Revierinspektor Gruber und dem Hotelbesitzer eintraf. Eine kurze Leichenbeschau, dann war der Totenschein ausgestellt und die Leiche zur Beerdigung freigegeben. Der Hotelbesitzer murmelte ein Gebet, leerte danach einen doppelten Wodka und sprach der jungen Witwe sein aufrichtiges Beileid aus.

Ein paar weitere Shots später rief er seinen besten Freund, den Leichenbestatter, an, der sich um das Begräbnis kümmern würde. Der Hoteldirektor bestellte einen einfachen Holzsarg. Und ein kleines Grab an der Friedhofsmauer. Auf Kosten des Silvretta-Hotels. Gefasst murmelte der Hotelier seine Anweisungen in das Smartphone, als ob er nur das Jour-Gebäck für morgen bestellte. Dann trank er noch einen doppelten Jägermeister und zog sich in sein Apartment direkt unter dem Hoteldach zurück.

Tja, der Alkohol, murmelte er vor sich hin, als er die Treppe zu seinem Apartment hochging, die Leute saufen einfach zu viel, und auch der Laszlo hat gerne das scharfe Zeug hinuntergekippt. Ein braver Buckler, aber auch jemand, der sich über alle übriggebliebenen Gläser hermachte. Die sogenannten »Hansl« aussoff. Der Herr sei ihm gnädig.

Der Hoteldirektor deutete ein Kreuzzeichen an und verschwand hinter der Eichentür seiner Privatwohnung.

Nur ein Alkoholunfall, würde er zu seiner Ehefrau sagen, den Laszlo hat es auf dem Weg ins Badezimmer erwischt. Ein schwerer Herzinfarkt höchstwahrscheinlich.
    Seltsam, würde seine Ehefrau antworten, gerade der Laszlo, der hat doch immer überall angepackt und niemals über irgendwelche Schmerzen geklagt.
    So etwas kann schnell gehen, antwortete der Hoteldirektor und zog die Decke über. Er hat eben vor der Zeit die Erde verlassen. Aber immerhin bezahle ich das Begräbnis.
    Und seine Ehefrau, die Agathe?
    Trägt es mit Fassung. Es bleibt ihr auch nichts anderes übrig.
    Die Arme.
    Ja, aber was soll's. Den Laszlo hat ja keiner umgebracht. Der Herrgott hat es so wollen.
    Dann wird es auch gut sein, seufzte die Ehefrau und las noch ein paar Zeilen in der Hausbibel.

Ein Toter im Haus bedeutete Unglück. Am Anfang der Wintersaison noch dazu. Wer weiß, was in den folgenden Wochen noch alles auf Ischgl zukommen würde. Irgendwie erinnerte der Ort immer mehr an einen aus *der Umlaufbahn geratenen Planeten, der geradewegs ins Nichts stürzte.*

*Wenn das heuer nur gutgeht, seufzte sie und drehte sich zur Seite, um wieder einschlafen zu können.*
 *Der Unterwurzacher wird die Messe lesen.*
 *War Laszlo überhaupt katholisch?*
 *Ich glaube schon. Und wenn nicht, auch egal. Eine katholische Messe hat noch keinem geschadet.*
 *Ist die neue Orgel schon fertig?*
 *Was?*
 *Unsere Orgel. Die wird ja gerade renoviert in der Kirche. Wir haben schon im Herbst dafür gespendet.*
 *Ich glaube nicht. Den Lieferwagen vom Notdurfter habe ich noch heute vor der Kirche herumstehen gesehen.*
 *Dann wird wohl der Singkreis die Messe gestalten.*
 *Ja, sicher, der Singkreis. Oder die Posaunen des Dorforchesters. Irgendwer wird schon musizieren. Und wenn ich die Zwei Strawanzer von unserer Hotelbar anheuern müsste. Irgendein Musiker findet sich immer. Feierabend oder* Wann ich gehen muss *kann ja jeder Idiot spielen.*

*Der Hotelier löschte das Licht. Draußen auf der Dorfstraße fuhren die Einsatzfahrzeuge weg, und das kreisende Blaulicht verschwand in der Dunkelheit. Danach waren nur noch der kalte Nachtwind zu hören und das gelassene Atmen zweier schlafender Ischgler Gastronomen.*

✻

Erzählen Sie mir nicht, dass Sie Ihre Frau noch immer auf Händen tragen, dass Sie stolz auf Ihre zwei Kinder und die 120 Quadratmeter Eigenheim sind. Ich kann diese verlogene Leier vom idyllischen Familienleben nicht mehr hören. Nehmen Sie meine Familie, die jetzt um 7 Uhr früh an diesem runden Tisch sitzt. Als ich 16 war, habe ich mich in Fabienne verknallt, und da ich beharrlich genug und ein hübscher Junge aus gar nicht so schlechtem Haus war, hatte sie dagegen nichts einzuwenden gehabt. Irgendwie hatte sie ebenfalls Lust, mit diesem schlaksigen Jungen namens Patrick zu gehen, mit ihm Sex zu haben, und zwar nicht nur ein-, zweimal in der Woche, sondern regelmäßig, richtig oft sogar, und das nicht nur in ihrem pastellfarbenen Zimmer, sondern auch draußen im Wald oder im Stadtpark, hinter dichten Sträuchern oder hohen Plakatwänden.

In der Oberstufe war ich heiß wie ein ständig beheizter Hochofen, aber das alles, sage ich Ihnen, ist längst geschmolzener Schnee: Du heiratest in einer Provinzkirche und wirst Vater von zwei Jungs, die heute 17 und 14 sind, und das ganze Drama läuft vor deinen Blicken noch einmal ab. Der Ältere ist ein durchtriebener Bursche, der alles und jeden manipuliert, der viel zu schnell redet und nach Wodka, Zigaretten und ersten Joints stinkt, er soll sogar härtere Drogen nehmen, aber das ist mir egal, solange er mit dem Lyzeum zurechtkommt. Irgendwie ist der Junge eine perfekte Kopie meiner Selbst, fehlt nur noch, dass er sich auch in ein

Mädchen mit langen blonden Haaren und schönen Titten verliebt, aber ich weiß nicht, heutzutage verlieben sich die jungen Leute nicht mehr so, sie sind oberflächlicher, unangreifbarer geworden, suchen einfach nicht mehr nach dem Glück und greifen vielleicht deshalb nicht so leicht in die Scheiße.

Neben ihm sitzt Antoine, still und verträumt, drei Jahre jünger, aber doch Welten vom älteren Bruder entfernt: Die Pubertät hat noch keine tiefen Gräben in seiner Kinderseele hinterlassen, aber vielleicht blicke ich bei Antoine auch nur verzweifelt ins Leere, er ist ein sanfter, ruhiger Junge mit blonden in der Mitte gescheitelten Haaren, am liebsten trägt er langweilige Cordhosen, einfarbige Polos mit aufgestellten Krägen und diese Cardigans, die kaum jemand freiwillig anzieht. Antoine ist ein richtiger Vintage-Junge, der mit seinem Schmollmund und dem strahlenden Blick alle Leute in seiner Umgebung bezirzt, man kann ihm einfach nicht böse sein, ganz im Gegenteil, wenn er mich so ansieht, habe ich das Gefühl, dass mich ein Mädchen anschaut und lächelt.

Vielleicht verguckt sich Antoine lieber in andere Jungs, ich habe mit Fabienne schon darüber gesprochen, der Kleine könne schwul werden, verstehst du, er sieht wie ein Mädchen aus, trägt immer diese idiotischen Cordhosen und starrt – da bin ich mir sicher – die anderen Jungs an, die Jungs aus seiner Klasse oder irgendwelche

Kerle in der U-Bahn, er mustert sogar mich mit diesem stechenden Bergseeblick, dem Schmollmund und den halb offenen Lippen …

Krieg dich wieder ein, versucht mich Fabienne zu beruhigen, Antoine ist doch gerade erst 14, er denkt noch nicht an solche Dinge, aber wenn du willst, melden wir ihn in einer Taekwondo-Schule an, damit er sich unter anderen Jungs durchzusetzen lernt.

Keine schlechte Idee, grinse ich, drehe mich auf die andere Seite in unserem Treca-de-Paris-Doppelbett und denke mir, typisch Fabienne: Sie hat für jedes Problem eine pragmatische Lösung parat. Du glaubst, Antoine ist schwul? Dann melde ihn einfach zu einem Vollkontakt-Karatekurs an oder schicke ihn in den noblen Schwimmverein von Paris Saint Germain, damit sich der knieweiche Junge in einen durchtrainierten Sportler verwandelt.

Nachts um 3 Uhr stehe ich auf, trinke ein Glas Mineralwasser in der riesigen Küche und denke, nichts wie raus aus dieser Familie. Fabienne ist eine andere Frau geworden, eine, die mit mir als ihrem Lebenspartner abgeschlossen hat, sie betreibt einen Day-Spa in der Avenue Kleber und hat vielleicht bereits eine Affäre mit einem marokkanischen Fahrradboten begonnen, vielleicht bumst er Fabienne im Stehen, nachdem er ein Amazon-Paket oder drei Pizzen abgeliefert hat, eine *Quattro Stagioni*, eine *Diavola*, eine *Margarita* mit Nüssen und

Basilikum, die drei Fladen liegen übereinander in Pappkartonschachteln, und Mohammed – die Marokkaner heißen fast immer Mohammed – zieht grinsend seine dreckigen Jeans herunter und sein Riesending wippt ins Freie, nein, mach es nicht, flüstert Fabienne und meint das Gegenteil, dreht sich um, beugt sich über die *Bulthaup*-Kücheninsel und lässt sich durchknallen, drei, vier Minuten lang, dann ist alles vorbei, und Mohammed geht mit einem extra Fünfziger in der Hosentasche zur Tür hinaus.

Fabienne sieht ihm nach, kämpft mit den Tränen, kämpft mit sich und ihren Leidenschaften, verdammt, meine Hand bricht das Wasserglas entzwei, und Blut strömt über Daumen und Zeigefinger, und ich verdrücke mich in unser riesiges Marmorbad, das ein Vermögen gekostet hat, ich klatsche mir ein Pflaster auf die Wunde und denke an die Glasscherben in unserer Küche.

So sieht es aus, unser großartiges Familienleben, und wenn ich abends bei einem After-Work-Bier mit den anderen rede, ist überall dieselbe Kacke am Dampfen: Familien, die auseinanderfallen oder ineinander geraten, gelangweilte Ehefrauen, die sich die angehäufte Leer-Zeit mit Aerobic, Tennis oder auf dem Golfplatz vertreiben, die sich in einem Designhotel die Falten der Vergangenheit wegmachen lassen, angeblich für ihren Ehemann, also für dich, Patrick, nur für dich, für wen denn sonst, ja genau, der marokkanische Pizzajunge sieht dich ja nicht einmal an, der kommt einfach und bumst dich am Küchentisch durch, und danach trinkst du ein Gläschen Champagner und fühlst dich befriedigt und nicht mehr so verdammt einsam – ein 44-jähriges Mädchen, das seinen Spaß gehabt hat, und wenn es nur mit diesem Mohammed aus der *Pizzeria Bella Napoli* war.

Irgendwie wollen wir alle nur unseren Spaß und laufen ins Leere dabei, wir amüsieren uns, gieren nach dem Geld und richten uns in diesem Leben ein, als hätten wir einen 100-jährigen Mietvertrag mit uns selbst abgeschlossen. Ich bin 47, verheiratet, habe zwei Kinder, ich verdiene als Teilhaber von *Real Estate de Paris* ein paar 100.000 Euros im Jahr, wir vermitteln ausschließlich teure Penthäuser und edle Privatvillen, verkaufen die richtig guten Lagen an russische Oligarchen und reich gewordene Asiaten, die meisten von ihnen kennen Frankreich kaum, aber sie wollen hier leben, koste es, was es wolle, die Privatschulen, der Champagner, die Rotweine und der Käse sind gut, also zieht es die Milliardäre hierher, in das 16. Arrondissement – Rue Lauriston, Trocadero, Champs-Élysées-Nähe – es ist immer dasselbe, als ob Paris nur aus diesen drei Straßenzügen und dem frühen 20. Jahrhundert bestünde: aus Französischem Jugendstil, Van Gogh und dem langsam schwächer werdenden Geruch nach Absinth.

\*

Hey, ich heiße Antoine, 14 Jahre alt und lebe mitten in Paris, im 16. Arrondissement. Mein Vater ist Immobilienmakler, ein ziemlich erfolgreicher sogar. Er verschachert die halbe Stadt an Russen oder Chinesen, an Leute aus aller Welt, wenn sie nur genug Kohle haben. Wenn er eine Belle-Époque-Wohnung um zehn Millionen an einen Oligarchen aus dem Osten verkauft, streicht er selber ein paar Prozent ein, also ziemlich viel Kohle. Kein Wunder, dass unsere Familie auch in einem dieser Häuser aus dem 19. Jahrhundert wohnt: außen Geschichte, innen Gegenwart – und nirgendwo Zukunft. 250 Quadratmeter Paris, mit Blick auf diese Ölplattform – den Eiffelturm – ein grauenhaftes dunkles Monster aus Stahl.

Meine Mutter ist Ernährungswissenschaftlerin und betreibt ein Tages-Spa namens »Madeleine« in der Nähe, nach ihrem zweiten Vornamen benannt. Ganz genau heißt Mama Fabienne Madeleine de Bruyere, und bereits ihr Nachname drückt aus, dass ihre Vorfahren schon immer reich gewesen sein mussten. Die Familie von meinem Vater ist viel bescheidener und stammt aus Caen, wo es Calvados, Cidre und Camembert gibt und jede Menge Langeweile. Der Vater meiner Mutter dagegen war ein Industrieller, der ständig eine Zigarre im Mund hatte und ziemlich viel Cognac und Champagner trank, der mich bis zu seinem Tod wie ein Stück Dreck musterte und nie ein gutes Haar an mir ließ.

Der Kleine hat weder Kraft noch Durchsetzungsvermögen, grunzte er meiner Mutter entgegen, ein Schwein im Nadelstreif, das glaubte, eine Art Gott zu sein, ein Provinzkönig, der keinen Widerspruch duldete. Nicht einmal vom Präsidenten der Republik wahrscheinlich.

Genau aus diesem Grund musste mein Vater den Familiennamen seines Schwiegervaters annehmen. Das mit dem mangelnden Durchsetzungsvermögen stimmt allerdings. Ich bin weich und sanft und kann kaum Nein sagen. Ich bin gut erzogen und weich wie eine Molluske, ich habe kein Ich oder ein anderes Kraftzentrum aus Arroganz, das mein Vater wie eine unsichtbare Burg in sich aufgetürmt hat: Als Dad ein Teenager war, hat er Rugby gespielt, erst in der Jugendmannschaft, dann in der Ersten, und manchmal spielt er noch immer bei den *Alten Herren von Caen*, falls er einmal ein ganzes Wochenende lang Zeit hat. Durch das Rugby ist mein Dad hart und unverletzbar geworden, und er hat diese unberechenbar kalten Augen bekommen, diesen Blick, der einen durchdringt wie ein Schwert. Ich glaube, dass er sich den Blick von seinem Schwiegervater geborgt und mit den Erfahrungen aus dem Rugby gekreuzt hat, irgendeine schräge Mischung aus Härte und Unnachgiebigkeit und kühler Arroganz.

Mein älterer Bruder heißt Patrick wie mein Vater und sieht auch ganz ähnlich aus, derselbe arrogante Kerl minus Lebenserfahrung, Studium und Sex, naja, ficken tut er vermutlich schon, ziemlich sicher sogar. Auf jeden Fall hat er bereits denselben kalten Blick wie sein Alter, und er dealt mit allem möglichen Zeug, soweit ich das mitbekommen habe, jedenfalls schwänzt er mittlerweile heimlich die tolle höhere Schule, in die ihn seine Alten reingesetzt haben, dieselbe Schule, die ich auch besuche und die Leute wie Marcel Proust, Henri de Toulouse-Lautrec und ein paar Französische Spitzenpolitiker hervorgebracht hat, eine Schule der großen Namen aus Literatur, Malerei, dem Kriegswesen oder auch der Politik, eine Schule, in der heute die Hälfte aller Schüler Ausländer sind, aber nicht aus Algerien, Marokko oder den anderen ehemaligen Kolonialgebieten, sondern aus Russland, China, Großbritannien, der Schweiz, aus jenen Ländern also, wo die Kohle und die Korruption und der Wirtschaftsaufschwung vor sich hin blubbern wie fette Schmutzblasen.

Auch wenn ich seit diesem Herbst dieses teure Lycée besuche, werde ich garantiert kein neuer Proust oder Toulouse-Lautrec oder auch nur der übernächste Premierminister der Republik werden. Ich habe – wie mein Großvater mütterlicherseits vorher gesagt hat – weder Kraft noch Durchsetzungsvermögen, ich prügle mich nicht mit den anderen Jungs, finde Fußball langweilig und tanze lieber klassisches Ballett in der Eleven-Klasse der Opéra de Garnier, aber keine Sorge, ein hoch bezahlter Solotänzer des Französischen Nationalballetts werde ich ebenso wenig werden, weil meine Kumpels Mo und Rod schon jetzt um Längen besser tanzen als ich.

Moment, ihr kennt die beiden noch nicht: Mo heißt Mohammed und kommt aus dem Banlieue, sein Vater ist noch in Marokko geboren, und zu Hause sind noch sechs andere Geschwister, glaube ich, vier Mädels, zwei Jungs, in einer 70 Quadratmeter kleinen Wohnung. Mo ist ein Super-Bewegungstalent, geschmeidig, glatt, motorisch unglaublich begabt, ich denke, Mo wird das Rennen machen unter uns, entweder Mo oder Rod, der geborener Mexikaner ist, ebenfalls 14 und ziemlich klein, dafür mit einer Sprungkraft wie ein Watussikrieger ausgestattet, einer, der aus dem Stand einen Meter hoch springen kann.

Wir drei sind die einzigen Jungs unter 35 Mädchen, alle so zwischen zwölf und 15 und mit demselben arroganten Oberen-Mittelklasse-Blick ausgestattet, blass und dünn und krank vor Sehnsucht, vor den Eisernen Vorhang des Opernhauses zu treten und die Solorolle im *Nussknacker*, in *Schwanensee* oder in *Giselle* zu tanzen, an der Seite von Talenten wie Mo oder Rod oder irgendeinem Nachwuchsstar aus Russland, wo immer noch die besten Tänzer der Welt herkommen, Sergej oder Piotr oder Wladimir oder wie sie sonst alle heißen.

Letzten Sommer war ich in einem Trainingscamp im Moskau. Es war eine Niederlage, weil ich dort mitbekommen habe, dass ich nicht zu den besten Nachwuchstalenten gehöre. Anstelle eines selbstbewussten Lächelns im Gesicht bin ich mit nach unten hängenden Mundwinkeln zurück nach Paris geflogen, ein Versager auf hohem Niveau, der sich schon bald vom klassischen Ballett verabschieden müsste, ohne etwas richtig Großes geworden zu sein. Vielleicht wird es für die Provinz reichen. Schließlich gibt es in Marseille, Lyon oder Caen auch Opernhäuser.

Ich blicke aus dem Fenster unserer Wohnung und betrachte das rostige Stahlmonster, das sogenannte Wahrzeichen von Paris, das Aushängeschild des industriellen Zeitalters, in dem alles möglich schien, jedes noch so große Bauwerk, jede noch so schnelle Eisenbahn, jedes noch so riesige Weinfass. Ich starre aus einer Wohnung, für die ein Russe oder Chinese oder Südamerikaner 15 Millionen Euro und mehr hinlegen würde, 15 Millionen, unglaublich, ich kriege eine Gänsehaut dabei, und dann muss ich lachen, nehme meinen 500-Euro-Rucksack und haue ab Richtung Opernstudio, wo ich meine *Préparation,* meine Figuren, mein scheiß Übungsprogramm durchmachen werde, so gehorsam wie chancenlos, jemals eine Solorolle in einer richtig großen Produktion zu bekommen.

Eigentlich hätte ich lieber im 19. oder Anfang des 20. Jahrhunderts gelebt. Als die Modernisten die geilsten Bilder der Welt gemalt und sich dabei mit Absinth um den Verstand gesoffen haben, während in irgendeinem finsteren Hotelzimmer Hemingway seine ersten Romane und in einem Straßencafé Jacques Doriot faschistische Ideen zu Papier brachten, 70 oder 80 Jahre vom Tod Baudelaires entfernt, der nicht unweit von hier an seinen *Blumen des Bösen* gefeilt hat, einer wilden Gedichtsammlung über den schlimmsten Abschaum der Welt, aber in hochklassige Rhythmen und edle Reime gehüllt wie in einen teuren Seidenanzug.

Irgendwie ist es 19.30 Uhr geworden. Ich habe mein Trainingsprogramm im Ballettstudio absolviert und gucke mir vor den Umkleidekästchen Mos durchtrainierten Körper an. Ich habe Lust auf diese Muskeln, möchte die seidenweiche Haut über den Rippen streicheln, berühren, liebkosen, möchte seinen braunen Schwanz im Mund haben, ohne besondere Hintergedanken, einfach aus einer Laune heraus. Natürlich passiert nichts. Außer, dass mich Mo erstaunt fragt, warum ich ihn so blöd anstarre.

Kleinlaut verdrücke ich mich auf die Toilette, hole mir dort einen herunter und hasse mich, wie man nur etwas auf dieser Welt hassen kann, ich will raus aus meinen Fantasien, raus aus meinem Körper, raus aus dieser Zeit, dieser Welt, dieser 15-Millionen-Euro-Wohnung und dieser geldgeilen Kleinfamilie, die nur gewinnen will, jeder in seinem eigenen kleinen Königsreich: mein Vater in seiner Immo-Welt, meine Mutter in ihrem Ayurweda-Tempel – und mein Bruder in seinem Crystal-Meth-Paradies, drei verlorene Piraten, die auf einem vergoldeten Floß Richtung Untergang treiben.

Fernab von ihnen bin ich mir selber überlassen: ein schiffbrüchiger Junge zwischen vereister Vergangenheit und unsicherer Zukunft, in einem Jetzt ohne Kontur, ohne Raum oder Zeit, verloren wie Saint-Exupérys *Kleiner Prinz* auf seinem verdammten Miniplaneten, einsamer noch als jeder abgedankte König oder ein sich selber verloren gegangener Gott, einsamer als jeder Poet, jeder Künstler und jeder Wahnsinnige in seiner Zelle, einsamer noch als der Häftling, der morgen um 5 Uhr hingerichtet werden wird, weil er an die falschen Ideen geglaubt oder auch nur ein Suppenhuhn gestohlen oder das Wissen über die maßlose Überwachung an die Öffentlichkeit weitergegeben hat – einsamer als alles, was sich als einsam vorstellen lässt. Zumindest wenn man vierzehneinhalb ist und in der Metro auf dem Weg nach Hause hockt und aus den Augenwinkeln verstohlen all jene Leute betrachtet, die meinen Weg kreuzen, ohne mich wahrzunehmen oder mich je zu berühren.

\*

Patergassen hieß der Ort, in dem Lizzy aufgewachsen war und wo ihre Eltern immer noch lebten. Sie besaßen einen Bergbauernhof auf 1.200 Metern Seehöhe. Gute Luft und klares Wasser gab es hier reichlich. Im

Stall standen 20 Stück Vieh, und die umliegenden Wiesen waren so steil wie eine Flugschanzenanlage. Lizzys Eltern produzierten Bergbauernmilch, Schafkäse und das berühmte Gurktaler Almochsenfleisch. Manchmal kamen alternativ aussehende Kleinhändler aus Salzburg oder Wien vorbei und holten die biologisch produzierten Lebensmittel ab, die in den Städten zu horrenden Preisen verkauft werden konnten. Lizzy kamen die Leute wie ehemalige Hedgefonds-Manager vor, die nichts anrührten, was nicht wenigstens einen Rohaufschlag von 1.000 Prozent versprach. Demnächst würden sie das Bergquellwasser in kleine Flakons abfüllen und damit einen neuen Wucherpreisrekord aufstellen.

Nach der Sommersaison verbrachte Lizzy einige Herbstwochen am elterlichen Bauernhof. Sie bezog ihr Arbeitslosengeld und half am Wochenende in einer Disco im nahe gelegenen Reichenau aus, einem Schuppen, der *Cockpit* hieß und mindestens 50 Jahre alt war. Die Inneneinrichtung erinnerte an einen Opel Manta aus den frühen 70er-Jahren, alles war in schwarzem, längst ruiniertem Nappaleder gehalten, mit gewaltigen Rückspiegeln und mindestens 200 Sportlenkrädern aus dem Mesozoikum des Automobilrennsports an den holzgetäfelten Wänden. Als Lizzys Eltern jung gewesen waren, mochte die biedere Landdisco wie ein Raumschiff aus der Zukunft gewirkt haben, jetzt aber erinnerte das abgewohnte und mit einer Patina aus Rauch, eingetrockneten DNA-Spuren und verschüttetem

Alkohol überzogene Dekor nur noch an eine billige Grottenbahn aus der Vorvergangenheit. Das *Cockpit* hatte ausschließlich am Freitag und Samstag geöffnet, und da war die Hütte einigermaßen voll. Anstelle von Schlagergrößen und Kärntner Lokalgrößen der späten 70er-Jahre – die inzwischen allesamt tot waren, deren Konterfeis aber noch immer in ausgebleichten Farben die Wände verzierten – lungerten Mittelschüler, Lehrlinge und Berufssoldaten herum und warteten auf die wenigen Mädchen, die sich in diese Bude verirrten. In dieser Grottenbahn war die Zeit um das Jahr 1977 stehen geblieben.

Lizzy stand hinter dem Tresen und füllte die Jungs ab. Sie mochte das Rudel betrunkener *Eristoff*-Wölfe, die sich den Frust einer harten Arbeitswoche wegtranken und ab Mitternacht kaum mehr auf ihren wacklig gewordenen Beinen stehen konnten. Wenn ihr einer gefiel, knöpfte sie sich die Bluse auf, ließ den Bauernbuben ein bisschen schauen und ging dann wie zufällig ins Freie. Wenn der Junge noch nicht ganz abgefüllt war, kam er nach und tat so, als würde er pissen. Lizzy ging in die Knie und befriedigte den notgeilen Kerl, bis er kam. Die Jungs hier hatten wenig Auswahl und waren dankbar für jedes geile Erlebnis im Freien. Das Blaskonzert dauerte höchstens fünf Minuten, dann war der Junge wieder verschwunden und pisste am Herrenklo das zuvor geleerte Bier in den Rinnstein.

Lizzy wischte sich mit dem Handrücken über den Mund und betrachtete kurz das Tattoo auf ihrem rechten Unterarm, eine grüne Eidechse. Grün war ihre Lieblingsfarbe, und Eidechse hieß auf Englisch »Lizard«. Sie waren sehr flinke Tiere, die jedes Hindernis im Nu überwanden. Mit einem -z (oder noch besser mit zwei) und einem -y sah sogar ein langweiliger Vorname wie Lisi richtig gefährlich aus. Wie der Name einer Dragqueen oder der Leadsängerin einer durchgeknallten Goth-Metal-Gruppe.

Lizzy rauchte ihre Zigarette zu Ende und ging seufzend zu den Biergläsern, den mehr als verzweifelten Herrenwitzen und den saufenden Dorfbuben rund um den Tresen zurück.

Als Lizzy um 4.30 Uhr die letzten Gläser spülte und eine vorletzte Zigarette rauchte, saß noch ein Junge an der Bar, vielleicht 19 Jahre alt, lange braune Haare, ein Meter 90 groß und extrem schlank. Ein viel zu groß geratenes Kind mit riesigen Augen und geschätzten dreieinhalb Promille in den Blutbahnen. Er wollte irgendwas erzählen, irgendwas von sich geben, aber seine Lippen brachten kein gerades Wort mehr heraus.

Zahlen, lallte er schließlich und warf Lizzy einen Zwanziger über den Tresen, passt schon, grinste er und stolperte in die Nacht hinaus.

Lizzy hörte einen Verbrennungsmotor aufheulen und vier Räder auf dem Kiesweg vor dem Lokal durchdrehen, der Golf GTI wendete viel zu schnell, und das aufgedrehte Fernlicht schwenkte wie ein Suchscheinwerfer durch das Lokal.

Zehn Minuten später war der betrunkene Junge tot. Lizzy erinnerte sich noch gut an ihn. Ein paar Stunden vor dem Frontalzusammenstoß auf der Turracher Bundesstraße hatte sie ihm zwischen den parkenden Fahrzeugen einen geblasen.

Auf dem Begräbnis für den toten Jungen – 20 Leute, der vergreiste Dorfpfarrer, ein paar dauergrinsende Ministranten – piepste das Handy in Lizzys Handtasche. Genau in dem Moment, als der Sarg in die fette Gurktaler Erde versenkt wurde. Die Leute starrten einander finster an, und die Mutter des toten Jungen begann laut zu schluchzen. An der Friedhofsmauer lehnten vier Musiker der Blaskapelle und tranken das erste Krügel *Villacher* Bier. Lizzy ging ein paar Gräberzeilen weiter und holte das Smartphone heraus. Fritz hatte angerufen, der Hoteldirektor aus Ischgl.

Kommst du heuer wieder zu uns, lautete seine Voicemail-Botschaft.

Lizzy warf einen Blick auf den Totengräber, der die Erde auf den Eichensarg zu schippen begann. Die Trauergemeinde verzog sich ins Wirtshaus, die zwei Kränze – In tiefer Trauer, Deine Familie – wurden auf den Grabhügel gelegt. Das Leben war für den Jungen mit den traurigen Augen vorbei.

Klar komm ich wieder zu euch, tippte Lizzy ins Handy und schickte die Kurznachricht ab.

Keine zwei Sekunden kam eine Antwort zurück. Sie bestand, typisch Fritz, aus einem einzigen Wort: Passt. Ohne lg. Ohne Fritz. Lizzy lächelte und rauchte eine Zigarette. Sie war froh, dass sie in wenigen Wochen wieder abreisen konnte, in ihrem Nissan Micra, mit zwei Sporttaschen, den Carving-Skiern und zwei Stangen slowenische *Marlboro* auf der Rückbank. Sie gehörte nicht mehr nach Patergassen, sie gehörte auch nicht nach Velden oder nach Ischgl, sie war einfach nirgendwo mehr zu Hause. Oder überall, wie sie sagte. Aber das war immer auch nirgends.

\*

*Ischgl, 11. Dezember*

*Es ist der Alkohol. Es sind die Drogen. Und es ist der vor- und außereheliche Geschlechtsverkehr. Diese Raubtiereinstellung von Alpha-Existenzen, die eigentlich Omega-Viecherln sind. Christliche Werte werden mit den Füßen getreten. Und das Ergebnis sehen Sie hier.*

*Pfarrer Unterwurzacher nickte mit seinem Kinn auf die fünf aufgebahrten Särge hinüber, in denen Urlauber aus Polen, Bulgarien und Deutschland lagen. Tote, die nicht sehr alt geworden waren. 35, 38, 43, 52, 22. Was wie eine Bingo-Zahlenreihe aussah, war das Alter der aufgefundenen Leichen. Die Todesursachen lauteten Herzstillstand, Polytoxischer Infarkt, Langzeitdiabetes und Spuren von Aufputschmitteln in fast allen aufgefundenen Leichen.*

*Was ich gesagt habe: ein Lotterleben, das vor der Zeit geendet hat. Wenn das nicht ein Zeichen von oben ist. Was meinen Sie, lieber Revierinspektor?*

*Gruber nahm seine Dienstkappe ab und machte ein paar Kreuzzeichen auf der Stirn und den Wangen. Er zuckte mit den Achseln und starrte auf die fünf Särge vor ihm. Vier würden noch am selben Nachmittag von den Leichenbeschauern aus den Ursprungsländern der Touristen abgeholt werden, aber der fünfte Tote dürfte erst in drei Tagen abtransportiert werden. In einer Mappe hielt Gruber die ausgestellten Totenscheine bereit, die er Pfarrer Unterwurzacher übergeben wollte. Der Sprengelarzt hatte keine besonderen Auffälligkeiten festgestellt. Die Leichen waren zur Beerdigung freigegeben, und die Angehörigen der Toten hatten bereits entsprechende Aufträge zur Abholung der Leichen erteilt.*

*Es wird immer wilder da draußen, murmelte Gruber, gestern Nacht wurden 13 Alkoholvergiftungen festgestellt, das Krankenhaus in Zams quillt schon über vor Leuten, die mehrere Liter über den Durst getrunken haben. Als ob es eine Massenseuche wäre. Dabei ist es nur ein Riesengeschäft.*

*Ein Geschäft mit armseligen Vollidioten, die im Rausch ihren einzigen Lebensinhalt sehen.*

*Pfarrer Unterwurzacher seufzte, drehte sich um und sprach ein paar Fürbitten, bevor er jeden einzelnen Holzsarg mit Weihwasser besprengte und allen Toten den letzten Segen gab.*

*Mir persönlich ist es egal, wenn sich die Leute zu Tode saufen. Ich segne alle Sünder, Gott sei ihnen gnädig. Und dennoch. Immer mehr Leute scheinen in Ischgl zu sterben. Ich kann mich nicht daran erinnern, hier jemals fünf Särge auf einmal gesehen zu haben. Außer bei diesem Verkehrsunfall vor acht Jahren. Alkohol und Drogen waren auch dort die Ursache gewesen, wenn mich meine Erinnerung nicht ganz im Stich lässt.*

*Gruber nickte und sah durch die Kirchenfenster nach draußen, zu den Dächern des Skiortes und der Seilbahn hinüber. Die Gondeln fuhren auf und ab, als ob nichts gewesen wäre. Und es war auch wenig passiert. Außer das Vorhersehbare. Die Massenbesäufnisse in den Après-*

*Ski-Lokalen und Nachtklubs forderten ihren Tribut. Es schien ein Krieg zu sein, in den jeder freiwillig zog, mit riesiger Begeisterung und noch größerer Gier nach Alkohol, leichten Tänzerinnen und heftigen Drogen.*

Dennoch sind es einige Tote zu viel, seufzte Gruber, wir haben kaum mehr Touristen als in den vergangenen Jahren, aber ein zweistelliges Plus an Toten. Ist das nicht seltsam?

*Die Leute vertragen weniger und kippen mehr hinunter. Das rächt sich irgendwann, antwortete Pfarrer Unterwurzacher und griff nach den Totenscheinen, die ihm Revierinspektor Gruber hinhielt.*

*Das sind aber nur vier Totenscheine.*

*Die fünfte Leiche wird erst in drei Tagen abgeholt.*

*Ich verstehe. Dann behalten Sie den Schein vorerst noch?*

*Genau das habe ich vor.*

Pfarrer Unterwurzacher nickte, verstaute die vier Totenscheine in einer Klarsichthülle und verabschiedete sich von Revierinspektor Gruber.

Dann auf bald, mein Lieber.

*Ihnen auch alles Gute, Herr Pfarrer.*

Räumen Sie endlich mit den Zuständen hier auf.

*Das ist nicht so leicht, wie Sie wissen. Die Millionen Nächtigungen, die Seilbahngesellschaft, der Tourismusverband. Die Adler-Runde, mit einem Wort.*

*Ich verstehe, lächelte Pfarrer Unterwurzacher, es ist einfach das Geld, das die Leute verdirbt. Deren Seelen vergiftet und das Denken zerstört.*

*Moralisch gesehen haben Sie recht, Herr Pfarrer, lächelte Gruber und sah dem Geistlichen nach, der hinter einem schwarzen Vorhang verschwand.*

*Der Inspektor wartete noch ein paar Augenblicke, drehte sich nach allen Seiten um und holte den Totenschein für die fünfte aufgebahrte Leiche heraus. Diagnose: Herzstillstand. Leiche zur Beerdigung freigegeben. Alles an diesem Todesfall schien unverdächtig zu sein. Und trotzdem: Der Tote war erst 22 Jahre alt. Genauso jung wie Grubers einziger Sohn. Der Revierinspektor holte einen Kugelschreiber aus der Uniformjacke, sah zum Gekreuzigten über dem Altar hinauf und wischte sich ein paar Schweißperlen von der Stirn. Dann setzte er ein Fragezeichen hinter der Diagnose. Und fügte »Obduktion zur Abklärung der Todesursache« hinzu.*

\*

Ich heiße Dominique, aber die meisten nennen mich Jason. Nicht Dominique LaCroix, wie es im Reisepass steht, sondern Jason, das Model. Ein Meter 86 groß, 63 Kilo leicht, Haarfarbe rotblond, stechend blaue Augen, 19 Jahre alt. Am dritten Januar 2000 geboren. Ein Milleniumskind. Ich bin in einer kleinen Stadt in der Normandie groß geworden als Sohn einer Mittelschullehrerin und eines Architekten. Es war eine behütete Kindheit mit viel Sport und etwas Kultur. Das ganze traurige Programm einer Kleinstadtidylle. Kurz vor meinem 18. Geburtstag las ich das Inserat einer Modelagentur, ich weiß nicht einmal mehr, auf welcher Webseite. Ich notierte mir die Telefonnummer und benötigte drei doppelte *Calvados*, bevor ich mich anzurufen traute.

Die Folge waren drei Emails, zwei Rückrufe und ein Vorstellungstermin – zweieinhalb Wochen später hatte ich meinen Vertrag. Schon wenige Tage nach dem Abitur übersiedelte ich nach Paris, zuerst in die frühere Wohnung meiner Eltern und ein paar Monate später in ein modernes Apartment in der Avenue Montaigne. Erstens wollte ich möglichst rasch selbstständig werden, und zweitens erinnerten mich die alten Möbel und die dunklen Wände der ersten Wohnung an die längst vergangene Jugend meiner Eltern. Ein Nachwuchsmodel passte jedenfalls nicht in diese traurigen Räume, die vor Vergangenheit troffen und nach den Idealen von gestern stanken.

Ich suchte mir ein Studio, das hell und irgendwie postmodern eingerichtet war, eine Orgie aus portugiesischem Marmor und weißen Corian-Oberflächen. Mit einem riesigen Doppelbett von *Vispring* im Schlafzimmer, von großzügigen Spiegelflächen umstellt. Außerdem sind viele Modehäuser gleich in der Nähe, und auch einige der begehrtesten Fotografen. Es ist teuer und langweilig hier in diesem Patrizierhaus aus dem vorletzten Jahrhundert, voller Scheidungsfälle aus der Oberschicht, aber im selben Stockwerk, nur wenige Meter entfernt, wohnt Eric, ein norwegischer Callboy, 27 Jahre alt, durchtrainiert, Solarium-gebräunt und weißblond, ein Recke wie aus einer nordischen Saga, der 250 Euro pro Session verlangt, aber dafür ist dann alles dabei, was man sich nur ausdenken kann. Sogar Fesselspiele und Fetischrituale. Ich will gar nicht wissen, was in der Wohnung nebenan noch alles gemacht wird.

Es ist später Nachmittag, und ich komme gerade von der *Milano Moda Uomo* zurück. Ich war für drei Shows gebucht, bin also ziemlich gut im Geschäft. Irgendwie suchen alle gerade den Jungen von nebenan, den gefallenen Engel mit rotblonden Haaren, einer Andeutung von Sommersprossen, mit einem kantigen Gesicht, aber weichen, üppigen Lippen und diesem gewissen erotischen Blick in den Augen, knallhart und doch – wie hat sich Marcello, der italienische Stylist, ausgedrückt – ja genau: fragil. Zerbrechlich. Willkommen bei mir jedenfalls. Ich habe drei Mal 20.000 Euro verdient, aber es hätten auch mehr sein können, mein Agent verhandelt meiner Meinung nach schlecht. Sooft ich ihn darauf anspreche, sagt er bloß, ich mache das schon, Kleiner, keine Sorge, du bist bei einem Profi unter Vertrag.

Irgendwie scheint Francois, mein Agent, doch ein schlechtes Gewissen zu haben: Er hat mich über Nacht für ein neues Modelabel aus Österreich gebucht, eine Woche in Is... Isch... puh, keine Ahnung wie man diesen Ort ausspricht: *ob* man ihn überhaupt aussprechen kann, wenn man kein Deutsch beherrscht. Ischgl. So schreibt man das jedenfalls. Eine Konsonantenlawine nach dem kurzen I. Auf Google Maps habe ich den Flecken bereits aufgespürt: in irgendeinem V-Tal versteckt. Laut Wikipedia: 1600 Einwohner. 11.000 Gästebetten. Ein Hinterwald-Manhattan, auf einem halben Hügel zusammengedrängt. Von Paris aus gibt es einen Flug nach Frankfurt und von dort nach ... Innsbruck, genau. Komisch, viele Orte in Österreich scheinen mit I anzufangen. Innsbruck klingt nicht viel größer als Ischgl, aber es hat einen Flughafen. Auf Google Earth schaut die Umgebung von Kranebitten gefährlich aus: unmittelbar hinter der Stadt gelegen und von schneebedeckten Bergen umrahmt. Wahrscheinlich wird der Airbus noch im Anflug auf die kurze Rollbahn an einem Felsen zerschellen, und das war es dann mit Jason, dem aufstrebenden Model.

Ich kriege eine Gänsehaut und bereite mir einen Tee, ohne Zucker, ohne Geschmack, ohne ein einziges Joule. Probiere einen *Missoni*-Pullover an, von dem ich annehme, dass er wintersporttauglich ist. Als ich die zwei Früchteteebeutel in der Kanne versenke, läutet es draußen. Ein untersetzter Mann um die 50 steht vor mir. In seinen Augen zucken 1000e Blitze, sein Mund sabbert, und die Hände zittern vor lauter Gier. Der Pierre-Cardin-Mantel sieht verdächtig nach letzter Wintersaison aus, und irgendwie riecht der Typ nach *Ricard*. Ich kenne die Sorte Mann schon, die sich manchmal in der Türnummer irrt und bei mir anläutet.

Eric wohnt da drüben, sage ich ganz reizend mit meinem Normandie-Dialekt und dem treuherzigen Augenaufschlag, der ungefähr 2.500 Euro pro Aufnahme kostet.
    Schade, sagt der Mann, dreht sich achselzuckend um und wird schon von seinem norwegischen Callboy erwartet.

Während ich meinen Tee schlürfe, überlege ich mir, was ich in den nächsten Tagen alles *nicht* essen werde, um mein Vertragsgewicht von 63 Kilo zu halten. Gemäßigt gelangweilt gehe ich meinen Email-Account durch. Ein paar Anfragen von Modefotografen, aber vor allem: VIP-Einladungen zu Partys, Partys und nochmals Partys. Die meisten hier in Paris, einige in Milano und die richtig wilden in Hamburg. Dazu digitale Postkarten von anderen Boys, mit denen ich letztes Jahr in Miami meine Shootings gemacht habe, mit dem neuesten Gossip gespickt: Lorenzo ist im Drogenrausch eine Treppe hinuntergefallen und hat sich alle Rippen gebrochen. Tom aus Delaware hat sich letzte Woche den goldenen Schuss gegeben, obwohl er angeblich Heroin nie angerührt hat. Jim-Sun aus Shanghai wiegt nur noch 30 Kilo, liegt im Krankenhaus und wird dort künstlich ernährt. Nachts zieht er sich die Infusionsschläuche aus den Venen, weil er immer noch Angst hat, zu dick zu werden, der arme niedliche Trottel – was machst du eigentlich, mein Normannen-Prinz?

NOR-MAN-DIE buchstabiere ich langsam, weil mir die oberflächliche Gleichgültigkeit von Armand, Josua, Geoffrey oder wem auch immer schwer auf den Sack geht. Es gibt auch ein paar Botschaften von Girls, mit denen ich offensichtlich in den letzten Wochen herumgemacht habe. Ich kann mich nicht mehr genau daran erinnern, aber es wird wohl Sex in einem Hotelzimmer in Mailand-New-York-Moskau oder sonst wo gewesen sein, ein paar oberflächliche Prinzessinnen, allesamt blond, mit toller Figur, gut im Bett, aber vollkommen leer im Kopf, wenn man von ihrer Besessenheit absieht, als Model-Managerin-oder-Fotografin Karriere zu machen, und wenn es durch 1000 Betten gehen muss, *aber du wirst sehen, Jacob, ich werde es schaffen.*

Roxanne, du heißt zwar wie ein Popsong aus dem Paläozoikum, aber mein Name ist nicht Jacob, sondern Jason.
    Echt jetzt? Warum hast du das nicht gleich gesagt plus drei Fragezeichen und fünf Smileys.

Roxanne hat ihr Hirn in der Grundschule abgegeben, als sie noch nicht ganz mit dem Alphabet durch waren. Sie macht Rechtschreibfehler wie eine Neunjährige, hat einen Silikonbusen, der Tote aufwecken kann, und sieht trotz ihrer 24 Jahre immer noch aus wie sechzehneinhalb. *Danke, Jacob, das hast du schön gesagt.*

Gegen 19 Uhr abends kommt Eric auf einen Kräutertee vorbei, das heißt, ich trinke Kräutertee und er eine Flasche *Absolut Vodka* in der limitierten *Gay-Pride-Auflage*. Seine Hände sind von blau angelaufenen Striemen durchzogen, und das Gesicht ist leicht verschwollen, weil der letzte Kunde irgendeine SM-Nummer durchziehen wollte.

Was Eric schon alles angestellt hat mit seinen Händen, seinem Mund, seinem Schwanz, seinen Eiern, seinem Arsch. Ich fühle mich ein bisschen unwohl, wenn ich ihn so ansehe, aber irgendwie mag ich meinen Nachbarn total. Er hat eine ganz andere Jugend gehabt als ich, allein mit einer alkoholkranken Mutter, die ihn vernachlässigt und später für ein paar Flaschen Schnaps irgendwelchen Kerlen überlassen hat. Eine Kindheit aus Flüchen, Schlägen, Jugendfürsorge und Heimen. Mit 15 ist Eric endgültig abgehauen und hat sich als Stricher und Taschendieb durchgeschlagen. Er war Matrose und Kellner in den allerletzten Kaschemmen, er jonglierte mit Hüten auf Jahrmärkten und verkaufte Kokain, Crystal Meth und XTC-Pillen. Ungefähr zehnmal wollte er Selbstmord begehen, hat Tabletten geschluckt, sich die Adern aufgeschlitzt und ist sogar einmal von einer 20 Meter hohen Brücke gesprungen. Er hat das Leben von 30 Stuntmännern und 70 Verrückten hinter sich und sieht noch immer durchtrainiert und jugendlich aus. Eric hat sogar einen Waschbrettbauch, einen tollen Schwanz und riesige Eier. Manchmal legt er sich nackt zu mir ins Bett, und dann spielen wir die große-Bruder-kleine-Bruder-Geschichte. Wir gucken uns dabei tief in die Augen, streicheln uns überall, bekommen sogar einen Steifen, aber richtig Sex machen wir nicht. Eigentlich schauen wir uns nur an, wir streicheln uns vielleicht ein wenig, aber es kommt nie zum Äußersten – beinahe wie bei echten Geschwistern.

Kräutertee und *Absolut Vodka* vertragen sich nicht so gut, also gehe ich zum Kühlschrank und hole uns eine Flasche Champagner heraus. Die Flasche ist von emaillierten Anemonen überzogen und hat diesen Retrostyle, auf den ich voll abfahre. Zumindest verweist sie auf eine Zeit, in der alles langsamer und ruhiger gewesen sein muss. Die Zeit des Französischen Jugendstils stelle ich mir glamourös vor: ganz in Sepiafarben getaucht, mit Pferdekutschen und Leuten, die noch Contenance haben und wissen, dass man sich nicht alles kaufen kann, was man begehrt: einen Jungen wie Eric oder ein Model wie Jason.

Nachdem der Champagner geleert ist und Eric in seinem Apartment den nächsten Kunden erwartet, schwebe ich ins Schlafzimmer hinüber und wühle in meiner Garderobe herum. Wie jedes anständige Model habe ich 1000e Anziehsachen im Schrank, aber leider immer die falschen. Rot kannst du in dieser Wintersaison unmöglich anziehen, Blau und Gelb gehen ebenfalls nicht, eher so Pastellfarben, aber da passen die Schnitte nicht mehr … ein Luxusproblem nach dem anderen. In einigen Tagen reise ich für ein Fotoshooting in die österreichischen Alpen und habe absolut *nichts* zum Anziehen: keine coole Wintersportjacke, kein Après-Ski-taugliches Outfit, kein Snowboard, keine Carving-Skier, keine Boots, keine Accessoires wie Kappe/Mütze/Skibrille/Handschuhe.

Scheiße, richtig scheiße ist das.

Ich bin echt angepisst von meiner provinziellen Minderwertigkeit. Gegen meinen Willen laden sich plötzlich Dutzende Bilder in meiner Erinnerung hoch: der Bahnhof von Caen, eine Flasche Calvados auf dem Holztisch, die Austernbänke, der verdammte Atlantik, der Geruch von Möwenscheiße und fauligem Seetang. Wahrscheinlich rieche ich noch immer nach dem Hafenbecken von Asnelles oder nach einem Fischkutter. Ich könnte die Wände hochlaufen und heulen. Im Heulen bin ich Vizeweltmeister. Ganz das kleine, hysterische Mädchen. Obwohl ich mich anstrenge, scheine ich nicht richtig männlich zu werden.

Weil mir nichts mehr Besseres einfällt, gehe ich gegen 21 Uhr einfach zum Squash. Verabrede mich mit Branko für eine Partie in der hippen Gym-Halle. *Holmes Place* oder *Equinox* oder so. Branko ist Fußballer bei Saint Germain, er spielt linker Verteidiger, ist 20 Jahre alt und verdient ein paar Millionen pro Jahr. Seit er voriges Jahr den Klub ins Viertelfinale der Champion League geschossen hat, darf er sich so ziemlich alles erlauben. Mit Branko ist sogar Squashspielen glamourös. Schon vor der Sporthalle gibt er mindestens 200 Autogramme, die meisten an vorpubertäre Jungs, die ihn anstrahlen, als wäre er eine schrille Pornoqueen mit Körbchengröße 105d.

Nach dem Sport gehen wir auf einen Selleriesalat ins *DETOX3000*, das zwei Exilchinesen und einem staatenlosen Milliardär gehört. Der Laden ist so was von angesagt, dass nicht einmal Branko jedes Mal reinkommt. Diesmal haben die Türsteher Erbarmen mit uns. Wir thronen an der geschwungenen Bar und lassen uns von tätowierten Barkeepern anstarren, aber wir nehmen es gelassen hin, wie glanzlosen Reichtum, der in Wirklichkeit andere Leute betrifft.

Gegen 2.30 Uhr komme ich zurück in mein Apartment, und bei Eric brennt Licht. Nichts Ungewöhnliches, er empfängt seine Kunden oft nachts: jene Typen, die richtig einen draufmachen müssen, bevor sie locker genug sind, um sich eingestehen zu können: *Ich bin ein schmuddeliger älterer Mann, der auf versaute Jungs steht.* Und der jetzt weit nach Mitternacht seinen Boy braucht. Einen Jungen mit tollem Oberkörper, 100.000 Tattoos und einem Riesenschwanz, der dauersteif ist. Einen Callboy wie Eric. Du wählst 384-38-96 und bist am Ziel deiner Begierde: eine Stimme, die noch jung klingt, aber ebenso erfahren. Etwas aufgeraut vom Alkohol, von den Drogen. Von dem schrägen Leben da draußen.

Um 6.10 Uhr läutet es an der Tür. Einmal, dreimal, zwanzigmal, tausendmal. Ich wache ein Dutzend Mal auf, halte die Kissen gegen das Gesicht gedrückt, fühle mich um meinen Schönheitsschlaf betrogen. Ich brauche meine zehnstündigen R.E.M.-Phasen, um immer noch auszusehen wie sechzehneinhalb. Je jünger du wirkst, je trainierter und magerer dein hochversicherter Body ist, desto mehr Kohle wird das nächste Shooting einbringen. Ob mein *Paco-Rabanne*-Werbesujet bereits draußen ist? Mein Body beinahe nackt, und die *Speedo* ganz leicht heruntergezogen, die Beule schön sichtbar, der Blick hinter dunkelster Eye-Wear versteckt: Ich hätte mich selber ficken können, so geil haben die Abzüge ausgesehen, diese retuschierten Wirklichkeitslügen.

Es läutet noch immer.
Es hört einfach nicht auf.

Mein Schlaf ist in 1000 Stücke zerbrochen. Ich ziehe meine *Kenzo*-Pants an, schlüpfe in die Sandalen von *Jimmy Choo*, nehme den Bademantel von *Comme des Garcons* und bin an der Tür, spähe durch den Spion auf den Gang. Lauter Flics. Dutzende Typen in Uniformen, aber auf ungeil.

Der Typ, der direkt in den Spion schaut, trägt keine dunkelblaue Idiotenlivree. Er hat einen schwarzen Mantel an, passend zur schwarzen Krawatte und dem offensichtlich selbst gefärbten Schnauzbart. Das Klischee eines Kommissars. Ich öffne die Tür, starre auf die Dienstmarke, die mir der 50-Jährige entgegenhält, und weiß: Manchmal wird das Klischee Wirklichkeit. Der Alltag verwandelt sich in eine Crime Zone. Ich bin im Sequel des Vormittagsfernsehens gefangen, nur ohne Kameras und ohne das »Quiet please, and action« eines entnervten Regisseurs.

Nichts dergleichen.

Nur Beamte vom Erkennungsdienst, Leute, die sämtliche Nachbarn befragen, darunter auch mich. Ich brauche drei Zigarettenlängen, um die Nachricht aufzunehmen: Eric-ist-tot. Ist vor wenigen Stunden ermordet aufgefunden worden. In 1000 Stücke zerfetzt. Von einem unbekannten Tier erlegt, das einer seiner Kunden gewesen sein muss. Ein Wolf in Menschengestalt. Wie eine Sagenfigur. Aber auf wirklich. In echt.

Ich beginne zu zittern. Die Zigarette fällt zu Boden. Ich trinke meinen Entschlackungstee, obwohl ich zwölf Kilo unter Idealgewicht bin. Der Kommissar starrt auf meinen Ausweis und fragt, ob er gefälscht ist.

Was?

Dieser Ausweis. Du bist doch höchstens 16 Jahre alt, warum lebst du allein?

Excuse moi, Monsieur Commissaire, aber ich bin wirklich schon 19 geworden. Fragen Sie Francois, meinen Manager, fragen Sie in der Agentur *MenX* nach, fragen Sie Virginie Viard, Yohji Yamamoto oder den steinalt gewordenen Gaultier. Sie alle halten meine Mobilnummer in ihren Geheimhandys versteckt.

*Na, mein kleiner Normandie-Prinz, wieder Lust auf Mailand, Tokio, Shanghai oder Moskau? Na klar. Für dich immer.*

*Lasziver Augenaufschlag. Blick von unten herauf. Okay, gebucht. Und danke, das war's.*

Der Kommissar fragt, ob ich dasselbe mache wie Eric. Na, du weißt schon. Ich schüttle den Kopf und zeige ihm ein paar Mappen in A2-Format. Mein Körper in 1000 markenartikeltauglichen Posen. Langsam schnallt der Typ, dass ich kein Callboy bin, sondern ein Model, das ungefähr das 20-fache eines durchschnittlichen Jahresgehalts einstreicht. Wenn es halbwegs gut läuft. Und seit einiger Zeit läuft es ausgezeichnet.

Entschuldigung, was haben Sie gefragt, Monsieur Commissaire?

Wo du heute Nacht warst, genauer gesagt zwischen

gestern 20.30 Uhr und heute vor knapp einer Stunde vielleicht.

Ich rekapituliere den letzten Abend, die letzte Nacht, alles schön mit Zeugen und Namen garniert, die halbe Jeunesse dorée von Paris wird heute von einem leibhaftigen Kommissar kontaktiert werden: *Pardon, können Sie uns bestätigen, was Dominique LaCroix gesagt hat?*

*Wer soll das sein – nie gehört.*

*Nennt sich auch Jason, fällt dir jetzt was ein?*

*Ach, dieser Junge aus Caen. Das magersüchtige Model mit den todtraurigen Augen. Nein, der kann nichts verbockt haben, Monsieur Commissaire, der ist sanft und ruhig wie ein Elfjähriger, der noch an seinem Daumen lutscht und den bunten Schwachsinn im Trickfilm-Channel anstarrt.*

So viel zu meinem Ruf in der Stadt.

Der Kommissar schreibt bedächtig eine Reihe von Namen und Mobilnummern auf. Ich schniefe ein bisschen und beginne zu weinen. Die Sache mit Eric nimmt mich her. Tot? Ausgerechnet Eric, der mit 27 schon vier oder fünf Leben hinter sich hatte? Er ist wie ein großer Bruder gewesen ist, verstehen Sie, Monsieur Commissaire, so einen, den man aus der Ferne bewundert, weil er um ein Haar in brennenden Autos umgekommen oder weil er von einer Brücke bei Trondheim gesprungen ist, weil er Waffen geliebt hat, und weil er durch und durch ein *Mann* war, so viril und gefährlich wie ich ihn mir in den allergeilsten Träumen vorstellt habe.

Mein glamouröses Leben hat sich plötzlich in eine Telenovela verwandelt. Zur Folge 115: Mord in der Nebenwohnung. Extrem hohe Einschaltquoten. Das halbe Land starrt die paar schmierigen Akteure an. Der Kommissar sieht aus wie jemand, der Philippe Noiret imitieren will. Aber einfach nicht schauspielern kann.

Danke, das war's. Sie können weiterpennen.
   War das alles?
   Oui. Bien sur. Mercì.

Keine Ahnung, ob der Dialog echt war. Ob der Kommissar wirklich in meiner blitzblanken Miniküche gesessen ist und einen *Nespresso Lungo Forte* getrunken hat. Immerhin riecht es im Raum nach einem Parfum aus dem Billigdiskonter: eine Mischung aus Seifenspender und irgendetwas mit Tabak. So eine Mischung fällt höchstens einem *Givenchy*-Kopisten auf den Philippinen ein.

Ich suche nach einem Kleenex und weine das Taschentuch voll. Ich frage mich, ob ich Erics Begräbnis organisieren muss, ich meine, wen hat der Junge schon gekannt außer mir? Keine Eltern mehr, keine Bekannten, nur wenige Freunde. Und plötzlich begreife ich, dass hinter Erics Körperfassade, hinter seinem smarten Blick, dem überlegenen Lächeln und den regulierten Zähnen nichts als blanke Einsamkeit war. Ja, Eric war einsam. Ein Callboy, der die härtesten Sachen hinnehmen musste, um über die Runden zu kommen.

*Du könntest auch eine Menge Kohle mit deinem Body absahnen, Jason.*
   *Das mach ich ja, Eric. Nur auf eine andere Weise.*
   *Stimmt, du verdienst richtig Cash. Weil du die Gegenwart erleuchtest.*
   *Hä, was hast du da gesagt?*

Heftiges Lachen, so von Model zu Callboy.

Meine Hände zittern. Der Aschenbecher fällt zu Boden. Die zwölf Zigarettenkippen und ein Haufen Asche liegen auf dem nagelneuen Marmorboden herum. Eine Schramme verläuft quer über eine der Platten. Mit einem Schlag ist die Wohnung eine billige Mezzie geworden, und nebenan war auch noch ein Mord. Ich nehme ein Vollbad und überlege, ob ich diese eine Nummer wählen soll. Die Vorwahl von Caen, und dann eine Kombination aus sechs Ziffern, die ich seit meinem fünften Lebensjahr auswendig weiß.

*Die* Notfallnummer schlechthin.

Egal, wie viel ich mit meinem Body verdiene, wenn ich nicht mehr weiter weiß und irgendwo auf dem kaputten Planeten in einer VIP-Lounge, einem drogenverseuchten Klub oder in einer anonymen Fünf-Sterne-Plus-Suite meine Sinnkrise bekomme, dann hilft diese Nummer: der Festnetzanschluss von Zuhause, diesem hübschen kleinen Landhaus am Rande von Caen, in dem ein Architekt und eine Gymnasiallehrerin wohnen: meine Eltern.

Timothy LaCroix und Brigitte Bardot – bitte nicht lachen: Meine Mutter heißt genauso wie diese Schauspielerin aus dem vorigen Jahrtausend, aber natürlich sieht sie vollkommen anders aus. Meine Brigitte Bardot ist eine kettenrauchende Intellektuelle, weißblondes Haar, das Gesicht voller Falten, mit einer spröden, richtig porös wirkenden Haut. Niemals Lippenstift, schon gar kein Kajal. Nicht einmal Nachtcreme. Höchstens Zahnseide und diese Flüssigseife von *Dove*. Am liebsten überhaupt keine Markenartikel. Besser am Wochenende zusammen mit Tausenden Klimarettern gegen jene Konzerne demonstrieren, die ihren Sohn für eine PR-Kampagne engagiert haben.

Die Notfallnummer funktioniert immer, rund um die Uhr. Spätestens nach dem dritten Freizeichen kommt das befreiende Klicken.

Mama, ich bin's. Kann ich nach Hause kommen?

Meine Brigitte Bardot am anderen Ende der Leitung fragt nicht warum und wieso. Ich habe das Gefühl, dass sie einfach lächelt, ihre Zigarette raucht und mit dem Kopf nickt. Ich höre in ihre Smartphone-Stimme hinein, die noch immer so beruhigend klingt.

Komm nur nach Hause, mein Schatz. Warst schon lange nicht mehr hier. Ich hole dich vom Bahnhof ab, mach dir bloß keine Gedanken.

Genau, was ich hören wollte. Jetzt, um 8.45 Uhr, unmittelbar nach dem Verhör durch einen leibhaftigen Kommissar.

*

Ich heiße Pat, nach meinem Alten, minus die letzten vier Buchstaben. Ich bin 17 Jahre alt und könnte im Juni mein Abitur machen, aber ich habe die Luxusschule vor einigen Wochen geschmissen, dieses verdammte Lyzeum im 16. Arrondissement. Die Schule, die angeblich Baudelaire und Jules de Goncourt besucht haben und ein paar verrückte Maler und fünf frühere Minister dazu. Eine Elite-Anstalt par excellence. Wie auch immer. Das mit der Schule ist jetzt vorbei, und zwar endgültig. Ich gehe nicht mehr hin. Ich habe was anderes vor. Was zehnmal Großartigeres. Etwas, das mir richtig fett Kohle einbringen wird.

Vielleicht habe ich mir alles von meinem Dad abgeguckt: Er dealt mit Immobilien, ich mit dem Stoff, aus dem die größenwahnsinnigen Träume sind. Oder die dreckigsten Fantasien. Die Substanz, nach der alle gieren. Das weiße Marschierpulver, das du schniefst, inhalierst oder auch spritzt, um dein Potenzial in dieser verdammten Hochgeschwindigkeitsgesellschaft abrufen zu können. Du musst in diesem sinnlosen Wettlauf mit dir selbst tough bleiben, die Reaktionszeit eines Tennisprofis haben, die Ausdauer eines Marathonläufers und die Kraft von zehn Bodybuildern, obwohl du im Grunde nur eine Lachnummer auf diesem Rolltreppeninferno nach oben darstellst – oder überhaupt noch im Prekariat herumgroovst. Du verdienst nichts, aber du hast deinen Ausbildungsmarathon hinter dir, bist Bachelor von Irgendwas, hast irgendeinen Wettbewerb für einen Controllerjob in irgendeiner scheiß Bank gewonnen, und da arbeitest du jetzt, zwölf oder 15 oder 24 Stunden am Tag: Roundabouts, Deadlines, Schlaflosigkeit, dein Dauergestarre auf Pivot-Tabellen und Datenbanken, du bist todmüde und gleichzeitig hellwach, du brauchst das kolumbianische Marschierpulver, und du brauchst mich, deinen minderjährigen Dealer.

Okay, Sie rümpfen die Nase, Sie eingebildeter Trottel aus der Wohlstandsliga: Sie sind vielleicht 50 Jahre alt, Beamter im Landwirtschaftsministerium, ohne Sie tickt die Welt auch weiter. Ich rede von meinen Kunden, den Hamstern in den Hamsterrädern, ich rede von Versuchstieren in Menschengestalt, von Leuten, die hoch hinaus wollen und vielleicht doch klein beigeben müssen, und von jenen, die sich mit Kraft und Ausdauer und Reaktionsschnelligkeit zu einem Supertier aufgeblasen haben, obwohl sie vielleicht doch nur harmlose Ameisen sind: ständig vom Versagen, vom Burnout, vom Vergessen werden bedroht.

Manchmal wird man zum Philosophen in meinem Job oder zu einem Poeten, zu einer Art Baudelaire, der vor 200 Jahren mein Elitegymnasium besucht hat, ich glaube, der Typ hat auch die *Blumen des Bösen* geschrieben. Ein ziemlich cooler Titel jedenfalls. Könnte auch ein Thriller sein, dabei sind es lauter Gedichte, wo sich hinten alles irgendwie reimt, aber wenigstens spielt das Zeug in der Gosse des 19. Jahrhunderts, wo von Ratten und Krankheit, von Tod und Absinth und was weiß ich allem die Rede ist, ein bisschen wie hier draußen im *Banlieue*, in dieser ehemaligen Fleckviehversteigerungshalle, in der ich jetzt hocke, weil ich auf den Krebs warte, meinen maghrebinischen Dealerkollegen.

Ich sitze auf der Holztribüne und starre schon länger auf die Arena hinunter, in der fünf Boxringe genauso aufgestellt sind wie die Augen auf einem Pokerwürfel, und in jedem dieser Boxringe schlagen sich irgendwelche Marokkaner und Algerier, Albaner und Türken in die Fresse, alle so in meinem Alter, sehnige Jungs, die sich wortwörtlich durchs Leben schlagen, vorerst noch hier in der Halle, aber in ein paar Jahren auch draußen auf der Straße.

Vielleicht schafft es der eine oder andere Nachwuchsboxer in die dritte Kreisliga oder wird sogar der nächste Landeschampion im Halbweltergewicht, aber irgendwann wird er in seinem Wohnblock, seinem Getto, seiner Halbwelt dahin rotten und mit spätestens 40 Jahren von ein paar Messerstichen oder einer Lungenembolie gekillt werden, so läuft das hier im Banlieue, willkommen im Mittelalter des 21. Jahrhunderts: Deine durchschnittliche Lebenserwartung beträgt 39 Jahre, und den Löffel kannst du demnächst da vorn an der Straßenecke abgeben, wo dich ein schräger Vogel abpassen und niederstechen wird, mit einem Ruhepuls von 61 Schlägen – also ohne mit der Wimper zu zucken.

Ich sitze auf der Holztribüne und trinke mein *R&B* aus der Dose, diese österreichische Energielimonade, diesen Gummibärchen-Saft. Das Zeug hält mich irgendwie wach, und wach musst du sein in meinem Schattenjob, schließlich habe ich 1000e Feinde: nicht nur die Dealerkonkurrenz, meine Lieferanten oder die verdammten Abhängigen mit den Zahlungsschwierigkeiten und trüben, zuckenden Augen, sondern vor allem die Flics, die Ermittler, das Heer der Staatsbeamten, diese graue Armee aus grauen Leuten in grauen Anzügen, diese Armada von Leuten, die das Französische Wertesystem vertreten, die Lüge von Liberté, Egalité, Fraternité, was für ein Schwindel, 90 Prozent der Bevölkerung scheißen auf Freiheit und Gleichheit und Brüderlichkeit, jeder will seinen Nächsten so lang demütigen, bis er selber ein Stück weiter auf der Erfolgsleiter raufkriecht, dem nächsten fetten Bonus, dem verdammten Reihenhaus in einem Pariser Wohlstandsbezirk oder dem nächsten Ferrari Portofino entgegen.

Ich saufe die *R&B*-Dose leer, zerknülle sie wie Papier und werfe sie auf den kalten Beton, während im rechten oberen Boxring ein schmächtiger Marokkaner-Junge von einem Türken niedergestreckt wird, der arme Zwerg liegt blutend am Boden, zuckt wie ein Tier im Todeskampf und scheint beinahe zu verrecken dort unten. Ein fetter Trainer im Jogginganzug mit weißem Kraushaar und dunkler Hautfarbe steigt mit einem Kübel Wasser in den Ring und betupft das Opfer der türkischen Kampfkraft, aber der Junge rührt sich nicht mehr, und die Leute im Boxquadrat rufen und gestikulieren, und auf den anderen Boxfeldern hören sie bereits auf mit dem Kämpfen.

Ich haue lieber ab, weil die Trainer vielleicht die Rettung und die Bullen alarmieren müssen, und dann könnte die Situation schnell eng für mich werden, außerdem sehe ich einige Sitzreihen weiter oben den *Krebs*, diesen spindeldürren Araberjungen, etwa gleichalt wie ich, im echten Leben Pizzalieferant, immer zu viel Brillantine im Haar und von einer Duftwolke eines schweren Parfums umhüllt, ein Aftershave für blutige Anfänger. Er steht da oben in der letzten Reihe der Holztribüne, unter der abgeschalteten Spielstandanzeige, und grinst in meine Richtung, der Gute hat nicht alle Eier im Schrank, aber egal, er grast für mich diesen Scheißbezirk ab und verteilt das Marschierpulver im Banlieue, auch hier brauchen die Leute einige Brisen vom Stimmungsaufheller, bevor sie den Hof zusammenkehren, ihren Lebenspartner erwürgen oder im nächsten McDonald's ein Blutbad anrichten. In ein paar schnellen Schritten bin ich oben bei ihm, wir sehen uns in die Augen, grinsen schief, und dann wechseln Stanniolkügelchen und Geldscheine unauffällig ihre Besitzer.

Comment vas-tu?
Comment scheiß drauf.

Wir zucken mit den Achseln, und jeder von uns verschwindet in seine eigene Nacht. Ich werfe meine Vespa aus den 90er-Jahren an, aber feuerrot und extrem cool. Vor einer Tankstelle mit fetter Weihnachtsbeleuchtung zähle ich das Geld, zwei-drei-vier-fünftausend, voilà – wenn das kein geiler Abend im *L'Avventure* wird: rein mit der Kohle, raus mit der Kohle – so läuft das in unserem Job. Eine Magnum *Dom Perignon* oder *Belle Époque Rosé*, ein Schälchen Erdbeeren und ein paar Mädchen dazu, das bisschen Bumsen oder Blasenlassen im hintersten Winkel der Promidisco, wo keiner hinguckt vor lauter Drogen und Alkohol, vor lauter auf Irgendwas-Drauf, so wird der Abend, diese Nacht wohl wieder verlaufen.

\*

Lizzy parkte ihren Kleinwagen in einer dunklen Innsbrucker Seitenstraße. Wenige Tage nach dem Ischgl-Opening war der Föhnsturm einer Kaltfront aus Nordwesten gewichen. Während es in der Tiroler Landeshauptstadt noch regnete, würde es in Ischgl auf knapp 1400 Metern Seehöhe bereits schneien. Lizzy hatte ihren freien Tag, einen von einem knappen Dutzend während der gesamten Wintersaison. Da das Trinkgeld stimmte, war die karge Freizeit nicht so schlimm, und in wenigen Monaten würden die 140 Samstage hintereinander sowieso wieder Geschichte sein.

Lizzy trat ihre Zigarette aus und läutete an der Wohnungstür einer Cousine, die in Innsbruck Medizin oder Pharmazie studierte. Corina war wie ein Mittelklassewagen: zuverlässig, sparsam und ziemlich langweilig. An diesem Abend war sie nicht zu Hause, dafür lag der Wohnungsschlüssel unter der Fußmatte, eingewickelt in einem Blatt Papier, auf dem in schönster Schrift die Nachricht stand: »Hey Lizzy, ich bin bis nächste Woche auf einem Seminar in Schweden. Du kannst alles benützen. Vergiss nicht, Mucki (meine Katze, Smiley) zu füttern und die 150 Pflanzen zu gießen (Doppelsmiley). Amüsier dich, wenn du kannst. Auf bald und lg, Corina«

Lizzy warf den Zettel in den Papierkorb und sah sich in der Wohnung um: 50 Quadratmeter, perfekt aufgeräumt, beinahe pathologisch aseptisch. Der fette Kater Mucki lag eingerollt auf dem schwarzen Ledersofa im Wohnzimmer und rührte sich kaum, als Lizzy eintrat. Entweder erkannte sie der Kater noch von früher, oder er war mittlerweile unsäglich faul geworden. Lizzy rauchte die nächste Marlboro im Stehen, holte etwas *Sheba* aus dem Kühlschrank und kippte das Katzenfutter auf eine blassgelbe Kaffeeuntertasse. Der Kater Mucki kam angetrabt und umkreiste die Tasse wie ein Satellit, der von seiner üblichen Laufbahn abgelenkt worden war. Danach war nur das gierige Schlabbern des Katers zu hören, der sich, ohne ein einziges Mal hochzusehen, über sein Futter hermachte.

Lizzy rauchte ihre Zigarette zu Ende und wählte die Nummer von Luca, einem schlaksigen blonden Kroaten, der sich als Fahrlehrer und Barkellner in einem Innsbrucker Klub durch das Leben schlug. Vielleicht 25 Jahre alt, kein Junge mehr und noch kein Mann, ein in die Höhe geschossener Peter Pan, der nicht der Allerhellste, dafür ziemlich gut im Bett war. Luca hatte keine fixe Freundin, er hasste Beziehungen und bevorzugte die schönen, glatten Oberflächen, das glitzernde Bling-Bling, er kokste ein bisschen, trank Wodka mit Soda Zitrone, er trug gerne Stringtangas und war vielleicht bi, garantiert lutschte er ab und zu einen Schwanz genauso gern wie er mit jüngeren Frauen schlief – Lizzy hatte wirklich Lust auf ihn und war ein bisschen enttäuscht, nur die digitale Stimme des Anrufbeantworters zu hören – Sprechen Sie bitte nach dem Piepton: *Hey, Luca, hier ist Lizzy. Ich bin heute Abend in Innsbruck, morgen geht es wieder nach Ischgl hinauf, du weißt ja, Wintersaison und so. Was machst du eigentlich? Wenn du Zeit hast, ruf mich an unter ...*

Lizzy seufzte. Eigentlich war es sinnlos, auf Lucas Anrufbeantworter eine Nachricht zu hinterlassen. Luca hörte Nachrichten nie ab. Er konnte mit hinterlassenen Botschaften nichts anfangen, lebte in einem Nirwana der Gegenwärtigkeit ohne Ausgang. Fußball war sein Leben, Sex seine Religion, Fernsehen die einzige Zerstreuung. Eine hohle Comicfigur, die nichts von sich preisgab. Wo er wohl um diese Zeit war? Für die Fahrschule war es zu spät, für den Klub zu früh, Vielleicht drückte er an einem Automaten im Bahnhofsviertel herum. Oder er rauchte einen Joint in einem Innsbrucker Park, starrte zur Nordkette hinauf und fragte sich, warum das Leben keinen Sinn hatte. Zumindest nicht seines.

Lizzy nahm ein Vollbad, trank eine Flasche Prosecco leer und sah sich eine öde Krimiserie an. Es war gar nicht so leicht, die Zeit totzuschlagen. Gegen 21 Uhr aktivierte Lizzy ihren Messenger-Account und schaute nach, wer von ihren Innsbrucker Freunden ansprechbar war. Mario, Christian, Stefan, René, Falko – Lizzy hatte keine Ahnung, wer die Typen eigentlich waren. Auf den

Fotos waren grinsende junge Männer zu sehen, die alle gleich gelangweilt dreinsahen. Unverbindliche Studenten im Amüsiermodus, einem kleinen Abenteuer nicht abgeneigt, obwohl mit einer Freundin, die sie kaum verstanden, geschlagen.

Hey, hast du Zeit?
    Sieht nicht so gut aus. Muss bis nächste Woche die verdammte Diplomarbeit fertigkriegen. Außerdem habe ich mich gerade für die Endrunde eines Apple-Jobs qualifiziert. Drück mir lieber die Daumen.

Irgendwie schien die ganze Welt Karriere machen zu wollen. Vielleicht war die neue Bundesregierung daran schuld. Oder ein noch geheimes Virus, das ausschließlich junge Männer mit einem Body-Mass-Index unter zehn befiel.

Gegen Mitternacht rief Luca zurück. Lizzy lächelte, als sie seinen Namen auf dem Display erspähte.

Soll ich noch vorbeikommen, fragte er mit seinem rollenden Kroaten-R und dieser unverbindlichen Atemlosigkeit, und beide wussten wie der Abend enden würde: zu zweit im Bett, die Körper ineinander verkeilt, die Gedanken irgendwo anders, der Blick gegen die Decke gerichtet, wo es diesen einen langen Riss gab in der brüchigen Mauer.

Danach die Zigarette zu zweit: einen Joint. Etwas Rotwein aus dem Pappbecher. Und diese vage Ahnung von Leben.

Wo warst du vorhin?
   Was geht es dich an?
   Ich will es nur wissen.
   Hey, wir sind nicht miteinander verheiratet.

Die Wohnungstür fiel ins Schloss. Und Luca war wieder weg. Der fette Kater schlich durch die Wohnung, auf der Suche nach der nächsten Portion Katzenfutter. Auf dem Küchentisch lag ein Klappmesser. Die letzte Spur von Luca, der sich vielleicht für immer verabschiedet hatte. Ein Achselzucken, ein halbes Grinsen, ein leerer Blick aus viel zu hellblauen Augen. Und die Einsamkeit, die sich auf jedes Möbelstück legte, übelriechend wie vergammeltes Fleisch.

*

*Ischgl, 16. Dezember*

*Ich komme aus dem Klub im M-Hotel zurück, aus dem Pasha. Lizzy und ich schupfen dort die zweite Bar. Meine Kollegin ist drei Jahre älter als ich, also 24, und kennt sich echt prima aus. Während ich schon bei 20 Gästen ins Schwimmen gerate, erledigt sie alles mit links. Kennt sämtliche Preise auswendig und weiß, wie sie bei welchen Gästen an das höchstmögliche Trinkgeld heran-*

*kommt. Sie lächelt die ganze Zeit, aber verhält sich dabei wie ein Raubfisch. Die meisten Betrunkenen fallen darauf herein, kein Wunder, sind ja alles Männer jenseits der 40. Für diese gutverdienenden Schürzenjäger bin ich nur ein kleiner Schankbursch – und klein trifft es auch ziemlich: ein Meter 70 groß, 52 Kilo leicht, dunkelblond, Mittelscheitel. Ich schaue fast noch wie 16 aus, aber das hilft mir auch nicht gerade weiter. Es ist meine erste Saison hier. Auch Zwerge haben klein angefangen, wie Lizzy gleich am ersten Tag gesagt hat. Irgendwie steh ich sogar ein bisschen auf sie. Mir gefällt ihre aktive Art: ein bisschen dominant und nie um eine schlagfertige Antwort verlegen.*

*Jetzt um 3.40 Uhr früh müsste ich von all den fliegenden Hirschen, den Wodka-Shots und den 20 Champagnerflöten besoffen sein, aber ich bin's einfach nicht. Ich kann noch immer halbwegs gerade Sätze von mir geben und vielleicht auch bis 10.000 zählen, wenn es sein muss. Nicht einmal meine Hand zittert. Nichts verrät, dass ich sicher an die zwei Promille Alkohol im Blut habe, vielleicht sind daran auch die bunten* Happy Tabs *schuld, jene Aufputschmittel, von denen mir Lizzy immer etwas abgibt. Sie lächelt mir dann verschwörerisch zu, und ich weiß nicht einmal, ob das Mitleid mit mir ist oder doch so etwas wie Anmache. Komm, reiß mich auf, Kleiner. Trau dich. Ich beiß dich nicht, ich kaue dir höchstens einen ab.*

*So etwas male ich mir aus, wenn ich so wie jetzt auf meinem Bett im Mitarbeiterhaus sitze, in einem 15 Quadratmeter kleinen Zimmer, aber wenigstens allein. Die ausländischen Hilfskräfte müssen zu dritt oder zu viert in so einem Zimmer ausharren. Keine Ahnung, wie das funktionieren soll, aber irgendwie muss es ja gehen. So ist das hier in der Wintersaison. Freie Tage gibt es kaum, und wenn ich einmal einen habe, schlafe ich 20 Stunden durch und komme wieder nicht zum Snowboarden.*

*Dabei war ich früher ein richtig guter Freerider, sogar im nationalen Jugendkader, bis mir ein Kreuzbandriss den Traum von einer coolen Karriere zerstört hat und ich in der Gastronomie anfangen musste. Zunächst als Kellnerlehrling, und nach der Gesellenprüfung habe ich einmal hier und einmal dort angeheuert, die meisten Hoteliers nehmen mich gleich beim ersten Vorstellungsgespräch, weil ich wie der Prototyp eines Snowboarders oder Skaters aussehe: glatte lange Haare, ein hübsches Gesicht, weiße Zähne, das energische Grübchen am Kinn und ein paar Narben auf den Unterarmen. Wenn es sein muss, kann ich auch ziemlich mutig sein – zumindest was das Boarden und das Skaten angeht. So ziemlich jede Schneerinne habe ich hier bewältigt, und im Sommer rase ich wie ein Irrer mit dem Mountainbike zu Tal, springe über Baumstrünke, Brombeerstauden und Ameisenhügel hinweg, und was sich mir beim Downhill noch so alles in den Weg stellen will.*

*Aber der Sommer ist weit weg. Es ist Mitte Dezember, kurz vor 4 Uhr früh, und ich sitze auf meinem Bett und bin meilenweit weg vom Einschlafen. Auf meinem Schoß liegt das iPad mit mehreren offenen Youtube-Fenstern. Allen voran das Vid mit Fabio Wibmer, dem Superstar. Der mit dem Bike gegen Glasfenster fährt, von dort in einen leeren Swimmingpool springt und sich von da unten wieder rauf in den Garten wuchtet. Ich frage mich, wie so ein Trick funktioniert. Fabio Wibmer ist echt schrill. Und mega sympathisch. Kein Wunder, dass er vier Millionen Klicks pro Beitrag hat – allein in den letzten 14 Tagen. Okay, meine 300 sind auch dabei. Ich sehe ihm richtig gern zu. Wie er seine Tricks erklärt und sich darüber den Kopf zerbricht, den nächsten geplanten Stunt hinzukriegen. Und das alles in einem Englisch mit Tiroler Akzent. Mega. Fühlt sich wie Hollywood an, und liegt doch gleich hier um die Ecke. Höchstens 100 Kilometer weit weg. In Innsbruck. Trotzdem. Noch immer in Tyrol. Mit y. Youtube Vids sehe ich mir gern an, um das Drumherum in Ischgl zu vergessen. Die laufende Wintersaison. Die vielen Betrunkenen, die Koksleichen. Und Lizzys schnelle Tabletten.*

*Aber da ist noch etwas.*

*Ich habe es erst vor ein paar Stunden erfahren. Von zwei Barleuten aus dem Kuhstall. Ein Unbekannter soll derzeit Gift in abgestellte Gläser schütten. Der Laszlo, der dicke Ungar, der an der großen Bar ausgeholfen hat, sei das erste Opfer gewesen. Und noch ein paar andere Touristen aus Bulgarien und Polen. Richtig unheimlich sei das Ganze. Ich meine, wer macht denn so etwas? Und warum? Ein paar Tropfen Gift in ein herumstehendes Bierglas kippen oder in einen herrenlosen Mojito träufeln und dann wieder hinausgehen, ohne mit der Wimper zu zucken. Zu riskieren, dass der nächste, der am Drink nippt, ein paar Stunden später tot aufgefunden wird. In einem Hotelzimmer. Im Mitarbeiterhaus. In einem WC. Auf der Dorfstraße. Einfach so. Das ergibt doch keinen Sinn, oder?*

*Während ich mich das frage, gehen ein paar Chatfenster auf. Wenn mir gar nichts mehr einfällt, verliere ich mich in so saublöden Chats. Meistens läuft es eh immer auf das Eine hinaus, aber auch das ist noch besser, als einsam hier auf dem Bett zu hocken und um 4 Uhr früh gegen die Holzdecke zu starren.*

*In einem Fenster tippt ein Kerl aus Frankreich herum. Er nennt sich LaCroix47 und scheint irgendetwas mit Immobilien zu machen. Verkauft riesige Wohnungen oder ganze Häuser mitten in Paris. Keine Ahnung, ob das stimmt. Die meisten Leute faseln groben Blödsinn daher, zumindest hier auf dieser Plattform namens* Best of both worlds. *Es ist ein Chat für Bisexuelle, für Leute, die auf beides stehen, auf m und auf w. Manchmal kann es hier auch ganz witzig zugehen, aber oft genug entwickeln sich die Chats in eine sehr krasse Richtung. Besonders nachts, wenn die Hitzköpfe am Chatten sind, wie dieser LaCroix47 zum Beispiel. Der eine Ehefrau und zwei Söhne hat und trotzdem zu einem Escortboy geht, um dort die ganz heftigen Sachen durchzuziehen. Irgendwelche Gewaltaktionen mit Schlagen und Blut und Kotze und weiß der Teufel was, vielleicht kann sogar der Ekel seinen Kick haben, vor allem wenn man selber ekelhaft ist. Oder so rüberkommt.*

*Manchmal lasse ich den Kerl auch stundenlang vor sich hin tippen. Ohne groß was zu sagen. Vielleicht setze ich einmal ein Emoji hierhin, einen Icon dorthin, irgendwas mit Daumen hoch oder runter, nur damit der Typ nicht eine Million Fragen mit tausenden Fragezeichen dahinter stellt. Nervig irgendwie, aber trotzdem lasse ich mich immer wieder dazu überreden.*

*In einem anderen Chatfenster faselt ein SantAntoine23a über sein Zimmer, das er mit schwarzen Filzstiften vollkritzeln will. Weil ihm gewisse Autoren gefallen, weil ihn das tägliche Balletttraining ankotzt, was weiß ich. Irgendwie habe ich das Gefühl, dass der Typ nicht einmal 18 Jahre alt ist. Auf jeden Fall hat er nicht alle Tassen im Schrank. Dreht irgendwie durch. Scheint auf das ganze Leben da draußen zu pfeifen. Jedenfalls passt er ganz gut in ein Forum, das sich* Last Exit *nennt. Letzter Ausweg. Eine Plattform für angehende Selbstmör-*

*der. Ich weiß auch nicht, warum ich hier bin. Irgendwie gerate ich immer auf so komische Seiten.*

*Ich seufze und starre zur Tür hinüber. Auf dem Korridor sind Schritte zu hören, jetzt um 4.30 Uhr. Schnelle, flüchtige Schritte. Und dann ein langgezogener Schrei. Danach gehen Türen auf. Drei, vier, fünf, zehn oder 15 Türen, und alle laufen draußen am Gang hektisch zusammen. Ich drehe das Tablet ab und hole eine Streichholzschachtel heraus. Natürlich sind da keine Streichhölzer drin. Sondern Tabletten. Speed. Acid. MDMA. Was man so zum Durchhalten braucht.*

*Ich nehme eine, schlucke sie runter, schließe die Augen und warte, bis der Blutdruck hochschießt und die wirren Bilder zurückkommen, die Fragmente von Stimmen oder Songfetzen oder was immer. Vor dem Mitarbeiterhaus steht ein Rettungswagen mit kreisendem Blaulicht. Ein paar Sanitäter und ein Notarzt hetzen in das Gebäude und erreichen wenig später den Flur vor meinem Zimmer. Ich höre Flüstern, unterdrückte Schreie, ein langgezogenes Schluchzen.*

*Und dann fällt ein Name.*

*Ich bekomme eine Gänsehaut und starre auf die weit geöffneten Poren auf meiner haarlosen Haut. Dann verlasse ich das Bett, drücke meine Zimmertür einen Spalt weit auf und sehe, dass jemand auf einer Bahre wegge-*

*tragen wird. Es muss eine junge Frau sein, und ich weiß genau, wer sie ist. Der rechte Unterarm fällt kraftlos von der Tragefläche herab, und in einem Sekundenbruchteil erkenne ich das Tattoo einer grünen Eidechse auf dem leblosen Arm.*

*Lizzy, flüstere ich und schließe die Tür.*

*Plötzlich geht das Licht aus. Und der Boden gibt nach. Und ich stürze in eine Nacht, die niemals aufhören wird. In die Dunkelheit meines Lebens. In das Schwarz, das nur mir gehört. Ein Schwarz, das kalt ist, gefühllos und leer. Weit weg von dem Leben der anderen Menschen.*

\*

Der Chef der Kripo Wien saß an seinem Schreibtisch und starrte auf den geöffneten Laptop. Neben ihm stapelten sich Zeitungsausgaben, aus denen Lesezeichen mit hin gekritzelten Notizen ragten. Der Chef runzelte die Stirn, rückte die Brille zurecht und räusperte sich mehrere Male. Wie viele Vorgesetzte wirkte er überfordert, dafür vollgepumpt mit Vitamin P und ausgestattet mit dem richtigen Parteibuch. Verantwortung zu übernehmen, hatte er weder auf dem Gymnasium noch auf der Polizeiakademie und erst recht nicht während des freudlos absolvierten Studiums gelernt. Zum Ausgleich verfügte Selikovskys Vorgesetzter über eine solide Ellenbogentechnik, mit der er missliebige Widersacher im Kampf um den

Chefsessel aus dem Weg geräumt hatte, und er besaß den Charme aller Arschkriecher, die das Antichambrieren und Klinkenputzen von der Pike auf gelernt hatten: das nach oben Buckeln und nach unten Treten, ein perfekter Repräsentant der österreichischen Kleinbürgerseele.

Sooft Selikovsky seinen Vorgesetzten betrachtete, empfand er so etwas wie Mitleid. Der Chef war ein kleiner, hinterlistiger Mann, eine Art Alligator, der mit geschlossenen Augen in seinem Tümpel herumlungerte und nur darauf wartete, nach einem unvorsichtigen Paradiesvogel schnappen zu können, der sich zu nahe an sein Maul herangewagt hatte. Genauso fühlte sich Selikovsky in dieser Privataudienz beim Allerhöchsten und –heiligsten: wie ein Feldhase, der von einer Königskobra als nächstes Opfer ausgewählt worden war.

Ischgl, murmelte der Chef und starrte Selikovsky über den Rand seiner Lesebrille an, Sie müssen Ischgl wie Ihre Westentasche kennen.
Wie man's nimmt, antwortete Selikovsky, jedes österreichische Schulkind kennt doch diesen Skiort im Tiroler Paznauntal.

Der Chef schlug mit der Faust auf die neueste Ausgabe der *Kronenzeitung* und rief noch einmal »Ischgl«, bevor er sich den Schweiß von der Stirne wischte und mit einem nicht ganz sauberen Taschentuch die Lesebrille zu putzen begann. Selikovsky dachte an seine Vorvergangenheit als Kellner und Türsteher im *Pasha* und im *Posthörndl*, bevor er als Spirituosenvertreter durch das Tiroler Oberland fuhr. Er kannte so ziemlich jede Behausung in Ischgl, die mehr als zehn Fremdenbetten aufwies. Unscharf gewordene Bilder von der Dorfstraße, dem Fimbabahnweg und vom Silvrettaplatz zogen wie Wolkenschwaden aus dem Jenseits hinweg und verpufften am Laptop des Vorgesetzten.

Wir haben es mit einer Mordserie zu tun, stellte der Chef fest und blätterte ziellos in der Tageszeitung mit dem Krönchen herum, zunächst schien die erhöhte Anzahl an Todesfällen auf gewöhnliche Herzinfarkte oder gemeinen Drogenmissbrauch zurückzuführen zu sein. Erst Obduktionen, die ein gewisser Revierinspektor Gruber mehr oder weniger auf eigene Faust angefordert hatte, brachten die Wahrheit zutage: dass die Leute nicht eines natürlichen Todes gestorben waren, sondern dass hier jemand nachgeholfen hat. Und Sie, Selikovsky, könnten uns helfen, diesen Jemand aufzuspüren, wenn Sie verstehen, was ich meine.

Für einen verwirrten Vorgesetzten hatte sich der Chef ziemlich klar ausgedrückt. Bei sieben exhumierten Leichen hatten die Gerichtsmediziner Spuren toxischer Substanzen in den Körpern gefunden. Chemische Verbindungen, die nichts mit dem in Ischgl üblichen Drogenmissbrauch zu tun hatten.

Aus Ihrer Akte geht hervor, dass Sie dort im Service und später als Vertreter gearbeitet haben. Dass Sie die Szene im Paznauntal kennen und noch immer eine gewisse Street-Credibility haben. Mit Ihnen reden die Leute. Wer einmal auf Saison dort war, der hat dort immer Saison.

Der Chef lächelte seinem bescheidenen Bonmot hinterher. Er hatte das Gefühl, die unerfreuliche Causa auf den Punkt gebracht zu haben: Die Dorfbullen und die Landeskriminalbeamten kamen bei den Nachforschungen nicht weiter. Sie benötigten Hilfe von außen, die so außen vor gar nicht war. Selikovsky kannte den österreichischen Nationalzirkus namens Winterfremdenverkehr. Es war der wichtigste Wirtschaftsfaktor des Landes: 64 Millionen Nächtigungen bei 8,5 Millionen Einwohnern, ein Milliardengeschäft. Einzigartig auf der Welt. Und bedroht von der Klimaerwärmung. Manchmal fielen drei Meter Schnee auf einmal, dann gab es mehrere Saisonen hintereinander nur Kunstschneepisten und blühende Kirschbäume im März. In den Skigebieten mussten die Nerven blank liegen. Selikovsky lächelte unsicher, und sein Chef war begeistert. Der Untergebene hatte angebissen. In seinen Augen funkelte die Gier nach Wahrheit und Aufklärung.

Sie werden noch in dieser Woche dorthin fahren, sagte der Vorgesetzte ganz ruhig. Hier sind die notwendigen Papiere und Vollmachten. Sie wohnen übrigens im *M-Hotel*. Zimmer 283.

Oh nein, seufzte Selikovsky.

Was ist los, fragte der Chef und versuchte, Selikovsky aufmunternd anzusehen.

Zimmer 283 hat einen offenen Luftschacht zum *Pasha* hinunter.

Na und, fragte der Chef.

Das bedeutet 110 Dezibel jede Nacht, erläuterte Selikovsky.

Der Chef lächelte. Er hatte den passenden Beamten für diesen Job gefunden: einen Mann mit Insiderwissen. Der wusste, worauf es ankommen würde. Der mit den verschlossenen Paznauntalern umgehen konnte, weil er selbst dort mehrere Saisonen lang als Kellner gearbeitet hatte.

Wie viele Liter Champagner haben Sie dort oben verkauft, fragte der Chef neugierig nach.

Keine Ahnung, antwortete Selikovsky, ich habe die Flaschen nie gezählt. Ich habe sie nur verschachert. Und vom Trinkgeld das ganze übrige Jahr gelebt. In Ischgl sind die reichsten Leute die Ärmsten: Sie werden über den Tisch gezogen, rund um die Uhr geneppt und abgezockt. Die Preise sind unverschämt, das Service frech, und die Go-go-Girls aus Bulgarien winden sich wie die Schlangen um die Metallstangen in den Tabledance-Bars. Das ist Ischgl, oder zumindest das Ischgl, das ich kennengelernt habe.

Selikovsky lehnte sich zurück und versuchte, sich an den Werbeslogan der alpinen Ibiza-Ausgabe zu erinnern. Irgendwas mit Relax. Ach ja, hier war er wieder, der Spruch: *Relax. If you can.* Dieser Claim war absolut typisch für Ischgl.

*

Vor dem Gare St-Lazare betrachte ich mich selber als riesiges Standbild: 20 mal neun Meter hoch, ein gewaltiges Werbeplakat für Paco Rabannes neuen Duft. Auf dem Banner habe ich dieses Glitzerzeug aus Shanghai an, eine hauchdünne Hightech-Jacke, deren Reißverschluss gerade so weit aufgemacht ist, dass meine durchtrainierte Brust, meine großen Nippel, mein Sixpack zu sehen sind. Rund um meine glamouröse Erscheinung gleißen Horden aus feinen Perlen: »Trois Trillions« steht in serifenloser Roséschrift darunter. Es sieht so männlich und schwul, so unisex und androgyn zugleich aus, dass ich sofort einen Steifen bekomme und erst nach gefühlten drei Ewigkeiten rot werde.

Obwohl ich die Abzüge bereits gekannt habe, fühle ich mich vor der Riesenwerbefläche ziemlich fremd, vielleicht weil jede Unreinheit, jedes Körperhaar, jedes winzige Muttermal auf der Haut wegretuschiert wurde. Mein 19-jähriger Körper ist so perfekt, dass es schmerzt. Wie grelles Sonnenlicht auf frisch gefallenem Schnee. Ich wende meinen Blick ab und sehe erneut hin, in der

Hoffnung, dass ich mich nur eingebildet habe, aber nein, dieser Werbeprinz dort oben auf dem Banner an dem *Société Générale en Suisse*-Gebäude bin tatsächlich ich. Oder eine aufwändig gemachte Wichsvorlage davon.

Ich drehe mich um, stülpe die Kapuze der *Carhartt*-Jacke über den Kopf und verwandle mich in einen stinknormalen Studenten von nebenan, der eine Bahnkarte (immerhin Erster Klasse) nach Caen löst und sie mit seiner – ähm – schwarzen *Amex* bezahlt.

Es ist vollkommen bescheuert, aber ich verdiene mit 19 Jahren mehr als mein 55-ähriger Vater, der Architekt ist und das neue Rathaus von Dieppe geplant hat, dessen Reihenhaussiedlung *Live a Wonderful Life* gerade auf *AD ON* abgefeiert wird und der nebenher noch immer die Landwirtschaft seines Vaters betreibt, einen Bauernhof, auf dem Cidre, Camembert und Calvados hergestellt wird, die drei heiligen Cs der Normandie, unter den milden Blicken Sankt Olavs. Möglicherweise.

Ich dagegen bin höchstens eine Art Callboy, der nicht einmal bläst, sondern sich einfach vor die teuersten Fotografen dieses Planeten hinstellt und so tut, als würde er zu allem bereit sein. Von wegen. Ich bin nur eine Laufstegprinzessin mit einem Hintern, der Tote aufwecken könnte, sofern sie in ihrem früheren Leben schwul waren.

Ich denke an Eric, der das richtige Ding abgezogen hat, mit Fesselspielen und Auspeitschen und was weiß ich alles. In der Wohnung nebenan hatte er ein richtiges SM-Studio betrieben und damit reichlich Kohle verdient, bis vor zwei Tagen ein perverser Kunde angekrochen kam, der seine Fantasien in Erics Körper geschlitzt hatte, die Wohnung hatte wie ein dreidimensionales Hermann-Nitsch-Gemälde ausgesehen, die weißen Bretz-Möbel waren von Erics Blut überzogen – mir wird immer noch schlecht, wenn ich dran denke.

Solange der kranke Typ nicht gefasst wird, zähle ich selber zum Kreis der Verdächtigen. Dominique LaCroix hat kein Alibi, ist angeblich um 2.30 Uhr zurück in sein Apartment gekommen, hat sich ins Bett gelegt und geschlafen, bis ihn die Bullen ein paar Stunden später geweckt hatten. Natürlich ist meine verdammte DNA überall in Erics Wohnung, ich war ja oft bei ihm zu Besuch, bei einer Tasse Kräutertee, ein paar Menthol-Zigaretten und jeder Menge krassen Geschichten.

Wahrscheinlich hätte mir der Kommissar sogar Handschellen angelegt, wenn sich nicht mein Agent, ein Profi-Fußballer, 20 Modefotografen und der Sänger von *Those Endless Love Affairs* für mich eingesetzt hätten, um ein paar Haare würde ich nicht hier in diesem leeren Erste-Klasse-TGV-Waggon Richtung Normandie sitzen und die Kontraplan-Webseite auf meinem iPad abrufen, sondern stünde jetzt nackt vor einem Justizbeamten im Prison de la Malais und würde in ein paar Stunden von mehreren Arabern durchgebumst werden: *Komm schon, Baby, ein falsches Wort und deine Eier sind weg.*

Nach dreimaligem Magenentleeren am Erste-Klasse-Klo geht es mir wieder besser. Paris ist längst im Osten verschwunden, und eine flache, eisige Landschaft strömt in monotonen Nichtfarben vorüber, ein bräunlich-schmutziges Nichts aus Feldern, kahlen Bäumen und sich vor der Kälte duckenden Orten. *Those Endless Love Affairs* in meinem iPad-Stöpsel singen von einer mondänen Liebesgeschichte über den Dächern von Marbella, in einem Swimmingpool so groß und rein wie der Mond. Dazu ein paar Electrobeats und billige Snaredrums, und fertig ist der nächste Instanthit für die Shoppingmalls dieser Erde. Mein Puls ebbt auf die üblichen 35 Beats per Minute herunter, und ich frage mich, ob sie in Caen ein Fitnesscenter à la *Elixia* oder *The Gym House* haben oder ob ich einfach wie ein herrenloser Hund durch die Straßen joggen muss, ohne Laufband und Springschnur, ohne Elektrobeats und einen 90-Zoll-Bildschirm vor den weit aufgerissenen Augen.

Warum fährst du eigentlich Zug, fragt mich mein Agent via Skype, kein Mensch in unserem Business nimmt öffentliche Verkehrsmittel, ich meine, ab und zu ein Taxi vielleicht, wenn das Limousinen-Service einmal auslässt, aber die Französischen Staatsbahnen, hey, stinkt es in deinem Zug nach Caen nicht nach Camembert oder Cidre?

Ich lächle vor mich hin, schließe die Augen und stelle mir Francois vor, wie er vor einem Business-Class-Gate am Charles-De Gaulle-Airport in einem Seidenanzug herumsteht und telefoniert, ein schmieriger, *Rolex* tragender Vollidiot, der meine Shootinggagen in lichte Höhen treibt, weil er selber davon 18,5 Prozent Provision abkriegt, ein von Kohle und Networking besessener Kerl, der für ein paar Millionen Bargeld absolut alles machen würde, Leichen verscharren und Scheiße fressen inklusive. Andererseits ist er auch ein toller Agent, der mir ein cooles Shooting nach dem anderen vermittelt.

Von mir aus bleib ein paar Tage in der verdammten Normandie, aber mach einen großen Bogen um den fetten Käse von dort und bereite dich lieber auf den Frost in Österreich vor, in Ischgl liegen zwei Meter Schnee, also take fucking care, mein Goldhamster.

Nach einem kurzen Salut ist die Skype-Verbindung gekappt, und eine Edelstudentin, die zweieinhalb Meter von mir entfernt sitzt, nimmt ihre Sonnenbrille herunter und fragt mich, ob ich weiß, dass ich dem neuen *Paco-Rabanne*-Model aber so was von ähnlich sehe. Ich zucke mit den Schultern und sehe zum Fenster hinaus, und die Landschaft fließt an mir vorüber wie ein lebendes Aquarell aus dem 18. Jahrhundert.

In Caen steige ich aus dem Zug und erkenne meine Mutter am Bahnsteig, Madame Brigitte Bardot, die wie Simone Signoret aussieht und ihre unvermeidliche *Gitane* ohne Filter raucht, auch wenn es schon seit Jahren verboten ist, auf einem Französischen Bahnsteig zu paffen. Plötzlich komme ich mir vor wie ein kleiner Junge, der mit einem Riesenkoffer aus den Ferien zurückkehrt und sich nicht mehr sicher ist, ob er sich wirklich auf Zuhause freuen soll, weil er im sündigen Marseilles Rotwein gesoffen, die ersten Zigaretten geraucht und sich in eine 18-Jährige verliebt hat, die am letzten Abend seinem Begehren nachgab, für das erste wirklich wichtige Ereignis im Leben.

Hey, Mama, ich bin nicht mehr 13 und kann die Tasche schon selber tragen, sage ich so charmant wie bestimmt, und Simone Signoret drückt die filterlose Zigarette an der Gusseisenabsperrung aus, unterdrückt ihren keimenden Lungenkrebs in den Atemorganen und röchelt ein Mir-geht-es-gut. Auch wenn ihr diesen Satz längst keiner mehr abnimmt.

Meine Mutter ist das genaue Gegenteil von mir. Sie raucht und trinkt viel zu viel, die randvollen Aschenbecher meiner Kindheit und die vielen in den Müll geworfenen Rotweinflaschen werden mich das ganze

Leben verfolgen. Vielleicht nippe ich auf irgendwelchen Fashion-Partys an ein paar Champagnerflöten oder ziehe mir eine Linie vom kolumbianischen Marschierpulver hoch, aber eigentlich lebe ich clean, beinahe Straight Edge. Ohne Fett, ohne Alkohol, ohne Kohlenhydrate. Eigentlich habe ich mit Löffelkäse oder fettfreien Sojashakes eine ganze Menge gemeinsam.

Der Peugeot meiner Mutter steht draußen vor dem Bahnhof im Halteverbot. Auf der Windschutzscheibe flattert ein Strafmandat, das meine Mutter zerknüllt und in den nächsten Gully wirft. Bei einem Kumpel würde ich dieses Verhalten als postpubertär bis bescheuert einstufen, aber bei meiner Mutter kommt das einigermaßen cool daher.

Das verdoppelt die Strafe, sage ich tadelnd.
Na und, ich werd's überleben, antwortet Simone Signoret, öffnet den alten klapprigen Peugeot aus den 90er-Jahren (ohne Fernbedienung, ohne Klimaanlage, ohne irgendwas, das auf das gegenwärtige 21. Jahrhundert verweist) und zündet sich – voll retro – die x-te *Gitane* des heutigen Tages an, egal, wie heftig bereits die Metastasen in ihrem Leib wuchern.

Ich werfe die Sporttasche auf die Rückbank, wo vergilbte *Le Matin du Normandie*-Ausgaben, eine angebrochene Stange Zigaretten und zwei Flaschen Rotwein herumliegen. Und mehrere Stapel Schularbeiten aus einer der unteren Klassen.

Schreiben deine Schüler immer noch auf Papier, wundere ich mich.

Simone Signore nickt lächelnd, inhaliert den Zigarettenrauch und steuert den alten Peugeot durch die Innenstadt von Caen, nimmt dann die D22 Richtung Creully, 20, 25 Minuten vielleicht, dann werden wir dort ankommen, wo früher mein Zuhause war: ein nettes, ein bisschen heruntergekommenes Landhaus. Mein Vater, der Architekt, hat sich immer geweigert, für sich oder für seine Familie ein modernes Eigenheim zu entwerfen. Unser Haus stammt aus dem 19. Jahrhundert und ist ein graues, irgendwie stattlich wirkendes, von Efeu umranktes Gebäude, in dem – denke ich, als wir endlich drauf zusteuern – alte Menschen leben müssen, aber eigentlich sind meine Eltern gar nicht so alt – und dennoch meiner Welt vollkommen abhandengekommen.

Wie geht es dir wirklich, frage ich und meine damit das Röcheln ihrer kaputten Lungenflügel, aber meine Mutter streicht bloß ihre immer noch hellblonden Haare beiseite und zuckt mit den Achseln.

Es ist eben dieses verfluchte K-Wort mit den fünf Buchstaben, das weißt du so gut wie dein Vater, aber mir ist das herzlich egal. Ich unterrichte Französische Literatur, ich schreibe meine Gedichte in ein kleines Lederbuch, ich rauche, trinke und lebe so wie die anderen leben, wenigstens die anderen meiner Generation, nicht so wie du und all die anderen jungen Leute, die sich ausschließlich von Mineralwasser, Sport und rohem Gemüse ernähren.

Sie sieht mich von der Seite her an, mit einer Mischung aus Stolz und Unverständnis, du bist verdammt hübsch, sagt sie, aber ich verstehe dich nicht.

Da gibt's auch nichts zu verstehen, antworte ich lächelnd, ich bin aus reinem Zufall Model geworden.

Und dann bricht es endlich aus mir, in einem Wortschwall, von dessen Heftigkeit ich selber überrascht bin – vielleicht weil ich ihn über 30 Stunden lang zurückgehalten habe.

Eric, den kennst du doch, Mama, er ist mein Nachbar, der mit Escort-Sachen seine Kohle verdient, genau dieser Eric ist vorgestern in seiner Wohnung umgebracht worden, keine Ahnung, wer das getan haben könnte, ganz sicher ein Kunde, einer von diesen Perversen, die es gerne extrem haben – und das Ganze passierte gerade einmal zwei Meter nebenan, ich habe noch geschlafen, als die Flics frühmorgens an meine Tür geklopft haben, ich hatte nicht die leiseste Ahnung, worum es ging und so weiter.

Simone Signoret starrt mich an. Ihre Augen sind geweitet. Ihr Lächeln verpufft. Und ihre Zigarette ist zwischen den Fingern erloschen. Meine Mutter ist erschrocken, zu einer Art Salz- oder nein, Rauchsäule erstarrt: wie man eben auf eine Todesnachricht reagiert, auf eine besonders grauenhafte noch dazu.

Und man hat nicht einmal einen Verdacht, fragt sie wie eine dieser mittelprächtigen Schauspielerinnen in einem Serienkrimi.
Nein, keine Ahnung. Zumindest habe ich noch nichts gehört. Eigentlich bin ich einfach davongelaufen. Darf ich ein paar Tage hierbleiben?
Na sicher. Hör mal, du bist doch unser Sohn.

Das klingt jetzt echt komisch: unser Sohn. Ich bin so lange weg gewesen, dass ich meine Mutter, dieses Haus, unser Grundstück und den in seinem Arbeitszimmer verharrenden Vater praktisch vergessen habe, einfach so von der Festplatte gelöscht, mit einem Tastendruck ins Nirwana gebeamt. Als ob es sich nie hier ereignet hätte, mein Leben als Kind. Als Teenager. Als Mittelschüler. Mein Aufwachsen, zu Geschichten von früher geronnen, beinahe eine Legende geworden.

Ich stelle das Mineralwasserglas zurück, und meine Mutter fragt, ob ich Hunger habe.

Hunger? Nein. Habe ich nie.

Du siehst verdammt dünn aus.

Ich muss so aussehen, Mama: ein Meter 86 zu 63 Kilogramm, das passt schon. 5 Prozent Fettgehalt, wie Magerjoghurt.

Das ist nicht gesund.

Du lebst auch nicht gerade wie eine Ernährungswissenschaftlerin.

Ach, halt die Klappe!

Dann lachen wir beide. So laut und heftig, dass uns die Tränen aus den Augen laufen. Und plötzlich merke ich, dass ich tatsächlich hier aufgewachsen bin, unter randvollen Aschenbechern, leer getrunkenen Weinflaschen, unter Calvados, Schafskäse und Austern, dem kulinarischen Lied der Normandie. Und irgendwie kann ich mir keinen besseren Ort als diesen hier zum Aufwachsen vorstellen.

In diesem gemeinsamen Lachen fühlen wir uns wieder sehr nahe. Auch wenn ich monatelang nicht mehr in diesem Haus gewesen bin, ich gehöre hierher: wie ein inventarisierter Stuhl, ein Esstisch, wie eine Flasche Châteauneuf du Pape. Meine Mutter und ich, ich und meine Mutter: eine Entität. Eine Symbiose. Etwas, das man nicht so schnell trennt. Trotzdem stellen wir beide nicht die gesamte Familie dar, wir sind nur zwei Drittel davon – von einem sehr viel größeren Ganzen. Dazu gehört vor allem jener Abwesende, der dort drüben in seinem Arbeitszimmer sitzen muss, eine graue hagere Gestalt, ein zurückgezogen lebender Intellektueller, der versucht, das Leben der Menschen, und zwar der gewöhnlichen Menschen, wohnlicher zu machen: mein Vater Jacques, der Architekt, der seine Zigarillos im Minutentakt raucht, der eine Nebenerwerbslandwirtschaft betreibt und dessen wahre Leidenschaft doch das Planen und Entwerfen von neuen alten Lebensräumen bleibt.

Geh doch rein zu ihm, sagt meine Mutter und kramt im Kühlschrank nach den Zutaten für eine Quiche Lorraine herum.

Weil ich für ein paar Tage heimgekehrt bin, fühlt sie sich zum Kochen verpflichtet, bindet sich die Schürze um und mutiert in eine Hausfrauenrolle, die so gar nicht zu ihr passen will. Irgendwas fehlt ihr immer im Kühlschrank, und dann improvisiert sie, ist wieder ganz bei sich, produziert kein Abendessen mehr, sondern so etwas wie ein Gericht, das lose einem metrischen Rahmen gehorcht und dann doch in seinen eigenen Rhythmus verfällt, in eine sehr eigenwillige – wie drückt man das am besten aus – Gesetzmäßigkeit?

Ich drehe mich um, gehe der gepolsterten Tür auf der anderen Seite des Wohnzimmers entgegen und komme mir wie ein portugiesischer Seefahrer vor, der zum ersten Mal den Indischen Ozean durchquert: eine gefahrenvolle Reise in ein Land, das es gar nicht geben dürfte, auf der unteren Seite der Erdscheibe. Zaghaft wie damals mit zwölf, nachdem ich etwas angestellt habe, klopfe ich an die Tür, aber niemand sagt herein oder draußen bleiben oder macht auch nur irgendein Geräusch in der Unendlichkeitskammer dahinter. Hilfesuchend schaue ich zu meiner Mutter in die Küche hinüber, aber die ist mit ihrem Induktionsherd beschäftigt, mit dem sie sich nach zehn Jahren noch immer nicht auskennt. Sie vergisst dauernd, wo die Knöpfe sind oder wie man das Simmern einstellt oder so Zeugs.

Na los, trau dich, du Angsthase, lächelt mir meine Mutter aufmunternd zu, das schrullige Architektenmonster wird dich schon nicht auffressen.

Ich drehe mich wieder zur Tür, drücke die Schnalle herunter und stehe ein paar Atemzüge später in einem dunklen Raum, der mit Büchern und Plänen vollgestopft ist, und am Arbeitstisch, unter einer *Achille-Castiglioni*-Stehlampe, über sein neuestes Projekt, eine Ferienanlage, gebeugt, sehe ich Jacques. Meinen Vater. Mit einem erloschenen Zigarillo im Mund, an einem Problem laborierend, an einer Raumlösung feilend.

Schön, dass du wieder da bist, brummt er ohne von seinen Plänen aufzusehen, was höre ich, im Apartment neben deinem ist jemand umgebracht worden? Typisch Paris. Viel zu groß und unheimlich diese Stadt. Früher oder später werden sich die Leute dort alle auffressen. Ziehe lieber wieder hierher nach Caen. Ist auch eine sehr schöne Stadt. Gepflegte Normandie. Langweilig und sicher.

Ich nehme vor ihm auf einem Stuhl Platz und verscheuche Lauriston, unseren Kater. Er heißt nach jener Gasse in Paris, in der mein Vater gewohnt hat, als er noch an der Sorbonne studierte und sich nicht zwischen Architektur und Literaturwissenschaften entscheiden konnte. Damals hat er meine Mutter in irgendeinem Café kennengelernt, beide aus Caen, beide aus der Provinz in die Hauptstadt geschneit, ein bisschen verloren wie Emigranten aus dem hohen Norden Frankreichs, sie haben lange gebraucht, um einander näherzukommen – beinahe zehn Jahre waren sie schon zusammen gewesen, bevor sie mich gekriegt haben. Sie führen ein so anderes, ruhiges Leben. Als ob sie einen anderen Planeten bewohnten, wo es noch Anklänge von Glück oder Zufriedenheit gibt.

Ich weiß nicht, warum, aber ich denke jetzt an ein Mädchen, mit dem ich vor zwei Wochen im Bett gewesen bin, ein Model wie ich. Lange Beine, leblose Augen, irgendwie tot. Wir haben Champagner und Wodka getrunken, dann sind wir miteinander ins Bett gegangen. Meine Eltern würden sagen, wir hätten uns geliebt. Dabei war es höchstens ein schneller Fick: Sie ist auf mir geritten, professionell und leidenschaftslos wie eine billige Nutte. Nach 15 Minuten war alles vorbei, und wir lagen wieder nebeneinander, rauchten einen Joint und verwalteten unsere Instagram-Seiten. Nicht die leiseste Idee, was ich mit ihr hätte reden sollen, aber versucht haben wir es trotzdem.

Woher bist du eigentlich?
    Caen. Und du?
    Genf. Oder nein, in Singapore geboren, in Moskau in die Grundschule gegangen, in Genf ... ach, lassen wir das, warum fragst du überhaupt solchen Scheiß, hast du noch Champagner im Kühlschrank? Und etwas zum Enthaaren im Badezimmer? Machst du es mit Jungs auch? In einer halben Stunde läuft *Dexter* auf Netflix. Hast du *Pringles* da? Sag bitte nein, mach mich nicht fertig.

Ich blinzle mich in die Wirklichkeit dieses Arbeitszimmers zurück. Für ein paar Minuten war ich irgendwo anders, außer mir, nicht in diesem Haus jedenfalls. Nicht auf diesem Charles-Eames-Stuhl vor meinem Vater, der sagt, dass ich groß geworden sei, viel zu groß – und damit meint er weniger meinen realen Körper als das *Trois Trillions*-Plakat, das auf über 200 Quadratmetern direkt vis-à-vis vom Bahnhof in Caen affichiert ist.

Du verdienst mehr als ich, du reist wie ein Popstar in der Welt herum, du wirst von berühmten Fotografen abgelichtet – und trotzdem scheinst du nur noch ein Hohlkörper zu sein, eine schlaksige Hülle, die gerade irgendwelchen Marketingleuten ins Konzept passt. Nach der Wirtschaftskrise und den Terroranschlägen gieren die

Leute wieder nach einem Icon, dem sie vertrauen können, so ist es doch, oder?

Für einen Augenblick bin ich mir nicht sicher, wer von uns beiden diesen Satz gefragt hat: der etwas in die Jahre gekommene Vater und Architekt, der abends bei Calvados und Camembert *Mudhoney* oder *Dinosaur Jr.* hört, oder ich, der ein Leben wie aus dem Ratgeber einer Ernährungsberaterin führt, wenn man den Wodka, das bisschen Koks und die Aufputschtabletten ignoriert, ich fühle mich tatsächlich unverwundbar und – zumindest für die nächsten paar Jahre – unsterblich.

Verlegen sitze ich vor meinem Vater und habe keine Antwort auf seine und meine Fragen. Jacques erklärt mir die vor ihm ausgebreiteten Pläne, er ist ein Architekt, der einfachen Leute ein bisschen Würde zurückgeben möchte.

Weißt du, mein Sohn, schöne Räume sollten kein Luxus sein, sondern ein Grundrecht für alle. Was glaubst du, warum in der Banlieue die Leute mit dem IS sympathisieren? Es ist nicht nur wegen der Hautfarbe oder der Arbeitslosigkeit oder dem fehlenden Geld, es sind vor allem die engen und dunklen Räume, in die diese Menschen gesperrt sind; der Unterschied zur Gefängniszelle besteht darin, dass jemand noch einen Schlüssel für die Eingangstür besitzt, aber meistens hocken alle zusammen paralysiert da und geben irgendwelchen Sündenböcken die Schuld an ihrem Scheißleben – es ist diese grauenhaft dunkle Enge, die Menschen in aggressive Körper verwandelt, sagt mein Vater ganz leise und beugt sich über das Modell einer menschenwürdigen Siedlung mit weiten Räumen und vielen Möglichkeiten zum Grillen, zum Spielen, zum Nichtstun.

Das Modell sieht ein bisschen aus wie eine Ferienanlage, die am Rand einer nordfranzösischen Distriktstadt entstehen soll, sofern die Finanzierung – vom Staat und einer regionalen Bank – garantiert wird, es ist noch nicht ganz sicher, murmelt mein Vater, nichts ist in unserem Leben sicher geblieben, und diese Vorläufigkeit wird uns noch alle umbringen.

Ich nicke, ohne richtig mitzukriegen, was mein Vater da meint. Ich bin ganz anders als er, nicht so menschenfreundlich, und schon gar nicht sozial. Was die Leute da draußen machen und anstellen, wie sie sich fühlen, was sie denken – das alles ist mir ziemlich egal. Genauso könnte ich mir Gedanken über Austern oder Brieftauben machen. Ich lebe unter einem Glassturz aus durchsichtigem Gold. Meine Freunde sind oberflächlich, die meisten Bekannten sind reine Hohlkörper, nur mit Eric habe ich mich besser verstanden. Jetzt ist mein Wohnungsnachbar tot, liegt im Leichenschauhaus, seine Wohnung wird verkauft werden, ein neuer Eigentümer zieht ein, und der Mörder wird früher oder später auch noch gefasst werden.

Ich frage mich, wer das fertiggebracht hat, Eric so einfach niederzumetzeln.

Ein Kunde, sicher ein Freier, sagte der Kommissar mit den müden Augen und dem traurigen Schnauzbart. Wir werden die Telefonverbindungen durchgehen, die DNA-Spuren sichern und einige Dutzend Leute befragen. Eine Arbeit von wenigen Wochen. Dann wird der Unbekannte ausgeforscht sein, in Untersuchungshaft sitzen und auf seinen Prozess warten. So sieht es aus, hat der Kommissar gesagt, bevor er mich wieder in eine trügerische Freiheit entließ.

Mein Vater, oder nein, Jacques bietet mir einen Calvados an und fragt, ob ich mit ihm einen Joint rauche. Echt verwirrend, mein Alter. Ein bisschen konservativ, sehr gelassen, und doch voller Überraschungen wie eine Märchenfigur. Ich mag ihn. Küsse ihn auf die Wange und lasse mich ein wenig streicheln von ihm. Fühle mich wie dreizehneinhalb, bis ich den Joint inhaliere, verdammt gutes Zeug, das wahrscheinlich Morton, sein amerikanischer Assistent, organisiert hat. Wir sitzen lange da, schweigen uns an und starren auf die Tür zu Küche und Wohnzimmer hinüber. Die glühende Hanfzigarette wandert zwischen uns beiden hin und her, und ich wette, dass wir jetzt beide dasselbe denken: an das Leben und an das Sterben in diesen stillen abgeschiedenen Räumen.

Du magst doch Austern, sagt mein Vater in unser Schweigen hinein.

Ja, klar mag ich die, antworte ich leise und trinke den Calvados, ohne den Mund zu verziehen.

Apfelschnaps, Austern, Camembert. Die Sozialprojekte meines Vaters. Meine kettenrauchende, Balzac lesende Mutter. Ich bin nach Hause gekommen. Für 24 Stunden. Einen Tag, eine Nacht, einen Tag. Übermorgen früh reise ich wieder ab. Und das von Efeu überwachsene Haus meiner Eltern wird im Rückspiegel eines Taxis zurückbleiben: wie eine gefrorene Erinnerung oder ein totes Gemälde.

*

Mein Vater holt mich von der Schule ab. Ausnahmsweise. Wahrscheinlich hat ihn meine Mutter dazu überredet. Von allein wäre er sicher nicht draufgekommen. Er hält mit seinem schwarzen Monster-BMW vor dem pompösen Schultor und hupt hektisch, damit alle mitkriegen, dass Patrick de Bruyere, Teilhaber einer Immo-Agentur für Raffgier und Profitmaximierung, exakt um 13.22 Uhr vor dieser bescheuerten Promischule angekommen ist, um mich, Antoine, seinen ebenso bescheuerten Sohn, abzuholen.

Ich löse mich vom Schultor, gegen das ich mich gelehnt habe, und gehe zum schwarz lackierten Geschoss mit den blickdichten Fenstern hinüber, auf der Fahrerseite surrt die Glasscheibe herunter, und ich beuge mich in das Wageninnere hinein, Küsschen links, Küsschen rechts, dann latsche ich auf die andere Seite des protzigen Schlittens, mache die Beifahrertür auf, werfe meinen Kadaver auf den Ledersitz und knalle die Tür zu. Kaum bin ich angeschnallt, beschleunigt mein Alter die Karosse von null auf Ich-weiß-nicht-was in maximal zwei Sekunden, dieser aufgemotzte BMW ist ein richtiges Killerfahrzeug für Killeragenten. Oder für Immobilienmakler, wie mein Vater einer ist. Mittelerfolgreich. Mittelgut. Mittelreich. Alles irgendwie mittel, wenn man unsere Familie mit der Sippschaft meiner Klassenkameraden vergleicht.

Unser Lyzeum ist vor allem von Idioten bevölkert: Idioten, die unterrichten, und Idioten, die unterrichtet werden. Man verachtet einander und hofft, in ein paar Jahren die ganze Scheiße vergessen zu können. Wozu wir in diesem Leben eine Überdosis Kultur benötigen, weiß kein Mensch, aber wir sind in Frankreich. Da bildet man sich auf seine Leitkultur etwas ein, auch wenn kaum jemand etwas damit anfangen kann.

Dieser arroganten Citoyen-Kaste werde ich nicht angehören, das steht jetzt schon fest. Ich bin keiner von den Wahnsinnigen, die Rugby oder Fechten oder Baseball bis zum Erbrechen trainieren, die sich in der großen Pause mit jedem x-beliebigen Kontrahenten prügeln, sich am Klo eine Prise Koks in die Schleimhäute fräsen oder mit Chrystal Meth dealen wie mein älterer Bruder. Ich gehöre auch nicht zu jenen Amateurpsychopathen, die rund um die Uhr mit ihren Smartphones zocken oder verbotene Pornos angucken, die mit 16 bei irgendwelchen Modelagenturen vorsprechen, nein, ich bin anders als diese Idioten, die nur Karriere machen und Kohle scheffeln und damit vor irgendwelchen Neidern angeben wollen.

Falls ich einen Traum habe, dann diesen: auf den großen Opernbühnen dieser Welt zu tanzen, aber so viel Talent habe ich leider nicht. Vielleicht werden meine Kumpels Mo oder Rod diesen Traum leben dürfen, weil sie beide die perfekte Körperbeherrschung haben und echte Bewegungstalente sind. Ich trainiere zwar noch immer im Ballettstudio der Pariser Oper unter den strengen Blicken russischer Ex-Profis, aber sie und ich wissen ganz genau, dass meine Zeit bereits mit vierzehneinhalb abgelaufen ist.

Du wirst nie ein großer Balletttänzer werden, hat mir Oleg vor ein paar Wochen gesagt. Ich habe ein bisschen geweint, aber der ehemalige Solotänzer des Bolschoi-Theaters hat recht, auch wenn ich es selbst kaum wahrhaben wollte. Inzwischen bin ich richtig muffig geworden, ich weiß, dass diese eine Chance vorbei ist, dass ich mich nach anderen Zielen, nach anderen Träumen, nach einem anderen Leben umschauen muss.

Vor lauter Frust habe ich zu lesen begonnen. Ich meine, *richtig* zu lesen.

Nicht japanische *Manga*-Comics oder das Manual zum neuen Smartphone, keinen Abenteuer-Schundroman und schon gar nicht *Harry Potter*, *In 80 Tagen um die Welt* oder anderen Schrott.

Mit *richtig* lesen meine ich:
    Camus.
    Sartre.
    Lautréamont.
    Baudelaire.
    Beckett. Bernhard.

All diese hehren Namen. Und deren rätselhafte Texte. Dieses verdammte Wort: *Literatur*. Es zieht mich irgendwie an, ich kippe hinein und ertrinke in den schwer verständlichen Zeilen, aber es lohnt sich, die komplexen Texte zu dechiffrieren, ganz langsam, als ob du mit einem Ruderboot auf einem riesigen Ozean unterwegs bist, zu fortwährendem Scheitern, zum Untergang bei rauer See verdammt.

Seit ich *richtig* lese, geht es mir schlecht. Die eng bedruckten Seiten ziehen einen runter, als würde an jedem Wort eine Langhantel mit extra schweren Scheiben kleben. Eine Last, die du nicht aufheben kannst, die wie ein Bergepanzer auf meiner Hühnerbrust lastet. Ich fresse die Literatur in mich hinein, und ich spüre eine Schwärze in mir, die vor zwei Monaten noch nicht da war. In dieser Kunstprosa ist vom Untergang die Rede, mehr oder weniger jedenfalls. Und genau deswegen ist darin auch mein Scheitern enthalten, die eigene Unzulänglichkeit. Mein ganzes scheiß Leben. Solche Texte kommen in *Management heute* oder in der *Anleitung zu meiner ersten Million* nicht vor. Sie kratzen an einer Wahrheit, die man nicht hören will: dass wir alle sterblich sind. Dass der Tod ein Skandal ist. Oder dass wir alle Wasserstatuen sind, was immer das heißt.

Papa, was kann damit gemeint sein?

Keine Reaktion hinter dem Lenkrad. Nur ein Redefluss, der sich ausschließlich um die eigene Existenz dreht. Dann denkt er kurz nach, überholt zwei Reisebusse auf den Champs-Élysées und lässt eine ganze Lawine an gut gemeinten Vorschlägen los:

Warum amüsierst du dich nicht? Wieso gehst du nicht zum Fußball? Probiere doch einmal Taekwondo aus. Oder American Football. Oder nimm von mir aus Gesangsstunden, lerne Schlagzeug oder Gitarre. Die Musiker bekommen doch alle ihre Mädels ab, und zwar die hübschesten noch dazu, du stehst doch auf Mädels?

Ja Papa.

Was ich euch gesagt habe: lauter gute Tipps, die wie unsichtbare Seifenblasen an der Frontscheibe zerplatzen. Morgens am Frühstückstisch. Oder jetzt auf der Rückbank dieses BMW. Aus dem Radio blubbern die Breaking News, ich wünschte, es wäre der Weltuntergang dabei. Aber Frankreich spielt nur gegen Deutschland. St. Germain hat Dynamo Kiew besiegt. Und die Französische Rugby-Mannschaft spielt Neuseeland an die Wand. Mein Vater tobt vor Freude. Es ist 14.30 Uhr, und der Planet ist immer noch nicht explodiert.

Am liebsten würde ich mit einem Taschenmesser das schöne schwarze Nappa-Leder in Papas BMW zerstören oder ihm gleich einen Stich in die Kehle versetzen. Diese Gewaltfantasien, diese Lust an der Wut, an der verdammten Zerstörung. Aber was ich auch immer anstellen möchte: Es kommt nichts raus aus meinem Mund, kein Wort, kein Laut, kein Mucks.

Nichts.

Eine Unendlichkeit später sitze ich mit meinem Vater bei *Mackie*. Wir schaufeln Pommes, Burger und Chicken Nuggets in uns hinein, mein Vater telefoniert zwischendurch mit Russen, mit Chinesen, mit all den Außerirdischen, die Paris aufkaufen wollen und werden.

Was willst du *wirklich*, fragt mein Vater aus der aggressiven Stille zwischen seinen Telefonaten heraus. Keine Ahnung, zuckt meine Schulter.
 Mmmm, murmelt mein Mund.
 Ich bin so geil, schreit mein Schwanz.

Mein rechter Oberschenkel wippt hundertmal pro Minute auf und ab.
 Meine Fingernägel sind abgekaut.
 Eine Träne rinnt über mein Gesicht.
 Und die Pommes sind aus.
 Laut *France Soir* hat Frankreich Taiwan im Tischtennis besiegt. Und nun zur Werbung. Zu den Nachrichten. Durch irgendeine Hintertür ins sogenannte Leben hinaus.

*

Selikovsky stand vor der Waschmaschine, die er mit Kleidungsstücken vollgestopft hatte, und betrachtete das einfließende Wasser, das sich mit dem Spülmittel vermengte. In wenigen Sekunden würde sich die Bullaugentür verriegeln und die Waschtrommel zu rotieren beginnen.

Während er auf die eingeschäumten Wäschestücke starrte, dachte Selikovsky an das Flugticket nach Innsbruck auf seinem Schreibtisch und an den mächtigen Ordner mit der Aufschrift »Soko Ischgl«, die vorläufig nur aus ihm selber bestand. Bei Bedarf würde er natürlich Verstärkung anfordern können, aber zunächst, hatte Selikovskys Chef vorgeschlagen, wäre es das Beste, Seli würde sich allein nach Ischgl begeben: *Sie haben dort gearbeitet, kennen den Menschenschlag, kennen die Leute.*

Das ist 20 Jahre her, hatte Selikovsky zu erwidern versucht, aber sein Chef hatte den Satz nicht einmal ignoriert.

Sie sind der Einzige, der mit den Winterbauern dort oben richtig reden kann, befand der Chef.

Winterbauern, dachte Selikovsky und betrachtete die rotierende Waschtrommel mit den bunten 40-Grad-Kleidungsstücken, Winterbauern war kein so schlechter Begriff für die Hoteliers und Gastronomen dort oben in Ischgl, tief im Paznauntal, wenige Kilometer vor der im Winter gesperrten Silvretta-Hochalpenstraße.

Selikovsky wendete sich von der Waschmaschine im Keller ab, löschte das Licht und nahm den Lift in den dritten Stock seiner Eigentumswohnung hinauf. Von außen war das Gebäude ein typischer Wiener Altbau aus dem Ende des 19. Jahrhunderts, innen dagegen war alles topsaniert und erinnerte mit den begradigten Wänden und den abgehängten Decken nur noch entfernt an ein Zinshaus aus der sogenannten Gründerzeit. Selikovskys Wohnung war hell und ruhig, 100 Quadratmeter saniertes Wien, drei Räume, Küche und Badezimmer, sogar mit einem Balkon.

Auf dem Schreibtisch im Arbeitszimmer lag das Dossier der Tiroler Kollegen, die Leichen waren penibel mit Vor- und Zunamen, Alter, Geschlecht und Auffindungsort angeführt. Selikovsky blätterte in den Seiten und überflog die Fotos der Gerichtsmediziner im Anhang. Mordopfer sahen immer irgendwie gleich aus: bleiche, erkaltete Gesichter mit dem Ausdruck des Entsetzens, verkrümmte, manchmal verstümmelte Gliedmaßen, mit wachsbleicher Haut, in ihrer stummen und doch anklagenden Totenstarre. Die meisten Opfer waren bereits begraben gewesen, die Verwesung hatte schon eingesetzt, und der Tod sah in diesen zerfallenden Gestalten noch auswegloser und zynischer aus, als er es ohnehin bereits war.

Selikovsky schloss das Dossier und seufzte. Wie es aussah, ging in Ischgl ein Serienkiller um. Mindestens sieben Opfer waren dort bisher umgebracht worden, aber warum gerade diese Leute und warum ausgerechnet in Ischgl?

Bei fast jedem Serienkiller gab es einen Mechanismus oder eine logische Struktur, die einem meist lange zuvor erdachten Plan folgte. Jemand, der eine Reihe von Leuten umbringen wollte, ging oft äußerst akribisch vor. An der Oberfläche konnte es ein ganz gewöhnlicher, überdurchschnittlich intelligenter Mann sein (fast immer war es ein Mann, weibliche Serienkiller kamen in der Geschichte der Kriminalistik kaum vor), meistens im mittleren Alter, der unauffällig lebte und unauffällig aussah, ein scheinbar harmloser Mitbürger, dem niemand etwas Ungeheuerliches zutrauen würde, zu freundlich wirkte der Unbekannte auf sein Umfeld, zu raffiniert war seine kaltblütige Tarnung. Unter der trügerischen Unauffälligkeit und der vermeintlich zuvorkommenden Art wucherte aber ein der Umwelt vorborgen gebliebener Hass, eine unerklärliche Wut auf bestimmte Menschen, bestimmte Orte oder bestimmte Lebensweisen.

Dieser gut getarnte Hass war die Triebfeder der Taten, lenkte die Aufmerksamkeit des Täters auf bestimmte Personen, ließ ihn diese Frau oder diesen Mann, diesen Jungen, dieses Mädchen aussuchen, kreiste das ausgewählte Opfer unauffällig beobachtend ein, wartete eine günstige Situation ab und schlug dann zu, scheinbar aus dem Nichts heraus, und doch völlig gezielt und geplant, eiskalt in der Ausführung, unbarmherzig im Ergebnis, emotionslos und zielstrebig wie ein Topmanager oder ein Spitzensportler. Oder wie ein Schachspieler, dem es ein diabolisches Vergnügen bereitete, seinen Gegner mit raffinierten Spielzügen zur Verzweiflung zu treiben – so ungefähr könnte das Gehirn ticken, das für die Morde in Ischgl verantwortlich war.

Die Einheimischen mussten den Typ zumindest peripher kennen. Er musste dort wohnen oder arbeiten oder sich wenigstens zeitweilig hier aufhalten, ein Tourist kam nicht infrage, zu weit lagen die einzelnen Tatzeiten auseinander, zu unterschiedlich waren die Auffindungsorte, zu unzusammenhängend die einzelnen Opfer. Keine Verwandtschaft, keine Ähnlichkeiten, kein einheitliches Geschlecht, kein gemeinsames Alter, keine bestimmten physischen Übereinstimmungen, die einen Hinweis auf einen bestimmten Fetisch geben könnten. Die einzige Gemeinsamkeit der Opfer bestand darin, dass sie sich alle wenigstens vorübergehend in Ischgl aufgehalten hatten.

Wenn die einzige Gemeinsamkeit darin bestand, dass alle Opfer in Ischgl getötet wurden, konnte dann der Ort selbst der Grund für die Morde sein, überlegte Selikovsky, aber warum hasste jemand Ischgl so sehr, dass er deswegen reihenweise Menschen umbrachte? Ein fristlos gekündigter Saisonarbeiter, ein durchgeknallter Kellner oder ein sich betrogen fühlender F&B-Manager, nein, das machte alles keinen Sinn, überlegte Selikovsky, dafür riskierte niemand lebenslänglich Gefängnis mit Sicherheitsverwahrung, nicht einmal jemand, der regelmäßig Drogen nahm und auch sonst nicht ganz bei Trost war.

Außerdem kannte man sich in der Abgeschiedenheit des Paznauntals, nicht nur die Einwohner untereinander, auch die Leute, die während der Wintersaison dort beschäftigt waren, kamen meist gut miteinander aus. Die meisten arbeiteten einmal in diesem Hotel, dann in jener Après-Ski-Hütte, es gab so etwas wie eine Beschäftigungsrotation durch die einzelnen Betriebe, sogar Selikovsky konnte noch immer aus dem Stand zehn Leute aufzählen, die im *M-Hotel*, im *Elizabeth*, in der *Trofana* oder im *Romantica* gearbeitet hatten, in der *Tenne*, im *Kuhstall*, im *Fire & Ice*, im *Kitzloch*, in der *Champagnerhütte*, im *Hexenkessel* oder in der *Grill-Alm*.

Alle klebten förmlich aneinander, als ob sie ein gemeinsames Schicksal miteinander verleimt hätte. Auch wenn am Ende der Wintersaison beinahe jeder Angestellte Ischgl verfluchte, freute er sich schon im Sommer wieder darauf, bald im Paznauntal anheuern zu dürfen. Je mehr Betriebe Selikovsky einfielen, desto deutlicher kamen seine Erinnerungen an den Tiroler Wintersportort zurück. Die undeutlichen Bilder eines Dorfes, das sich tief im Silvretta-Gebiet um eine hohe, schlanke Kirche gruppierte.

Selikovsky verstaute das Dossier in seiner Aktentasche und starrte auf das Flugticket nach Innsbruck: Übermorgen, 9.30 Uhr Abflug Wien Schwechat, die Morgenmaschine. Eine knappe Stunde Flugzeit zu einem der gefährlichsten Flughäfen Europas, eingekeilt zwischen Nordkette und Patscherkofel, beinahe im Zentrum der Tiroler Landeshauptstadt gelegen, ständig von heftigen Seitenwinden und Föhnstürmen bedrängt und obendrein mit einer sehr kurzen Landebahn ausgestattet. Selikovsky hatte wenig Lust, nach Ischgl zu reisen. Die ganze Faszination dieses Ortes, der längst eine Marke geworden war, ließ ihn völlig kalt. Unberührt. Wie eine zugeschneite Bergwiese im Winter.

*

Es ist dieses Objekt im 16. Arrondissement, das mir den Schlaf raubt. Ich habe die Mieter alle rausgeekelt, diese billigen Schnorrer und Habenichtse, ich habe die kleine Pastisbude im Parterre genauso dicht gemacht, wie ich dem 78-jährigen Witwer im dritten Stock gekündigt habe, eigentlich habe ich diese traurigen Gestalten allesamt rauswerfen können – bis auf einen: diesen mieselsüchtigen Architekten aus Caen in der Normandie, der hier im zweiten Stock seine Pariser Studentenjahre zugebracht hat und die abgewohnten 78 Quadratmeter partout nicht hergeben will. Ich habe ihm Geld angeboten, massenhaft Geld, aber die Kohle ist dem alternativen Idioten egal, er trinkt Calvados, züchtet Schafe und konstruiert Sozialwohnungen und Ferienlandschaften für Notstandsbezieher, er will den Armen die Würde zurückgeben oder so einen Scheiß, er ist Mitte 50 und kapiert immer noch nicht, dass die Welt ein verdammter Ameisenhaufen aus Ungerechtigkeit, Hass und Gleichgültigkeit ist, er sitzt wie ein Gott der kleinen Dinge in der Normandie, raucht seine Zigarillos und lässt mich mit seinem eiskalten Lächeln abblitzen, egal, wie großzügig mein Angebot lautet.

Geld ist nicht alles, orakelt er hinter seinem blauen Dunst, und seine Frau hustet ihrem Lungenkrebs hinterher, eine abgewrackte Literaturprofessorin an irgendeinem Lycée, die 100.000 Bücher und Millionen Gedichte in sich hinein gefressen hat, und jetzt hat sie Krebs von all dem Wahnsinn, Lebenserwartung ein oder zwei Jahre, ein bisschen zu lang, wenn man, so wie ich, einen russischen Oligarchen an der Hand hat, dessen Frau sich »in dieses Objekt *verliebt* hat«. *Verliebt* ist ein großartiges Wort, weil es normalerweise die Bereitschaft zu hemmungsloser Überzahlung bedeutet.

In Wladimirs Auftrag habe ich praktisch alle Altmieter rausgeekelt. Alle bis auf diesen Architekten haben brav mitgespielt, er ist das einzige, übrig gebliebene Hindernis auf dem Weg zu meinem Maklerانteil. Ein paar 100.000 Euro Provision ist das mindeste für ein komplettes Haus im 16. Arrondissement, Victor Hugo hat hier gewohnt, und Lautréamont und vielleicht auch Baudelaire, Sie kennen doch Les fleurs du mal – nein, kennt der Russe nicht.

Wladimir war früher beim Geheimdienst, er hat in Grosny und in Afghanistan Menschen liquidiert, daher hatte er keine Zeit, Baudelaire zu lesen oder sich einen van Gogh anzuschauen, er hat in schmutzigen Kriegen fremde

Ohren abgeschnitten und Köpfe skalpiert wie ein Fleischhauer im Absinthrausch. Dafür hat er ein Dutzend Tapferkeitsmedaillen und den Respekt des Vaterlandes kassiert.

Unter Putin ist er zum Oligarchen aufgestiegen, hat frühere Staatsbetriebe eingesackt und sich in der Welt der Metalllegierungen einen Namen gemacht, immerhin ist er auch Ingenieur, ein Techniker und Killer, ein cooler Typ, der über 100e Leichen gegangen ist, nicht der freundlichste Mensch, aber durchschlagskräftig und ausdauernd, er hat den siebten Dan und ist Taekwondo-Weltmeister von 2004 – Kampfmaschine und Technokrat in einer Person. Außerdem fährt er einen zitronengelben Hummer, einen feuerroten Lamborghini und ein paar Bentleys, er besitzt Jachten quer über den Planeten und hat ungefähr 100 Immobilien in den letzten Jahren gekauft, und seine platinblonde Silikon-Tussi hat sich ausgerechnet in dieses Haus im 16. Arrondissement verliebt, sie spricht sogar etwas Französisch, das wie Russisch im Vollrausch klingt. Vor allem aber versteht sie nicht, warum sie das Gebäude nicht endlich kaufen kann, mit all dieser Kohle ihres Kampfhund-Gemahls.

*Sie wissen, Madame: die Gesetze, der Mieterschutz, der Architekt in der Normandie, immerhin hat dessen Frau Krebs, warten wir einfach noch ein bisschen ...*

*Nonono*, Madame möchte das Haus *gleich* haben, auf der Stelle, in höchstens zwei Monaten, sie hat schon 1000e

Gestaltungsideen im Kopf und zehn Inneneinrichter an der Hand, sie hat große Pläne, richtig große Pläne mit dem Haus, die Prinzessin ist 38, sieht aber wie 25 aus und benimmt sich wie eine schwer erziehbare 13-Jährige, die schmollt, weint und grollt, wenn sie dieses Belle-Époque-Gebäude im 16. Arrondissement nicht bekommt. Sie hat keine Ahnung, was Mieterschutz ist, sie kommt aus einer Kleinstadt in der Nähe von Minsk, eine Weißrussin, die vielleicht in einem Schweinestall groß geworden ist und sich eben hochgebumst hat, bis zu diesem Oligarchen aus Russland hinauf.

In ihrem Paralleluniversum ist kein Platz für die anderen Menschen, sie genügt sich vollkommen selbst, und wer ihre Pläne stört, hat mit dem Schlimmsten zu rechnen: Schicken wir dem Kerl einen Killer, der erledigt so einen Architekten für nicht einmal 5.000 Euro in zehn Minuten, und dann können wir endlich das Haus erwerben, ich habe so schöne Pläne, verstehen Sie, drei Marmorbadezimmer, und die Armaturen alle in Roségold, Monsieur, machen Sie mich und meinen Mann glücklich, ich kann Wladimir anrufen, mein Mann hat immer zuverlässige Leute für solche Anliegen.

Nachts träume ich von diesem Oligarchenweib und ihrer schrillen Stimme. Ich wache schweißgebadet auf und stolpere um 2 Uhr früh ins Wohnzimmer und stelle den Fernseher auf lautlos, lasse die Nachrichten, den Sport und Dutzende Telenovelas vorüberziehen, ich trinke ein paar Gläser *Ricard*, und dann ziehe ich mich schnell an, wähle Erics Nummer und fahre mit dem Taxi zu seinem Studio hinüber, schniefe im Fahrstuhl noch etwas Koks und versuche, nicht in den gerahmten Spiegel zu sehen. Eric hat die Tür angelehnt und empfängt mich mit seinem Callboy-Lächeln in seiner Wohnung, ich ziehe mich aus, hastig, wie ein Teenager, wie damals mit 15 oder mit 16 im Ferienlager am Mittelmeer. Wenig später treibe ich es mit einem Mann, der sich für ein paar Hunderter durchbumsen lässt. Eric hat einen kleinen, runden Hintern, er ist wie eine Frau mit glattem Narbengesicht, ein Norweger angeblich, egal, ich ficke ihn hart und schlage ihn, er macht das für zwei Hunderter extra, und dann spritze ich ab und habe einen Puls von 180, aber ich bin leer, so verdammt leer, ich habe das Sperma aus meinem Körper gespritzt und trinke ein Gläschen Absinth in der nächsten Kneipe, die rund um die Uhr geöffnet hat, wo die Kellerasseln der Nacht trinken, die Opfer der Währungskrise, der Scheidungen, der enttäuschten Erwartungen, ich trinke den Absinth, und die grüne Fee lässt das Koks in meinen Venen noch einmal so richtig hochfahren, ich nehme ein Taxi und kehre zurück in die Wohnung, es ist 4.10 Uhr, und nichts ist passiert, ich ziehe mich aus, gehe ins Badezimmer hinüber, putze die Zähne, spüle die Mundhöhle, wasche meine verfickten Hände, verwische die Spuren, mogle mich in meine bürgerliche Existenz zurück, kehre zurück in das Schlafzimmer, wo meine fremd gewordene Frau schläft. Wir sollten uns scheiden lassen, aber die Kinder, die halbwüchsigen Teenager, die sich nichts mehr sagen lassen, sind da. Und sind so, wie sie sind. Wir müssen auf die beiden Monster Rücksicht nehmen, sie fluchen schon wie Taxifahrer und sind doch ängstlich wie fünfjährige Kinder, sie fordern die Welt heraus und sind zugleich schutzbedürftig, wollen Könige sein und sind doch nur herausgeputzte Infanten.

Es ist 5.30 Uhr, und der Allarmton auf dem iPad geht los. Ich habe gefühlte drei Minuten geschlafen, wanke hinüber ins Bad, ich dusche und bringe mich in Form, werfe mich in den nächstbesten Anzug, trinke ein paar Tassen Espresso, nehme die Wagenschlüssel und fahre den schwarzen BMW aus der Garage, ein paar 100 Meter weit, bis zur nächsten Ampel, die natürlich auf Rot steht. Paris im Morgennebel, Paris im Januar, ein trauriges, winterkaltes Paris. Meine Finger trommeln gegen das mit Leder überzogene Lenkrad. Dann bricht es aus mir: eine Tränensturzflut, aus einer kalten Wut heraus, die nur mir selber gehört. Dieser Schmerzanfall dauert zehn Sekunden, dann schnäuze ich mich ins Stofftaschentuch, die Ampel schaltet auf Grün, und ich gebe ordentlich Gas. Ich bin fit für den Tag. Für ein neues Leben. Und neue Gelegenheiten. Für neue Deals – und für die fetten Provisionen dafür.

\*

Es ist Krebs, sagt der Arzt und spielt mit seinem goldenen Kugelschreiber herum.

Spitze rein, Spitze raus, wahrscheinlich denkt er an das, woran Männer die ganze Zeit denken, aber der Befund ist eindeutig.

Doktor DeVille legt das teure Schreibgerät weg und sieht mich mit einem mitleidigen Lächeln an, als ob ich Dummerchen einen harmlosen Scherz gemacht hätte. Hinter ihm sind auf einem riesigen Flatscreen abwechselnd stumm geschaltete Zeichentrickfilme und Börsenberichte zu sehen, einmal verfolgt eine Art Pitbull Terrier eine tollpatschige Katze, dann schwenkt eine Kamera über den Floor der Pariser Börse hinweg, und darunter läuft ein Tickerband mit aktuellen Aktienkursen, *Pernod Ricard* 163,40 p, *Accor* 38,86 p, *Société Générale* 29,36 p und so weiter.

Es ist die Bauchspeicheldrüse, fährt der gelangweilte Gott in Weiß fort, der Tumor wird sich leider sehr schnell entwickeln, wir können eine Chemotherapie machen und eventuell noch operieren, aber wir müssen uns auch mit der Tatsache abfinden, dass eine vollständige Heilung unwahrscheinlich sein könnte, wenn ich mich so ausdrücken darf.

Doktor Raymond DeVille, ein ziemlich bekannter Arzt, Onkologe an der Charité, ein guter Freund der Familie, im Augenblick einfach nur Arzt. Mediziner. Sein Blick streift über die Blutbefunde, die Laborproben, über Kolonnen aus kleinen Zahlen, die anscheinend einen eindeutigen Befund ergeben: Bauchspeicheldrüsenkrebs.

Mit dieser Diagnose ist Doktor DeVille auch zum Richter geworden, der das Todesurteil über Fabienne de Bruyere gefällt hat, Tod durch Bauchspeicheldrüsenkrebs, ein Urteil, das mein Körper in spätestens 18 Monaten an sich selber vollstrecken wird, jeder Aufschub, jeder Einspruch, jeder Kampf dagegen – beinahe unmöglich. Dieses Urteil ist grausam, gnadenlos, eindeutig.

Ein Urteil der letzten Instanz.

Der Richter und Arzt in Personalunion steht auf und schüttelt mir die Hand, aber er ist dabei vorsichtig geworden. Sein Lächeln ist verschwunden. Auf dem Flatscreen rächt sich die Comic-Katze mit einer riesigen Stielpfanne an dem Pitbull Terrier. Dann wieder ticken die Börsenkurse vorüber, *Accor* ist gesunken, *Société Générale* gestiegen, und *Pernod-Ricard* ebenfalls. Ich glaube, ich brauche jetzt etwas von denen, ein Gläschen Pastis zum Beispiel, an der nächsten Bar, irgendwo hier an der Ecke Rue Lauriston/Rue Paul Valery, ich ignoriere die 18 Anrufe in Abwesenheit auf meinem Handy, überquere die Straße, auf der Suche nach etwas Ruhe nach dem Todesurteil. Ein paar Taxifahrer hupen empört, aber was kümmert mich diese billige Wut auf den Straßen?

Du, Fabienne de Bruyere, wirst das nächste Jahr nur noch in Bruchstücken erleben, du wirst deine zwei Jungs nicht heranwachsen sehen, du wirst niemals erfahren, welche Berufe sie ergreifen, welche Familien sie gründen, welche Autos sie fahren werden, sie werden für dich zwei pubertäre Jungs bleiben, der eine, Patrick, ein Draufgänger, der mit allen Schulen auf Kriegsfuß ist, und der zweite, Antoine, der Verträumte, der kleine hübsche Balletteleve, der sich nur unter anderen Jungen wohlzufühlen scheint, dessen Blicke so scheu wie schlau sind, und der das Leben und die Welt aus sicherer Entfernung vermisst.

In einem Jahr werden sie beide an deinem Sterbebett stehen und sich für deinen Anblick schämen, für deinen Schweiß, deine schlecht unterdrückten Schmerzen, deinen heftigen Puls, deinen schwachen, Abschied nehmenden Händedruck, für deine letzten paar an sie gerichteten Worte: *Passt auf euch auf. Kommt gut miteinander aus. Lasst euch von Daddy etwas sagen. Und macht die Schulen zu Ende. Wenn es schon euch nicht gefällt, dann mir zuliebe. Ich muss euch jetzt verlassen. Heute Nacht oder morgen. In ein paar Tagen. Kommt nicht wieder. Behaltet mich so in eurer Erinnerung. Lebt wohl, meine beiden hübschen Jungs, lebt wohl.*

So ungefähr könnte es enden, denke ich und betrete die geräumige Bar, ganz typisch für den 16. Pariser Bezirk. Dunkle Holzvertäfelung, verzinkter Bartresen, einige wenige Tische und Stühle, die vielleicht seit 100 Jahren dort stehen. Vielleicht hat hier Ernest Hemingway seine Nächte verbracht, oder Paul Valery, nach dem die Gasse da draußen benannt ist, vielleicht sogar Charles Baudelaire oder ein anderer Bohemien der Pariser Kunstszene.

Vielleicht saßen hier auch nur billige Nutten und Hochstapler, ein paar professionelle Kartenspieler und andere Unbekannte des täglichen Grauens, egal, in dieser Bar haben sie sogar Perrier-Jouët, also genehmige ich mir eine Coupette, gleich am Tresen, der Bartender ist maximal 19 Jahre alt, ein hübscher, schlanker Kerl mit einem durchtriebenen Lächeln, weil auch er alle Schulen abgebrochen hat und sich irgendwie durchs Leben zu mogeln beginnt, vielleicht geht er auch gegen etwas Kohle mit älteren Frauen ins Bett. Ich schaue ihn näher an, lächle dabei, streiche mir eine Strähne aus dem Haar, versuche, wie 17 zu wirken. Und muss dabei abgrundtief lächerlich aussehen: *Eine verhärmte Frau Mitte 40, die mich anbraten will*, scheint sein Stammhirn zu funken.

Eigentlich ist es ganz egal, was du denkst, Kleiner, in ein paar Monaten werde ich tot sein. Lass mir doch die begehrlichen Blicke, gönne mir die Coupette mit dem rosafarbenen Sprudel, lass mich mich heute noch ein bisschen lebendig fühlen. Kennst du die Praxis von

Doktor Raymond DeVille dort drüben, in diesem Patrizierhaus aus dem 19. Jahrhundert, mit den hohen Fenstern und den kleinen Französischen Balkonen: Dort hat mir das Schicksal gerade einen Strich durch die Zukunft gemacht, ich werde sterben, hat mir der Arzt eröffnet, und Raymond DeVille muss es wissen, er ist ein ausgezeichneter Arzt an der Charité und operiert sogar an den aussichtslosesten Fällen herum – vielleicht gerate ich auch in absehbarer Zeit unter sein Messer, wer weiß?

Doktor DeVille wird mich nicht heilen. Er wird höchstens mein Leiden verlängern. Mich zu einem ausgezehrten Körper entstellen, zu einem blassen, Mitleid erregenden Totengesicht, das sich im noblen Einzelzimmer einer Pariser Sterbeklinik seinem Ende entgegenquälen wird.

Aber lassen wir das, gib mir noch eine Coupette, mein Lieber, wie heißt du eigentlich, oh Jacques, oder Jacky natürlich, dein Bartendergrinsen gefällt mir, dein Blick, dein Gesicht, deine Ausstrahlung, das alles hat ein gewisses Etwas, du solltest eine Schauspielschule besuchen oder Pornodarsteller werden, vielleicht arbeitest du ja bereits an beiden Projekten, keine Ahnung, aber pass auf dich auf: Da draußen gibt es jede Menge Ungeheuer auf zwei Beinen, hast du nicht die Nachrichten gelesen, gerade gestern erst, von einem Callboy, den ein Unbekannter mit 100 Messerstichen oder so hingerichtet hat, okay, du liest keine Zeitung mehr, du hast ja dein iPad, dein iPhone, deine elektronischen Medien, deine Skype-Freunde und jede Menge Online-Prinzessinnen, die mit den langen blonden Haaren aus gutem Hause und einem Faible für junge, unbekümmerte Barmänner wie dich, ich kann sie verstehen, ich würde auch so sein, wenn ich 20 Jahre jünger wäre, die ewige Jugend für wenige Sommer gepachtet, auf das läuft es ja hinaus, mein Lieber.

Ich bezahle meine Coupettes, rufe ein Taxi und lasse mich zurück in meine sterbliche Welt karren, der Typ am Steuer ist Pakistani und hat keine Ahnung, in welcher Stadt, auf welchem Kontinent, in welchem Land er sich befindet, Google Maps lotst uns zu meinem Beautysalon in der Avenue Kleber, einer lauten, geschäftigen Straße.

Ich bezahle den Fahrer, eile über den Gehsteig und betrete das dunkle, alte Gebäude, das mich plötzlich an eine Gruft, an ein Mausoleum, eine Totenkammer erinnert. Meine Assistentin begrüßt mich, und ich betrete mein Büro, nichts scheint sich verändert zu haben. Alles scheint gleichgeblieben zu sein. Ein Stillstand, der tödlich sein kann.

Auf meinem Schreibtisch stehen drei Fotos: Patrick und ich, kurz nach der Hochzeit, in Saint Tropez, dann eines mit Pat, unserem älteren Sohn, und daneben Antoine als hübscher kleiner Eleve. Die Pariser Oper. Kindervorstellung. *Schwanensee*. Letztes Jahr. In der Hauptrolle: er, Antoine, mein süßer kleiner Prinz. Ich seufze und sehe zwischen schweren Vorhängen aus dunklem Brokat zum Fenster hinaus. Ein Touristenbus fährt vorüber. Eine Gruppe Jugendlicher drückt an bunten Smartphones herum. Ihr gewaltiges Lachen. Ihre unbekümmerten Blicke. Ihre Zukunft. Ihre unendlichen Möglichkeiten. So weit weg von mir, so unendlich weit weg.

*

Hallo Tagebuch,

du kennst mich noch nicht, aber das macht nichts. Ich erfinde dich nämlich gerade und beginne, dich ganz langsam zu schreiben. Du entstehst jetzt einfach und hast noch keine Ahnung, wer das eigentlich macht. Warte noch eine Zeile, dann stelle ich mich vor, also:

Ich heiße Sebastian und bin 15 Jahre alt, beinahe schon 16. Ich gehe in die fünfte Klasse Gymnasium in B. In der Schule bin ich ganz gut, aber das ist nichts Besonderes. Viele von uns in der Klasse sind gut, du brauchst tolle Noten, um voranzukommen, denn zu viele Jobs warten da draußen nicht mehr auf uns.

Aber das ist nicht der Grund, warum ich dich zu schreiben beginne, oder warum ich dir schreibe. Eigentlich schreibe ich mir selbst, und du bist nur ein Word-Dokument zwischen mir und meinen Problemen. Normalerweise bin ich ja Optimist, ich komme gut mit meinem Leben zurecht, habe nicht zu viele Schrereien und so. Die Leute in der Klasse mögen mich, ich bin immerhin Klassensprecher geworden, mit ganzen 18 Stimmen (von 21) gewählt, was mich schon ein bisschen stolz macht. Meine Hobbys sind Schwimmen und Volleyball, und dann baue ich noch gern an Fantasiehäusern aus Zahnstochern oder Wattestäbchen herum, vielleicht werde ich einmal Architekt oder so, aber ich habe so viele Pläne mit meinem Leben, dass ich nur eine schwache Ahnung habe, welches Studienfach ich nach dem Abitur in Angriff nehmen oder auf welchem Kontinent ich leben werde.

Meine Mutter ist nämlich Japanerin und wohnt in der Nähe von Osaka auf dem Land, deswegen sehe ich auch ein bisschen anders aus mit meinen Mongo-Schlitzaugen und dieser viel zu kleinen Nase in dem großen Gesicht, aber – *nobody is perfect*, und ich bin es auch nicht. Mein Papa ist Diplomingenieur und seit einem Jahr auch geschieden. Er hat eine neue Lebensgefährtin, oder sagen wir: Anna ist auf dem besten Wege dorthin. Sie übernachtet manchmal bei uns, und irgendwie habe ich das Gefühl, dass sie langsam meine Zweitmutter werden will, falls es das überhaupt gibt. Eigentlich stehe ich gar nicht darauf, aber mein Vater sieht das vollkommen anders, weil er sie liebt oder mag oder zumindest bumst – na schön, hab' ich es endlich rausgekotzt, dieses Unwort.

Auf jeden Fall lebt Anna jetzt mehr oder weniger bei uns, und meine Mutter steckt irgendwo in der Nähe von Osaka fest und ist dort Künstlerin oder Psychotherapeutin oder was weiß ich was. Ich wollte, sie wäre immer noch hier, aber das spielt es nicht, mit meinem Vater und ihr ist es endgültig aus. Und ich bin irgendwie übrig geblieben, halb oberösterreichisches Mondgesicht, halb japanischer Manga-Prinz, wenigstens stehen ein paar Mädchen auf mich, irgendwo auf halbem Weg Richtung Liebe und all dem Zeug, mit dem ich noch nicht richtig klarkomme, weil ich erst 15 bin und lieber meine Modellhäuser baue oder 50 Längen im Hallenbad kraule, als mir die Instagram-Kommentare zu meinen schlecht belichteten Pics anzusehen.

Wegen diesem Kram beginne ich dich nicht zu schreiben, liebes Tagebuch, ganz entschieden nicht. Irgendwie ist es sowieso dämlich, dass ein Junge so etwas macht, normalerweise vertrauen eher Mädchen ihre Geheimnisse einem Tagebuch an. Vielleicht beginne ich dich, du unbekanntes Tagebuch, zu schreiben, weil ich seit Beginn dieses Schuljahres neben einem Jungen sitze, der ein ganzes Jahr älter ist, weil er die Klasse wiederholen muss, nicht, weil er faul gewesen wäre und nichts gelernt hätte, sondern weil er … halt dich jetzt fest, liebes Tagebuch … im Krankenhaus gewesen ist, aber nicht in irgendeinem Krankenhaus, sondern – ich muss jetzt kurz im Internet nachschauen, wie man das genau schreibt – in einer psy-chi-a-tri-schen (psychiatrischen)

Anstalt. Also in der Klapsmühle, einer Art Irrenhaus für Kinder und Jugendliche. In Salzburg. Zwei oder drei Monate lang.

Dieser Junge heißt Ivan. Ist 16 Jahre alt, ein Meter 80 groß, schlank, schwarzhaarig, braune Augen, alles in allem ein ganz normaler Typ, vielleicht so, wie ich in einem Jahr sein werde, wenn mit der Pubertät alles planmäßig verläuft, aber was ist in unserem Alter schon planmäßig? Bei Ivan ist alles ein bisschen – sagen wir – anders. Wenn du ihn nur kurz ansiehst, bemerkst du nichts. Ein ganz normaler Junge, zurückhaltend, smart, sagenhaft klug. In Mathematik und Info ein As, was niemand bestreitet. Und trotzdem: Da ist noch etwas, das du nicht sofort bemerkst, nicht im ersten Augenblick jedenfalls. Etwas, das unter der Oberfläche lauert, das mit seinem – wie soll ich sagen – Inneren, seiner Seele zu tun hat. Er redet nicht viel und oft starrt er nur geradeaus in das Nichts, und ich würde verdammt gerne wissen, was er dann sieht.

Sobald ich ihn mit den Ellbogen schubse, erwacht er aus seiner Starre, und ein halbes Lächeln gleitet über sein Gesicht: Schöne weiße Zähne sind zu sehen, der Mund zuckt nicht mehr, die Muskeln entspannen sich etwas. Und Ivan kehrt in meine, in unsere, in diese Gegenwart zurück.

Er spinnt ein bisschen, sagen die andern hinter vorgehaltenen Händen, er ist de-pres-siv, also eine Art wandelndes Tiefdruckgebiet. Und er wollte sich schon einmal umbringen. Hey, wenn du das wirklich durchziehst, bin ich echt böse auf dich, sieh dich doch um: Wir leben in einem reichen Land, haben genug zu essen, zu trinken, wir dürfen eine relativ gute Schule besuchen, vielleicht studieren wir später einmal, nachdem wir den Führerschein gemacht und ein paar Mädchen geliebt haben, es ist doch voll okay, unser Leben, findest du nicht?

Ivan antwortet selten. Starrt auf sein aufgeschlagenes Schulbuch, glotzt Löcher in die Luft, und über sein Gesicht flieht ein Zucken. Seine Augenlider vibrieren. Seine Mundwinkel zittern. Sein ganzer Körper wirkt wie eingefroren, aber wenn ich ihn so mit dem Ellbogen berühre, schmilzt das Eis der Trauer, und der Junge lächelt mich an, und verdammt, ich kann gar nicht anders, als ihn einfach zu mögen. Seine Eltern sind Kroaten, meine Mutter Japanerin, wir mögen beide Informatik und Mathe und seufzen über unsere Schwächen in Deutsch und Englisch, was sind wir froh, wenn wir eine Drei im Aufsatz geschafft haben, zu irgendeinem unmöglichen Thema. Wir sind uns ähnlich wie Brüder, die wir beide nicht haben, ich bin Einzelkind, und er hat eine Schwester, die in Wien eine Ausbildung zur Diplomkrankenschwester macht, oder so ähnlich.

Auf der anderen Seite sind wir vollkommen anders: Ich mag Sport, bin Mitglied im oberösterreichischen Schwimmverband, war Zweiter in der letzten Landesmeisterschaft, was bin ich da wütend gewesen, auf diesen verfluchten zweiten Platz, 0,4 Sekunden hinter dem Sieger. Mein Vater hat mich kaum trösten können, nicht einmal das Belohnungseis danach hat mir gutgetan, im Gegenteil: Der Schokoladentraum hat richtig salzig geschmeckt, wie ein tiefgefrorener Erdnussriegel oder so ähnlich.

Du siehst, liebes Tagebuch, ich habe auch meine Marotten, meine Ticks, meinen leichten Knall unter der Schädeldecke: Ich bin schrecklich ehrgeizig, möchte immer der Erste sein und kann Niederlagen kaum einstecken. Ich bin ein verdammt schlechter Verlierer. Ich glaube, in dieser Welt musst du deinen eigenen kleinen Superlativ haben, und wenn es im Nasenbohren, im Achselzucken oder im Nägelbeißen ist, drei sehr wichtigen Disziplinen während der scheiß Pubertät.

Wie du siehst, liebes Tagebuch, fluche ich gern; fluchen ist ganz okay, weil es die schlechte Laune über das eigene kleine Dasein vertreibt, bei mir ist das wenigstens so: ein kleiner Fluch, und der ganze Mist um mich ist vergessen, ich bin nicht nachtragend, ich vergebe schnell und verzeihe alles. Scheiß doch der Hund drauf, war doch alles nicht so schlimm, oder?

Ich lächle Ivan an.
Und er lächelt zurück.

Ich weiß, dass er das widerwillig tut. Dass er sein eigenes Lachen nicht ausstehen kann. Dass er sich oft tief in sich selber verkriecht, aber, Augenblick Ivan, ich bin auch noch da, du kannst dich nicht vor mir verstecken und Löcher in den Sauerstoff starren, komm, fahren wir eine Runde mit dem Mountainbike, laufen wir eine Stunde durch den Wald, schwimmen wir ein paar Längen im Freibad, das tut echt gut: Du spürst deinen Herzschlag, fühlst dich fit, überwindest ein paar Totpunkte, duschst hinterher und fühlst dich unsterblich. Zumindest diesen einen Nachmittag lang.

Irgendwie habe ich jetzt den Faden verloren, wo war ich stehen geblieben, liebes Tagebuch, sag doch was, du mickriges Word-Dokument, ach ja: Ivan. Mein neuer Freund. Und Banknachbar. Dessen Traurigkeit mir in der Seele wehtut. Verdammt, was muss eigentlich passiert sein, dass jemand so traurig sein kann. He, komm raus aus deinem Gefängnis, Ivan, geh ins Leben hinaus, schau in die Sonne, genieße den Tag und so weiter.

Manchmal muss ich ihn richtig anbrüllen, damit er mich wahrnimmt. Dann erwacht er aus seiner Amateurtotenstarre und blickt mir tief in die Augen. Einfach so. So verdammt direkt. Aus der Tiefe seiner Abgründe heraus.

Was denkst du grad, frag ich ihn oft.

Das willst du gar nicht wissen, antwortet er dann.

Klar will ich das, gebe ich mich noch nicht geschlagen.

Warum denn, fragt er mich.

So halt, antworte ich.

Das bringt nichts, sagt er dann.

Scheiße, flüstern wir beide.

Genauso war es gestern Abend bei mir. Wir saßen auf meinem Bett und verschlangen Butterkekse. Tranken Cola dazu. Sahen uns irgendeinen Film an. Ivan mag nur Komödien. Am besten laut, bunt und schrill, etwas, das ihn aus seiner Traurigkeit locken kann. Bevor er zu mir kommt, muss ich meine paar Horrorfilm-DVDs wegpacken – wenn er die Hüllen auch nur von Weitem sieht, zuckt er aus. Aber so richtig. Okay, weg mit *Freitag, der 13.*, fort mit dem Elm-Street-Debakel. Und schnell noch den *Nebel des Grauens* versteckt. Schauen wir uns lieber den *Vater der Braut* an, *Und dann kam Polly* oder irgendwas mit Cameron Diaz. Cameron ist echt prima und schräg. Wir lachen uns beide kaputt über sie. Fressen Butterkekse dazu, trinken Cola und fühlen uns genauso, wie sich Jugendliche fühlen. Auf halbem Weg zwischen total entspannt und komplett bescheuert.

Um 22.30 Uhr kam mein Vater ins Zimmer und sagte, Leute, Sendeschluss, ihr habt morgen Schule, also beendet jetzt eure Session.

Ivan und ich gingen vor das Haus und verabschiedeten uns.

*Also dann, bis morgen.*

Wir boxten uns leicht in die Rippen, schüttelten einander die Hände, und dann bemerkte ich etwas.

Warum zitterst du, fragte ich Ivan.

Nichts, keine Antwort. Nur ein Achselzucken, wie üblich.

Wovor hast du … Angst?

Ein Kopfschütteln.
    Eine Träne.
    Eine ganz große Träne.
    Und ein Zittern über den ganzen Körper.

Was, verdammt noch mal, ist los mit dir?
    Es geht schon.
    Nein, es geht nicht. Du bleibst da heute Abend.
    Spinnst du?
    Nein, ehrlich, du gehst nicht weg, nicht mit diesem Zittern und so. Soll ich deine Eltern anrufen?
    Nö.
    Soll ich dich nach Hause begleiten?
    Nö.

Willst du bei mir bleiben?
----
War das jetzt ein Nein?

Schweigen. Ein langes, dunkles, ein entsetzliches Schweigen. Und dann war Ivan weg. Einfach verschwunden. Am nächsten Tag, also heute, kam er ganz normal in die Schule. Auf den ersten Blick war alles paletti. Dann, als er die Jacke auszog, sah ich den Verband an seinen Händen.

Was ist das, fragte ich.
Nichts, antwortete Ivan.

Durch den Verband sickerte etwas Blut, ich konnte diese kleinen roten Punkte sehen, entlang einer ziemlich geraden Linie. Ich wusste, was es war, und ich ahnte, was Ivan gestern Nacht versucht haben musste.

*

Es ist ein klarer, kalter Wintertag, die Farben draußen am Meer schimmern kalt, wie erfroren: ein eisgraues Rot, ein nachtkühles Blau, ein ausgebleichtes Braun, wie erstarrt der gesamte Landstrich an der Grenze zum riesigen Wasser. Ich sitze auf einer niedrigen Steinmauer und sehe Stephane zu, wie er zehn Meter entfernt bis zu den Knien im Wasser steht und mit dem rechten Arm eine Auster nach der anderen aus dem Ozean fischt, sie kurz betrachtet und in den Behälter auf seinem Rücken wirft, je nach Größe links oder rechts oder genau in die Mitte des weißen Kanisters, in einer eingeübten, automatisierten Bewegung.

Stephane trägt einen dicken grauen Wollpullover, der vor Jahren weiß gewesen muss, einen dicht gewirkten Pullover aus Schafsfell, durch dessen Wolle weder der Wind noch die Nässe dringt, dazu diese Fischerhosen aus Segelplanen, die zwar unförmig aussehen, aber das Wasser abweisen, so steht mein bester Schulfreund im seichten Meer und fischt nach Austern, wie es sein Vater und Großvater gemacht haben und er es auch selber für die nächsten 30 oder 40 Jahre tun wird, bis Rheuma, Gicht oder eine dunkle Depression über ihn kommen wird, aber noch ist Stephane genauso jung und unbekümmert wie ich.

Unsere Familie lebt eben vom Austernfang, lächelt er und sieht mich vom Wasser her aus an, ein bisschen unsicher, weil er es gar nicht fassen kann, dass ich mich binnen so kurzer Zeit als Model durchgesetzt habe, und es klingt auch unglaublich, besonders hier draußen am Meer, in dieser Austernbucht. Eine halbe Autostunde von Caen entfernt klingt meine Model-Story erst recht bizarr wie ein Comicmärchen aus einer anderen Welt.

Vor zwei Jahren noch haben Stephane und ich an der hiesigen École Supérieure für unser Abschlussexamen gebüffelt, für mich die Eintrittskarte ins richtige Leben hinaus, für Stephane eine kurze Pause bis zur Arbeit im knietiefen Wasser, zum Aufzüchten und Einsammeln der pazifischen Auster, die hier in Asnelles durch den gewaltigen Tidenhub perfekte Lebensbedingungen vorfindet. Stephane weiß fast alles über die seltsamen Schalentiere, die er über Großabnehmer in über 100 Länder verkauft, und jedes Mal, wenn ich irgendwo auf diesem Planeten so eine verdammte Auster auf einem Silberteller eines sündteuren Restaurants sehe, stelle ich mir vor, wie Stephane knietief im Wasser seiner Austernbucht steht und genau diese eine Caen-Auster, Größe 0, sandfarben, handtellergroß, felsig gezackt und wunderbar nach Ozean riechend, aus dem Wasser fischt, sie für ein paar Sekunden prüfend betrachtet und sie dann in den Tragebehälter wirft, in einer kurzen, schnellen Bewegung.

Gegenüber vom Bahnhof in Caen hängt diese Parfümwerbung mit dir, allein dein Gesicht ist mindestens 15 Quadratmeter groß, man sieht deinen Oberkörper, deine Arme, du hast nur eine aufgezippte Lederjacke an, man sieht deine Brust, du bist durchtrainiert, aber nicht zu sehr, so ein bisschen definiert, oder wie das heißt, gerade richtig die Proportionen, du siehst verdammt gut aus, naja als Model muss man ja super aussehen, sagt Stephane und wirft mir eine Auster zu.

Mit einem Messer, das neben mir auf der niedrigen Steinmauer liegt, öffne ich mit einem kurzen Ruck das Schalentier, rieche kurz an dem noch zuckenden Muskelfleisch in dieser matt schimmernden Innenschale, schließe die Augen und sauge das noch lebende Tier in mich hinein.

Du hast nicht vergessen, wie man eine Auster öffnet, lächelt Stephane und zwinkert mir zu, ich habe sein Vertrauen wieder und bin doch nicht nur die mondäne Modeschwuchtel geworden, die er sich in seinem Köpfchen ausgemalt hat.

Meine Mutter hat Krebs, sage ich plötzlich, und Stephane nickt bedauernd mit dem Kopf.

Tut mir leid, sagt er leise, und ich frage mich, warum er das sagt.

Stephane ist nicht schuld an dieser tödlichen Krankheit, die bricht eben aus, wenn man seit 40 Jahren 30 Gitanes ohne Filter raucht wie meine Mutter, dazu jede Menge Wein, Calvados und was weiß ich alles. Auch wenn die Krankheit immer sichtbarer wird, mein Vater liebt meine Mutter noch immer wie am Tag ihrer ersten Begegnung, er sagt das nicht offen, es ist so eine große kleine Liebesgeschichte, die sich jede Stunde ereignet, so rührend unschuldig, dass mir beinahe die Tränen kommen, wenn ich dran denke. So war es immer mit ihnen, sie haben ihre überwältigenden Gefühle füreinander kaum mitteilen können, es blieb im Geheimen verborgen, so halb gesagt und angedeutet, wie es vielleicht in vielen Familien vorkommt.

Ich frage mich, ob Stephanes Eltern ebenso ticken.

Zerbrich dein hübsches Köpfchen nicht an so banalen Dingen, lächelt Stephane, der aus dem Wasser gestiegen ist und neben mir Platz genommen hat, oberflächlich noch immer der nette Junge von nebenan, aber auch schon etwas erwachsener geworden, ein Provinztyp, nicht unsympathisch, schüchtern und reserviert, vielleicht sogar etwas schroff wie einer der Felsen vor uns.

Und wie sieht es mit dir aus, will ich noch wissen.

Nein, er habe noch keine Freundin, antwortet Stephane verlegen und fährt fort, dass er wohl früher oder später ein Mädchen auf irgendeinem Sommerfest oder auch nur im örtlichen Supermarkt kennenlernen werde, es wird vielleicht rotblond und sogar ein bisschen hübsch sein, aber nicht zu sehr, da mache er sich keine Sorgen, die richtig hübschen Mädchen wollen keinen Austernfischer in der fünften Generation, lächelt Stephane, aber sein Lächeln ist jetzt traurig geworden, er sagt, er vermisse die Schule, er vermisse uns selber als Schüler, er vermisse die Zeit, die inzwischen vergangen ist, hier draußen am Wasser ist es schön einsam und ruhig, auch wenn der Sturm peitscht und ein schiefer Regen auf den Ozean prasselt, selbst in einem Orkan ist es hier ruhig, ich weiß auch nicht, wie ich es ausdrücken soll, die Landschaft scheint zu atmen, und die Menschen scheinen Teil dieser Natur zu sein, aber das interessiert dich doch gar nicht, grinst Stephane und will stattdessen wissen, wem ich alles in meinem spektakulären Leben begegne.

Ich erzähle ihm von ein paar anderen Models, von Branko, dem Paris-St.Germain-Fußballer, und ich erzähle Stephane, dass in Paris ein norwegischen Callboy mein Nachbar sei, aber ich verrate ihm nicht, dass Eric vor einigen Tagen umgebracht worden ist und dass ich selber von einem richtigen Kommissar verhört worden bin.

Du hast ein tolles Leben, sagt Stephane, wenn ich mal in Paris bin, musst du mir ein bisschen was zeigen.

Ach, Stephane, lächle ich breit und lege meinen Arm auf die Schulter des Jungen und würde genauso gern wie er wieder 15 Jahre alt sein, als wir in den großen Ferien hier am Strand lagen und uns eine Welt ausmalten, in der wir die einzigen coolen Leute sein würden, nur du und ich und 5000 Weiber.

Kannst du dich auch noch daran erinnern, Dominique?

Ja klar. Wir beide und eine Schachtel Gitanes ohne Filter. Zwei große Cidre-Flaschen, um zwei Euro 50 im Supermarkt da hinten gekauft. Du hattest sogar ein paar versaute Videos auf deinem Handy.

Du doch auch, Stephane, gib es doch zu.

Schon, aber deine waren bereits mit Jungs.

Jetzt werde ich rot, ich fühle mich ertappt – es ist komisch, in Paris ist alles erlaubt, und hier in Asnelles scheint das Allermeiste verboten oder zumindest verpönt zu sein.

Bist du eigentlich bi? Oder doch schwul?
Ich weiß nicht, Stephane. Irgendwie bin ich alles und gar nichts. Vielleicht hast du sogar viel mehr Sex als ich.
Im Ernst, Dominique, ich habe gar keinen. Nur die rechte Hand, weißt du.
Ich auch nicht viel mehr.
Aber du hast doch eine Million Gelegenheiten dazu. Lauter tolle, gutaussehende Leute. (Die Mädchen sind jetzt zu Leuten geworden – männlich, weiblich, alles eins, eine fleischfarbene, unterschiedslose Masse).
Vielleicht, aber irgendwie ist es auch egal. Wenn du dauernd Buttercremetorte frisst, beginnst du die Buttercremetorten zu hassen. Abwechslung ist einfach viel geiler. Ich weiß gar nicht, ob ich überhaupt noch irgendwen lieben könnte.

Ich werfe einen Blick auf den Strand. Ein paar Sträucher. Und windschiefe Bäume. Sand, überall. Nach dem Cidre-Saufen und Pornogucken sind wir hinter die Plakatwände beim Parkplatz wichsen gegangen.

Stephane bei sich. Und ich bei mir. Wir haben uns niemals angefasst.

Oh doch, vergiss das nicht mit dem Zelt.
Ja, verdammt, das Zelt, das bei uns im Garten stand. Da waren wir noch jünger, höchstens 14 oder so. Kann sein, dass wir uns damals angefasst haben.
Schlimmer noch, wir haben geknutscht.

Jetzt lachen wir beide. Ich mein breites Modellachen aus gebleichten, regelmäßigen Zähnen. Und Stephane ein wenig verkniffen, so süß verlegen, noch immer der kleine, unsichere Junge. Für ihn ist die Zeit in Asnelles stehen geblieben. Für mich dagegen ist sie wie ein TGV von Metropole zu Metropole weiter gerast.

Weißt du, was ich jetzt denke?
Nein, aber rück heraus mit der Sprache, Stephane!

Ich überlege mir rasch, was jetzt kommt: Pornos anstarren? Wichsen am Strand? Eine plumpe Liebeserklärung? Nichts von alledem.

Wir könnten eine Flasche Cidre leeren.

Okay, aber nur eine. Kaufen wir die im Supermarkt dort drüben?
Na klar. Dafür zeigst du mir, was du alles auf deinem Smartphone hast.

Da muss ich dich enttäuschen, Stephane, Pornos sind keine dabei. Nur 100.000 Aufnahmen von mir. Für *Comme de Garcons*, *Torino Numero Uno*, *The Bari Connection*, für *Daily Paper*, *Smartass* und wie sie alle heißen, die neuen Modelabels eben. Die Etablierten buchen mich gar nicht so häufig. *Paco Rabanne* war eher die Ausnahme.

Und warum nicht?

Schau mir mal ins Gesicht, Stephane, fällt dir was auf?

Du bist ech t... schön, antwortet der Junge verlegen.

Hör auf mit dem Scheiß, mein Gesicht ist nicht makellos, siehst du die Pigmentflecken da, Nasenrücken, Jochbeinhöhe, Wange links, sogar unten am Kinn?

Das sind doch nur Sommersprossen.

Aber ein absolutes No-Go im Business. Sommersprossen werden wegretuschiert. Oder du bekommst von vornherein keinen Vertrag.

Aber du hast es ja geschafft. Trotz der Pigmentflecken.

Vielleicht weil ein paar Leute doch über den Tellerrand schauen.

Okay, trinken wir jetzt gemeinsam die Cidre-Flasche?

Stephane kann es kaum erwarten, wieder 15 zu sein. Mit mir auf dieser Kaimauer zu hocken. Eine angerauchte Gitane in seiner rechten Hand zu halten. Von seinen Träumen zu erzählen. Und sich hinterher mit seinem Leben als Austernfischer zufriedenzugeben.

Es ist trotzdem schön hier, sagt er leise zwischen zwei Cidre-Schlucken und reicht mir die braune Flasche mit dem grellgelben Etikett, ich nehme einen tiefen Schluck Apfelwein, und dann sogar einen zweiten.

Was machst du nächste Woche eigentlich, Dominique?

Ich fahre zu einem Shooting in den österreichischen Alpen. In einem Ort, den ich nicht aussprechen kann. Isch…Is…Igl…keine Ahnung, so ungefähr eben. Aufnahmen für ein Mode-Startup, das Wollpullover in grellen Farben und mit bizarren Mustern produziert – *Sheepshite*.

Was heißt das?

Schafscheiße, glaub ich.

Jetzt lachen wir beide. Trinken die Cidre-Flasche leer. Und werden sogar ein bisschen betrunken. Ich streiche mir eine Haarsträhne aus dem Gesicht. Hauche mir in die Hände. Friere ein wenig. Stephane hält mir zum Abschied seine raue Hand entgegen, sie fühlt sich genauso an wie die Auster von vorhin, jene Auster, die ich geöffnet und leer geschlürft habe.

Mach's gut, Dominique.
  Du auch, Stephane.
  Darf ich dich noch umarmen?

Na sicher. (Stephane traut sich endlich, etwas zu wollen.)

Du riechst nach dem Parfüm, für das du Werbung machst, oder?

Und du nach Austern und Meersalz und Cidre.

Nach Apfelwein riechst du jetzt auch ein wenig.

Und nach deiner Auster, ergänze ich und hauche Stephane einen Kuss an die Wange.

Noch ein bisschen Kuscheln, dann lösen wir uns voneinander. Die Umarmung war unschuldig und nett und ohne irgendwelche Absichten. Richtig schön irgendwie. Wie ein naives Bild im Louvre. Oder ein Mittagessen bei uns zu Hause: Coq au vin, Rotwein und die paar Brandlöcher in der Plastiktischdecke.

Stephane steigt in seinen Lieferwagen und winkt mir noch einmal zu. Bemüht sich zu lächeln. Dann gibt er Gas und rast einfach davon. Wie ein Heiliger, der sich gerade vor dem Teufel aus dem Staub gemacht hat.

## TEIL 2 – SNOW

Der Abflug nach Innsbruck verzögerte sich, weil im Westen ein Föhnsturm tobte. Auf dem Patscherkofel rasten die Luftmassen mit 200 Stundenkilometern darin, weshalb der Innsbrucker Flughafen Kranebitten vorübergehend geschlossen werden musste. Wir bitten um Verständnis, tönte die Lautsprecherstimme im Abflugterminal, und ein paar als Manager verkleidete Anzugmonster begannen, hektisch mit ihren Smartphones zu telefonieren. Einen von ihnen, den Pummeligen dort hinten mit dem 80er-Jahre-Schnauz und den ungeputzten Schuhen, hatte ich vor Jahren einmal als Verdächtigen in einem Mordfall verhört, er hatte ein Alibi gehabt, nicht besonders wasserdicht, aber glaubwürdig genug, dass die Ermittlungen gegen den Kerl eingestellt werden mussten. Der Mord an einem kleinen Mädchen konnte bis heute nicht aufgeklärt werden.

Mittlerweile war dieser Fall wohl ein Cold Case geworden, um den sich eine neu gebildete Sonderkommission kümmern würde, mein Bier war es jedenfalls nicht mehr, ich durfte mich mit brandheißen Fällen wie dieser Mordserie in Ischgl beschäftigen. Ausgerechnet Ischgl, dachte ich missmutig, weil es mir lieber gewesen wäre, die traurigen Delikte hätten sich in Seefeld oder in Kitzbühel, in Obertauern oder in Schladming ereignet. In diesen Wintersportorten wäre ich genauso unbekannt wie ein albanischer Tellerwäscher in einem 3-Sterne-Hotel, das in einiger Entfernung zu den Skipisten lag und nur mit Dumpingpreisen, Schulskikursen und einer Menge Selbstausbeutung hart an der Konkursgrenze geführt werden konnte.

Ich hob die Augenbrauen, starrte auf den Monitor mit dem Zielflughafen Innsbruck, Abflugzeit 9.30 Uhr, aktuelle Zeit 12.45 Uhr, Abflug verschoben auf 15.00 Uhr. Dann endlich sollte es losgehen. Ein Fluch klebte auf meinen Lippen wie ein winziger Schokoladenrest: Ich war nicht der Geduldigste vor dem Herrn, mein Gepäck war bereits eingecheckt, und Fritz vom *M-Hotel* hatte sich bereits dreimal erkundigt, wo zum Teufel ich bliebe, der schwarze *Pasha*-Hummer warte schon seit einer halben Stunde am Flughafen Innsbruck-Kranebitten auf mich.

Du kannst deinen Promi-Schneepflug heimschicken, flüsterte ich in mein Smartphone, die Augen auf einen Zehnjährigen gerichtet, der vor lauter Langeweile begann, den Inhalt einer Popcorntüte auf diverse Sitzgelegenheiten zu verstreuen, von den Erziehungsberechtigen weit und breit keine Spur, vielleicht waren es ja die beiden Luxusgestalten dort hinten, die schon den sechsten Caffè Macchiato intus hatten und hysterisch mit ihren Smartphones hantierten.

Vor 15 Uhr komme ich nicht von Wien weg. Außerdem werde ich von einem Tiroler Kollegen abgeholt.

Na schön, murmelte es aus Ischgl zurück, komm, wann du willst, aber ruf mich an, bevor du abfliegst.

Liegt eigentlich Schnee bei euch, fragte ich Fritz. Angesichts der letzten niederschlagsarmen Wintersaisonen war ich mir da nicht mehr so sicher.

Jede Menge! Aber du kommst ja nicht zum Skifahren. Also bis später, ich habe gerade den *Wedl*-Vertreter da, den Titz, der hat schon zu deiner Zeit hier in Ischgl gebuckelt.

Fritz legte unvermittelt auf, wie er es schon immer getan hatte, und ich plumpste in meine Wirklichkeit zurück, die aus einer traurigen Ansammlung ungeduldiger Zweireiher und aufgebrachter Wintersportgäste bestand, die in immer kürzeren Abständen beim panisch wirkenden Bodenpersonal protestierten. Nur der zehnjährige Junge verteilte seelenruhig seine Popcornstückchen auf Ledersitze und Ablageflächen, ganz in sein kindliches Selbst versunken, das schon seit einer halben Stunde der Langeweile und den Popcornstücken überlassen worden war. Titz, also, Titz. Ich versuchte, mich an den Außendienst-Mitarbeiter vom Handelshaus *Wedl* zu erinnern, einen wasserstoffblonden Hysteriker mit knallrotem Gesicht, das unter Stress- und Alkoholeinfluss dunkelblau anlaufen konnte. Vor mehreren Jahrzehnten war Titz Geschäftsführer einer Innsbrucker Disco namens *Dorian Gray* gewesen, einer alpinen Kopie des Frankfurter oder Berliner Ladens, aber *Dorian Gray*-Discos waren in den 80er-Jahren über halb Europa verstreut, es war eine Zeit des Aus- und Aufbruchs gewesen, eine Epoche der abgetragenen Lederjacken, der ersten harten Drogen, der blauschwarz gefärbten Haare, der Kajalstift-Augen, der Proteste gegen Atomkraftwerke und den Kalten Krieg, ein Leben in Grau und Schwarz. Aus Stacheldrahtblicken. Und billigem Alkohol.

Drei Jahrzehnte später schien alles anders geworden zu sein: Der Atomkrieg war ausgeblieben, und das abgewetzte schwarze Leder von damals hatte sich in Designerjeans oder *Moncler*-Daumenjacken verwandelt. Nicht mehr *The Jesus & Mary Chain* füllten die Stadien, sondern Rapper, DJs und Schlagergrößen in der Dieter-Bohlen-Nachfolge.

Was die Kids gerade hörten, blieb mir sowieso verborgen, die einzige zuverlässige Auskunftsperson, mein Sohn namens Simon, hörte ausschließlich klassische Musik und konnte selber sehr gut Klavier spielen. Er benötigte keine Lärmkonserven und war ein hochbegabtes Kind, das gleichzeitig in verschiedenen Epochen lebte. Anscheinend kam er ganz gut damit zurecht, auf jeden Fall hatte Simon schon mehrere Hochschulstipendien ergattert, verdingte sich aber nebenher noch immer als Barpianist, um das Klavierspielen nicht ganz aus den Augen zu verlieren. Der Junge schien einen Plan zu haben. Eine Vision. Etwas, das er in seinem Leben verwirklichen wollte. Das ihn früher oder später definieren und ihn von anderen Menschen unterscheiden würde.

Ich merkte, wie ich mich in den Konfusionen meines Familienlebens verlor, einem der großen Irrtümer meines Lebens. Mein Ausflug in die Heterowelt war mäßig erfolgreich gewesen. Weiß der Teufel, was mich dazu verleitet hatte – war es die Sehnsucht, meine Homosexualität zu verleugnen, eine kluge Frau ins Unglück zu stürzen und halbherzig einen beinahe perfekten Sohn zu zeugen? Simon war großartig, Elke war toll, nur ich war ein Idiot, der nach 14 Jahren Ehe einen Scherbenhaufen aus leeren Versprechungen zurückließ und in eine Vergangenheit kroch, die meine Gegenwart war und nichts anderes als meine Zukunft sein würde. Vor 20 Jahren war Homosexualität entweder ein Riesenskandal oder eine seltsame Krankheit gewesen. Heute war dieselbe sexuelle Orientierung ziemlich allen Leuten egal. Du bist gay? Toll. Kein Problem. Nicht einmal bei der Kripo. Ganz im Gegenteil: Du kennst dich mit den sexuellen Vorlieben der etwas anderen Art aus und bist in der *Soko Andersrum* herzlich willkommen.

Ich dachte an die mysteriösen Mordfälle in Ischgl, die ich auf meinem Laptop dokumentiert hatte: drei ukrainische Touristen, zwei Urlauber aus Polen, eine Kärntner Kellnerin und der Barkellner aus Ungarn – alle an einem schwer nachzuweisenden Nervengift gestorben, das ihnen in die Drinks gekippt worden war. Seit ich mit den Ermittlungen betraut war, versuchte ich, ein Mordmotiv hinter den Giftanschlägen auszumachen. Wieso sollte jemand anderen Leuten aufs Geratewohl die Drinks vergiften? Warum machte er das gerade in Ischgl? Welche Interessen, welche Beweggründe musste dieser Jemand in seinem tödlichen Handeln verfolgen?

Bis vor wenigen Tagen hätte ich nicht einmal darauf gewettet, dass es sich bei dem Unbekannten um einen Mann handeln würde. Aber dann war der erste abgetrennte Arm aufgetaucht. Danach drei verstümmelte Finger. Ein abgeschnittener Kopf. Die rechte Kniescheibe. Der Rest der zerstückelten Leiche fand sich in einem verschneiten Bachbett, wahrscheinlich von der Paznauner Landesstraße aus in die Tiefe geworfen wie ein ausgenommenes Stück Reh, das ein Wilderer erlegt hatte.

Damit hatte der Fall eine dramatische Wendung genommen. Wer so etwas tat, war zu allem fähig. Und mit an Sicherheit grenzender Wahrscheinlichkeit war es ein Mann, der demnächst wieder zuschlagen würde, einfach so aus dem Hinterhalt heraus: Wer immer dafür verantwortlich war, schien von seiner Mission besessen zu sein und führte das aus, was ihm eine vielleicht eingebildete Stimme befahl.

Das ganze Durcheinander unterschiedlicher Fakten schrie nach jenen Kollegen, die im fünften Stockwerk des Bundeskriminalamtes als Profiler arbeiteten und die Täter aufgrund ihres Verhaltens am Tatort zu erkennen können glaubten: weil jedes Verhalten an ein Subjekt geknüpft war, an einen konkreten Menschen, der die Verbrechen auf seine höchst persönliche Weise verübte. Und damit Spuren legte, die nur zu ihm selber führen konnten. Der sich in seinen Inszenierungen verriet. Und dadurch in minutiöser Kleinarbeit überführt werden konnte.

Natürlich hatten sich meine Profiler-Kollegen längst mit den Morden in Ischgl beschäftigt, hatten in der Cafeteria des Bundeskriminalamtes mit leuchtenden Augen und Speichelflocken auf den Lippen von der Causa erzählt, weil es sonst kaum Beschäftigung für sie gab; in Österreich liefen keine Serienmörder herum. Höchstens Beziehungstäter, Eifersuchtstotschläger und Raubmörder. Hinter den Morden in Ischgl stand etwas anderes. Kaltblütiges. Berechnendes. Als ob ein Buchhalter penibel Leichen zählte. Und sich in einem biederen Einfamilienhaus an seiner vermeintlichen Perfektion erbaute.

Das Flugzeug setzte zur Landung an, und irgendwie sah es so aus, als ob der Pilot im Wipptal und nicht in Innsbruck-Kranebitten zur Landung ansetzen wollte. Die Fokker 100 wurde vom Föhnsturm durchgeschüttelt wie ein Whisky Sour im Boston-Shaker, und fast alle Passagiere starrten gebannt aus dem Fenster oder krallten sich ängstlich am Vordersitz fest, nur der zehnjährige Junge neben mir bewegte unbeeindruckt vom böigen Sturm seine bunten Spielfiguren auf dem Display hin und her, seit dem Abflug war sein Blick auf die fünf mal acht Zentimeter kleine Konsole gerichtet, die Fingerknöchelchen traten unter der blassen Haut hervor, und manchmal tropfte etwas Speichel aus dem zusammengebissenen Mund – konzentrierter, in sich versunkener als dieser Junge konnte man kaum sein. Für ihn existierte das Bangen während der stürmischen Seitenwind-Landung nicht, für diesen Zehnjährigen gab es nur das virtuelle Spiel in seinen Händen. Sogar nachdem die Maschine auf der Landebahn ausgerollt war und die endgültige Parkposition erreicht hatte, tippte der Kleine noch immer wie besessen auf seiner Suchtfläche herum, biss die Lippen zusammen und jagte die bunten Männchen quer über den Display, auf dem Weg zu Level neun oder zehn, in Regionen hinauf, die er womöglich noch nie zuvor erreicht hatte.

Der zarte dunkelblonde Junge erinnerte mich entfernt an Simon, während er die erste Gymnasiumklasse besucht hatte, ein ruhiger, in sich gekehrter Junge, der seine fixen Interessen und Vorstellungen hatte, sich in gewisse Themen und Vorlieben vertiefen konnte und sonst nicht allzu viel wahrzunehmen schien, außer wenn er Hunger bekam und nach einem Burger, einem Sundae Shake oder einer gebratenen Extrawurstscheibe mit süßem Senf und abgezählten sieben schwarzen Oliven verlangte, niemals fünf oder sechs, niemals acht, immer mit genau sieben schwarzen Oliven.

Simon war der einzige Junge, der keine Schokolade aß, Kaugummis verachtete und Jeans oder T-Shirts nicht ausstehen konnte, der in seinem Zimmer stundenlang Chopin oder Schumann spielte, eine leichte Übung für seine flinken Finger, wie es schien, und dennoch wollte er kein Pianist werden, ja nicht einmal das Konservatorium besuchen, das bisschen vom Blatt spielen reichte ihm völlig. Ich bin kein Künstler, hatte er manchmal geseufzt, ich bin nur ein Vom-Blatt-Herunter-Spieler. Was für ihn nichts weniger war als eine Art eingestandenes Scheitern.

Die gelangweilten Wohlstandseltern des Zehnjährigen mussten ihren Infanten mit Nachdruck aus dem Sitz hieven und nach draußen bugsieren, der Junge verzog seinen Mund, murrte ein bisschen und tippte noch im Gehen auf seiner Spielkonsole herum, bevor er auf dem Flugfeld – ich konnte den Vorgang durch das Bullauge beobachten – das digitale Gerät wütend zu Boden warf und hysterisch darauf herumtrampelte. Wahrscheinlich war er an irgendeinem virtuellen Hindernis – aber eigentlich an sich selber – gescheitert.

Ein seltsamer Junge, von außen hübsch und harmlos, aber drinnen ein Chaos aus Feuer und Leidenschaft, aus ungebändigter Kinderwut und großspurigen Bubenträumen, diese Lust, die Welt der Alten aus den Angeln zu heben und mit lautem Knall gegen die Wand zu schleudern, einfach so, weil es Mittwoch war und du gerade in Innsbruck-Kranebitten gelandet bist, und das alles, nur weil die Alten unbedingt zum Skifahren nach Ischgl wollten, diese Wohlstandsidioten und Millionärslangeweiler. Die Mutter, Typ ehemalige Stewardess, die vielleicht mehrere Sprachen beherrschte, kümmerte sich halbherzig um die kindliche Wut, der Vater – eher Wirtschaftsinformatiker, Industriekapitän oder ein weitblickendes Karrieremonster im Privatuni-Bereich – sah missmutig auf seine Vintage-Rolex Daytona und fürchtete um die ersten Gin Tonics an der Hotelbar.

Hinter dem Flughafengebäude bogen sich die Bäume im Föhnsturm, und auf der Rollbahn huschte so mancher Hut, so manches Taschentuch dahin, wirbelte mehrfach um die eigene Achse, bevor der Gegenstand gegen ein Absperrgitter oder den Maschendrahtzaun am Ende der Rollbahn prallte. Ich erhob mich von meinem Fenstersitz, schnappte die Laptoptasche und die zusammengeknüllte Ausgabe der *Kronenzeitung* mit der fetten Schlagzeile *Die Mordserie geht weiter – jetzt verstümmeltes Opfer in Ischgl gefunden*, und verdrückte mich Richtung Ankunftsgebäude. Draußen hatte es plus 15 Grad, der warme Fallwind leckte die letzten bescheidenen Schneereste im Inntal von den Wiesen, und noch vor dem Ausgang, in der Nähe des einzigen Gepäcksbandes, stand jene Person, die ich am wenigsten sehen wollte: den seit Kurzem im Ruhestand befindlichen Wirklichen Hofrat Sellner, der mit seinen populärwissenschaftlichen Büchern über Serientäter zu bescheidenem Ruhm und Wohlstand gelangt war.

Wenige Minuten später schüttelten wir einander trotzdem die Hände, meinen Metallkoffer hatte ich bereits vom Band gefischt und zwischen die Beine gestellt, wo er von Sellners Irischem Setter misstrauisch beschnüffelt wurde, der Hund hatte im Übrigen die gleichen zuckenden Lichter wie sein von nervösen Anfällen heimgesuchter Besitzer.

Acht Tote, rief Sellner so laut in die Runde, dass mindestens die Hälfte der Passagiere des Fluges OS 417 zu uns herübersahen, acht Opfer, wiederholte der pensionierte Beamte und wedelte mit der *Tiroler Tageszeitung* vor meinen wenig amüsierten Gesichtszügen herum, acht Opfer eines verrückten Serientäters, einer Bestie Mensch, wie ich das öfters in meinen Büchern dargelegt habe.

Sellner drückte seine Wangen dicht an meine Nase, er hatte einen ranzigen Atem, einen ranzigen Körpergeruch und eine ranzige Sprechweise, er roch wie ein abgelaufenes Lebensmittel, das seit Monaten im Kühlschrank vergessen worden war. Obwohl bereits in Pension, wollte er unbedingt den neuesten Ermittlungsstand wissen, er war besessen von dem Gedanken, dass im Paznauntal ein grimmiger Typ sein Unwesen trieb, der zunächst Touristen und Einheimische mit einem heimtückischen Gift getötet hatte, bevor er mit dem achten Opfer seine Strategie zu ändern und die Leiche mit einer Kreissäge oder Ähnlichem zu zerstückeln begann, so stand es wenigstens in Österreichs wenig blutverwöhnten Medien geschrieben, und entsprechend dick waren die Schlagzeilen, die Magazinbeiträge vom Wochenreport über die Abendnachrichten bis hin zu den *Seitenblicken*, die sich mit den neuesten Drinks in den Ischgler-Après-Ski-Bars beschäftigen: meistens blutroten Shots, die *Serienkiller*, *Mordlust* oder *Totentanz* hießen.

Ich blickte der Wiener Wohlstandsfamilie aus Wirtschaftskapitän, Ex-Stewardess und dem zehnjährigen Erzherzog nach, der mit einem Hotdog ruhiggestellt und nach draußen gelotst wurde. Seine Spielkonsole ruhte auf dem Ledergrund der mütterlichen *Bottega-Veneta*-Handtasche, und draußen vor der riesigen Schiebetür wartete bereits der schwarze Hummer vom *M-Hotel* auf die drei, wahrscheinlich derselbe Panzerwagen, den Fritz auch für mich vorgesehen hatte.

Ich ließ den wirklichen Hofrat und früheren Cold-Case-Ermittler Sellner neben dem Gepäcksband zurück, eine traurige Figur in Lodenmantel, schlecht sitzender Krawatte und einem verbeulten Trachtenhut, der schon mindestens hundertmal von einem Jägerstand geweht worden war. Sein Irish Setter, der Jack – nach Jack Sturminger, Sellners spektakulärstem Fall – hieß, schnupperte traurig dem laufenden Gepäcksband entgegen, als hoffte er, unter den vorüberziehenden Koffern und Skisäcken ein totes Karnickel oder ein langsam verfaulendes Reh zu entdecken.

Vor dem Flughafengebäude wartete der Tiroler Kriminalkollege auf mich, ein gewisser Hundertpfund, der neben seinem Dienstwagen stand und eine Zigarette inhalierte – ein sportlicher End-50er, der in Wirklichkeit genauso wie auf den Fotos aussah. Ich kannte ihn oberflächlich von einigen Fortbildungsseminaren und Ausbildungskursen her, ein adretter, unverbindlich wirkender Typ. Hundertpfund nickte mir zu, als ich ihm mit meinem Rollkoffer und der Laptop-Tasche entgegenkam, etwas enttäuscht, dass ich keine Skiausrüstung dabei hatte: Anfang Februar auf dem Flughafen Innsbruck anzukommen und weder Skier noch Snowboard dabei zu haben, verstieß anscheinend gegen ein ungeschriebenes Tiroler Gesetz.

Der Föhn wütete noch immer über der Tiroler Landeshauptstadt, während wir Innsbruck-Kranebitten in Hundertpfunds altem VW Passat verließen. Kurz vor einer auf Rot stehenden Ampel überholte uns der Hummer des *M-Hotels*, in dem die zwei genervten

Nachwuchsmillionäre mit ihrem zehnjährigen Infanten saßen, gemeinsam mit einem Sternchen aus der deutschen Filmbranche, dessen von Schönheitschirurgen entstelltes Gesicht in einigen Krimiserien zu sehen gewesen war.

Ist dir in der Ankunftshalle Sellner über den Weg gelaufen, grinste Hundertpfund und steckte sich die nächste Zigarette an, er rauchte ganz altmodisch eine Marlboro nach der anderen, als befänden wir uns noch immer in den 70er-Jahren des letzten Jahrtausends.

Ich wusste gar nicht, dass wir per Du waren, bevor mir einfiel, dass in Tirol jeder mit jedem per Du war. Ob man einander kannte oder nicht, spielte dabei keine Rolle – Hauptsache, man war gemeinsam unter den schneebedeckten Berggipfeln gefangen.

Allerdings, antwortete ich und betrachtete Hundertpfund von der Seite her, für Ende 50 sah er immer noch ziemlich gut aus, markante Gesichtszüge mit kleinem, grau gewordenem Schnauz, und eine ledrig anmutende, sonnengebräunte Haut. Sellner ist ja auch kaum zu übersehen. Mit seiner Statur, und noch mehr mit seiner Geltungssucht.

Der arme Kerl, lächelte Hundertpfund und zog an seiner Zigarette, als ob sie ihm ein neues Leben einhauchen würde, jetzt hat er seine Mordserie, kaum, dass er in Pension gegangen ist. Noch dazu in Ischgl. Mitten im schrägen Wintersporttreiben. Naja, Serienmorde kann man sich nicht wirklich aussuchen, oder?

Außer man begeht sie selbst, murmelte ich und sah nach Westen, dem sogenannten Tiroler Oberland entgegen.

Im Süden türmten sich Föhnwolken über den Bergen, viel Schnee lag nicht mehr im Oberen Inntal, aber Ischgl gab jährlich Millionenbeträge für künstliche Beschneiungsanlagen aus. Sogar wenn es im Paznauntal 15 Grad oder mehr haben sollte, blieben Skipisten bestens präpariert, der Wintersport war schließlich ein tolles Geschäft: Nachdem der Schnee immer rarer wurde, würden schon in naher Zukunft nur noch wenige exklusive Skiresorts übrigbleiben, nur noch per Seilbahn zu den entlegensten Dreitausendern hinauf zu erreichen.

Hundertpfund sagte einige Kilometer nichts und fuhr ziemlich schnell die A12 Richtung Bregenz hinauf. Vielleicht störte es ihn, dass ein Wiener Kollege zu ihm nach Tirol geschickt worden war. Hundertpfund arbeitete sicher lieber auf eigene Faust und fühlte sich, wie viele Tiroler, unabhängig, souverän und über jeden Vorgesetzten erhaben. Auf der anderen Seite wirkte er auch etwas erleichtert, endlich Unterstützung aus der Bundeshauptstadt zu bekommen. Nachdem er seine dritte Marlboro im übervollen Aschenbecher ausgedrückt hatte, begann er, die Lage zu skizzieren, in ganz ruhigen, einfachen Sätzen.

Wir haben bisher acht Morde, die ersten sieben waren mit einem schwer zu analysierenden Gift begangen worden, die der oder die Unbekannte mehr oder weniger zufällig in unbeaufsichtigte Gläser geleert haben musste: Die Opfer sind drei Touristen aus der Ukraine, zwei aus Polen, eine junge Barchefin aus Kärnten und der *Kuhstall*-Kellner aus Ungarn. Sämtliche Opfer hatten nichts miteinander zu tun, anscheinend war es dem unbekannten Täter egal, wen er in den diversen Ischgler Gastronomiebetrieben umbringen würde. Und außerdem, fügte Hundertpfund hinzu, wären wir ohne die Initiative von Revierinspektor Gruber vielleicht noch länger nicht auf diese Mordserie gekommen.

Das war jener Postenkommandant, der die erste Obduktion angeregt hat, fragte ich sicherheitshalber nach, und Hundertpfund überholte einen tschechischen Reisebus und nickte bedächtig mit dem Kopf.

Genau, er hat von sich aus eines der Opfer obduzieren lassen, und siehe da, die Gerichtsmedizin in Innsbruck hat Spuren eines Nervengifts gefunden. Zuerst nur in einer, dann aber auch in den anderen Leichen. Bis wir eben auf diese sieben Todesfälle gekommen sind. Oder besser gesagt, auf die sieben Morde.

Wir fuhren durch ein paar kürzere Tunnel, zur linken Hand ging es ins Ötztal hinunter, und vor uns sah das Inntal bereits etwas schroffer, kantiger, beinahe abweisender aus.

Nach dem siebenten Giftanschlag hat sich die Taktik des Täters – nehmen wir an, dass es ein Kerl gewesen ist, meinte Hundertpfund sichtlich genervt – entscheidend geändert. Das bisher letzte Opfer – ein junger Angestellter aus dem *Pasha*, der sogar mit der Kärntner Kellnerin zusammengearbeitet hatte – ist zerstückelt worden, und Teile seiner Leiche wurden an verschiedenen Punkten in Ischgl aufgefunden. In einem abgetrennten Ohr steckte ein zusammengerolltes Stück Papier mit einem seltsamen Satz aus Zeitungsschnipseln zusammengestellt: »Der Landsknecht schlägt um Mitternacht«. Wer kommt denn auf so was?

Philippe de Broca zum Beispiel, antwortete ich und hob die Augenbrauen hoch.
    Und wer ist das, zum Teufel?
    Ein Französischer Regisseur, der Anfang der 6oer-Jahre eine Komödie mit dem Titel *Herzkönig* gedreht hat, sagte ich und schob mir einen Kaugummistreifen in den Mund.

Und was hat das mit diesem Landsknecht-Spruch zu tun, fragte Hundertpfund mit einem Anflug aus Bewunderung und einem gewissen Vorbehalt, ob nicht ich selbst dieser Verbrechen verdächtig sein könnte.

Beim Landsknecht handelt es sich um eine Eisenfigur auf dem Rathaus, die mit einer öffentlichen Uhr verbunden ist, antwortete ich gelassen und kaute an meiner Spearmint-Kugel herum, wenn die Uhr an dieser Figur zur Mitternacht schlägt, ist die Gelegenheit günstig loszuschlagen. Um Mitternacht beginnt der Reigen des Vergnügens. Oder des Tötens. Was für einen Serienmörder auch ein Vergnügen sein kann.

Seltsam, murmelte Hundertpfund, genau dieser Satz ist auf einem anderen Zettel gestanden.

Ich sah meinen Kollegen von der Seite her an und prustete los.

Ich lese ja auch die verdammten Akten und frage immer nach, wenn ich etwas nicht verstehe.

Du bist richtig gut im Recherchieren, lächelte Hundertpfund und zuckte mit den Achseln, kein Wunder, dass du Karriere gemacht hast.

Wahrscheinlich hatte er tagelang über die Bedeutung dieser Sätze gebrütet, ohne auch nur eine Sekunde daran zu denken, die schrägen Wortspenden in die Google-Suchmaske zu tippen.

Was hätte Sellner zu diesen Sätzen gesagt, fragte Hundertpfund und blickte erwartungsvoll zu mir herüber.

In seiner Studie zu seriellen Mordfällen stand, dass die Täter oft originell oder gebildet scheinen wollten und früher oder später auch mit den Ermittlern persönlich Kontakt aufnehmen würden, murmelte ich gegen die Windschutzscheibe von Hundertpfunds Dienstwagen.

Weißt du was, grinste mein Tiroler Kripokollege breit über das ganze Gesicht, ich bin richtig froh, dass du diesen Fall übernommen hast, abgetrennte Leichenteile oder in ein Bachbett geworfener Torso gehen mir wirklich nicht ab. Da fällt mir ein, du kommst doch auch aus Tirol, oder?

Ja, ich bin in Landeck aufgewachsen, antwortete ich und nickte der toten Kleinstadt auf der linken Seite der Autobahn zu, nachdem wir den Roppener Tunnel passiert hatten.

Habt ihr gar keinen Verdacht, wer hinter der Mordsache stehen könnte, fragte ich leise.

Eine Zeit lang hatte ich einen Verdächtigen. Einen beschäftigungslosen Fahrlehrer aus Ischgl. Der sich nebenher auch als Aushilfskellner im *Blue Chip* verdingt, einem Klub hier in Innsbruck. 25 Jahre alt. Früher Fußballer bei *Wattens*. Wahrscheinlich hat er mit dieser Kärntner Kellnerin sexuellen Kontakt gehabt. Ein paar Tage später wurde sie tot aufgefunden. Und dieser Luca war nachweislich mehrmals in Ischgl.

Meistens aber lungert er am Innsbrucker Hauptbahnhof herum und versucht, an Amphetamine zu kommen.

Habt ihr ihn verhört?

Ja, wir haben ihm ein paar Tage lang auf den Zahn gefühlt. Bis der nächste Tote aufgetaucht ist. Dann mussten wir ihn laufen lassen. Ehrlich gesagt, acht Morde sind eine viel zu große Nummer für den Typen. Bist du wirklich aus Landeck, fragte Hundertpfund, als ob es etwas Besonders wäre, aus diesem Flecken am Perfuchsberg zu stammen.

Dieses Kaff war früher ein schäbiges Drecksloch aus finsteren Häusern, engen Gassen und einem übergroßen Bahnhof gewesen, an dem die meisten Züge vorübergerast waren, zumindest damals, in den 80er-Jahren. Ich bedauerte keine Sekunde, mit Anfang 30 diese Gegend verlassen zu haben, nach Pflichtschule, Lehrzeit und fünf Jahren Barkellner im *Elizabeth* und im *M-Hotel*, bevor ich noch ein paar Jahre als Gebietsverkäufer für Spirituosen drangehängt hatte. Meine Kenntnisse über die Ischgler Gastronomie waren seit 20 Jahren unverändert geblieben. Der Hoteldirektor Fritz vom *M-Hotel* war einer der wenigen Leute, die ich von damals noch kannte, die anderen waren entweder tot, hatten mit der Saisonarbeit aufgehört oder waren unbekannten Ortes verzogen.

Südsee-Heinz gibt es noch, lächelte Hundertpfund und bog von der Autobahn in die Paznauner Seitenstraße ab, er ist noch immer Barkeeper in der *Trofana Alm,* genau wie Heimo mit Mitte 60 die *Grillwelt* führen muss, weil sein einziger Sohn eine versoffene Flasche ist, auch van der Thannen, die Wolfs und die Adler-Familie sind noch aktiv, wenn auch um Jahrzehnte gealtert. Ischgl hat sich nicht sehr verändert. Und trotzdem ist nichts mehr in Ischgl so, wie es zu deiner Zeit gewesen sein mag.

Alles muss sich verändern, damit es so bleibt, wie es ist.

Könnte auf einem Beipackzettel zum nächsten verschickten Körperteil stehen, knurrte Hundertpfund gereizt, woher hast du den Satz?

Er stammt von Giuseppe Tomasi di Lampedusa, aus dem *Gattopardo*.

Auch ein Film?

Eigentlich ein Roman.

Liest du etwa noch *Bücher*, runzelte Hundertpfund seine Stirn und sah mich beinahe vorwurfsvoll an.

Und wenn es so wäre, fragte ich zurück.

Dann verdientest du meinen Respekt, ohne dass ich es wirklich verstehe.

Eine Frage hätte ich noch.

Ich drehte meinen Kopf etwas zur Seite und sah den Tiroler Kriminalkollegen durchdringend an.

Nur heraus mit der Sprache.

Das letzte Opfer und die Kellnerin namens Lizzy. Die beiden kannten einander, oder?

Sie arbeiteten sogar an derselben Bar im *Pasha* zusammen. Der junge Mann schien sich auch in die etwas ältere Kollegin verliebt zu haben. Zumindest lassen gewisse Chatverläufe darauf schließen.

Also besteht hier doch ein Zusammenhang zwischen den Opfern.

Bei diesen beiden hast du recht.

Der junge Barkellner ist als bisher einziger grausam zurichtet worden, als ob …

… jemand Rache nehmen wollte? Aber warum? Weil wir dem Mörder auf der Spur sind? Ich weiß nicht. Ich habe das Gefühl, wir tappen noch völlig im Dunkeln.

Hundertpfund zuckte mit den Achseln und fuhr die letzten Kilometer schweigend nach Ischgl hinauf. Er verschärfte das Tempo und sah bei jedem Überholmanöver in das Wageninnere des anderen hinein. Lauter Wintersportler, die in den Urlaub fuhren, in Autos mit russischen, polnischen, deutschen oder niederländischen Kennzeichen. An der Tankstelle hinter dem Ortsschild bogen wir links ab und fuhren langsam durch das von Skifahrern und Snowboardern bevölkerte Dorf – eine mächtige Karawane aus bunt maskierten Verdächtigen, wie Hundertpfund augenzwinkernd kommentierte, bevor er sich von mir vor dem *M-Hotel* verabschiedete.

Ich wünsche dir viel Glück in Ischgl, Kollege. Melde dich einfach, wenn du etwas benötigst. Und entspann dich auch einmal zwischendurch. Falls du es kannst.

Ich nickte und sah durch die Seitenscheibe zu einer breiten Steintreppe hinauf. Auf der letzten Stufe vor dem Eingang wartete schon eine hagere Gestalt mit durchfurchtem Gesicht und schlohweißen Haaren auf mich: Fritz, der Direktor des *M-Hotels*, der gerade seine 29. Wintersaison in Ischgl erlebte.

\*

Fragen prasseln auf mich ein wie schwerer Regen – nur von überall her. Meine Alten wollen wissen, warum *ich mit dem Ballett aufhören will*: das kannst du doch so gut, das hast du schon so lange gemacht und all der andere Rap. In Wirklichkeit haben die beiden bloß Angst, ihren einzigen Engel an den Teufel zu verlieren. Und irgendwie haben sie recht.

Keine Ahnung, ich weiß auch nicht, egal. Hab einfach keine Lust mehr.

Es klingt, als wäre ich über Nacht 78 Jahre alt geworden.

Ich verschweige lieber, was Tatsache ist: dass ich nicht der beste im Tanzen bin und es auch niemals sein werde. Meine Kumpels Rod und Mo sind tausendmal talentierter als ich, und nicht einmal die beiden werden ihren Weg in die Opernhäuser dieser Welt machen.

Warum willst du uns nicht sagen, wieso du mit dem Tanzen aufhören willst? Was stört dich plötzlich daran? Kommst du mit einer Trainerin nicht klar? Habt ihr Kinder untereinander gestritten?

Fragen über Fragen wie in einem Kreuzverhör. Und keine Antwort darauf. Keine richtige Antwort. Falls es überhaupt solche Antworten gibt: eindeutig, endgültig, klar.

Nachts lese ich Camus. Lautréamont. Baudelaire. Thomas Bernhard. Jean Paul Sartre. Sogar Houéllebecq. *Ausweitung der Kampfzone. Karte und Gebiet. Platt-*

*form*. Die Seiten über den Sextourismus gefallen mir irgendwie. Dass die fett gefressenen Alten gegen reichlich Kohle über die jungen Geilen herfallen wollen. Dass es Angebot und Nachfrage auch beim Bumsen gibt, und dass sich der Preis danach richtet. Ich versteh das noch nicht richtig, ich meine, wenn ich wollte, könnte ich an jeder Ecke Sex haben. Aber richtig scharf bin ich nicht darauf. Verdammt, wo waren wir jetzt? Ach ja, warum ich mit dem Tanzen aufhören möchte.

Maman, ich habe keine Ahnung. Ich will einfach nicht mehr. Irgendwie fühle ich mich wie ein Greis. Oder ein Steinklumpen. Endlos schwer und 100.000 Jahre alt. Der einfach nutzlos am Wegesrand liegt.

Ich mache eine Art Verzweiflungsdeal mit meiner Mutter aus: Ab jetzt räume ich eigenhändig mein Zimmer zusammen, dafür kriege ich einen Handstaubsauger, einen kleinen Besen, Kehrichtschaufel und vor allem den Schlüssel zum Absperren. Ich will, dass kein anderer meine Kammer betritt. Diese 25 Quadratmeter im 16. Arrondissement gehören ab sofort nur noch Antoine, also mir selbst. Bis auf Weiteres darf keiner mehr rein, außer ich sterbe an einer Fischgräte oder onaniere bis zur Bewusstlosigkeit.

Ich habe mich also ins Zimmer gesperrt, liege ausgestreckt auf dem Bett und starre die Decke an, fresse *Pringles*, trinke Cola, und fühle mich langsam dick und unbeweglich werden, keiner soll auf die Idee kommen, dass ich jemals Balletttänzer werden wollte. Die Zimmerwände sind so verflucht weiß, so lächerlich unschuldig und unberührt, ich muss sie unbedingt entstellen. Bis jetzt sind es einfach leere Flächen ohne jede Bedeutung.

Ich könnte sie vollschreiben, mit all den Sätzen und Texten und Worten bekritzeln, die sich in mein Gehirn gefressen haben und die wieder hinaus aus meinem Körper wollen, wie aus einem Gefängnis. Ich versuche, mit einem dicken schwarzen Filzstift Zeichen an die Wände zu kritzeln, aber der verdammte Stift deckt nicht auf dem Weiß und weigert sich, die Wörter an die Wände zu schreiben. Ich brauche andere Stifte für mein Vorhaben, die weißen Flächen solang mit meinen Lieblingszitaten zuzutexten, bis sich alle Zeichen ineinander verschlingen und die Wände in diesem Raum schwarz sind, überlagert von Tausenden Sätzen und Millionen von Buchstaben, die alles und nichts bedeuten wie das regungslose Schwarz an den Wänden.

Die Idee gefällt mir, und ich recherchiere im Internet, wie ich zu solchen Zauberstiften komme, die auf jeder Oberfläche schreiben. Sogar auf den Kalkwänden hier. Gerade auf diesen. Nach ein paar Amazon-Klicks finde ich die richtigen Stifte, besorge sie mir mit der geklauten Kreditkarte meiner Mutter, 30 Stifte kosten über 200 Euro, egal, ich stopfe sie in den digitalen Warenkorb und bezahle sie mit der schwarzen *Amex* meiner Mutter, in zweieinhalb Tagen kommt die Lieferung, unsere Gouvernante wird sie annehmen, wie sie alles annimmt, die Arme. Sie hat null Ahnung von der Welt, dafür glaubt sie an Gott, wahrscheinlich deswegen. Ab und an schenkt sie mir ein paar komische Bildchen mit den Sprüchen aus der Heiligen Schrift, Andachtsbilder, die ich im nächsten Papierkorb entsorge.

Auch Anette wird mein Zimmer nicht mehr betreten dürfen und wird, wie alle anderen Bewohner dieser riesigen Wohnung, ausgesperrt bleiben. Sie ist eine Mischung aus Tratschtante und Kriminalkommissarin, beherrscht den Flurfunk und weiß um jede Macke in dieser Familie Bescheid. Seit über 15 Jahren ist Anette bei uns und darf uns niemals verlassen. Sonst würde sie unsere schlecht versteckten Geheimnisse mitnehmen und womöglich gegen ein Gläschen Ricard in der nächstbesten Kaschemme verraten.

Nach ungefähr 48 Stunden kommen die Stifte. Inzwischen habe ich mein Zimmer perfekt aufgeräumt, um jeden Verdacht zu zerstreuen. Meine Mutter ist ganz gerührt, als sie meinen Wigwam zum letzten Mal inspiziert. Ab jetzt sind diese 25 Quadratmeter Sperrzone für sie und alle anderen in diesem Haushalt. Sogar Mo und Rod werde ich ab jetzt nicht mehr reinlassen. Die beiden schon gar nicht. Wenn ich die beiden auch nur von Weitem sehe, denke ich automatisch an das Opernstudio in der Rue Lautréamont, an den pädophilen Korrepetitor am Klavier und die elfenhaften Mädels, die in ihren bescheuerten weißen Röckchen Aufstellung nehmen. Wenige Sekunden bevor der alte Knacker am Klavier Tschaikowsky zu spielen beginnt.

Auf dem Bett liegt bereits eine Menge aufgeklappter Bücher mit unterstrichenen Seiten. Thomas Bernhard, Michelle Houéllebecq, Albert Camus, Lucien Ducasse (oder Comte de Lautréamont – klingt beinahe wie eine Champagnermarke), Charles Baudelaire – alles abgefahrene Leute, mindestens die Hälfte von ihnen hat sich umgebracht, es waren irre Typen, die coole Sachen geschrieben haben, um die engen Grenzen der Konvention niederzureißen, diese verlogenen Schutzschichten der Bürgerlichkeit.

Ich nehme eines der aufgeschlagenen Bücher und betrachte die endlos scheinenden Zeilen. Dann starre ich auf die riesigen weißen Flächen im Zimmer und beginne meine eckigen, unansehnlichen Buchstaben auf die Wand zu schmieren: »C'était l'heure où l'essaim des rêves malfaisants – Tord sur leurs oreillers les bruns adolescents.« (Dt: Es war die Zeit, als ein Schwarm böser Träume das jugendliche Dunkel auf den Kissen verfärbte).

Es dauert mindestens zehn Minuten, bis ich alles hingefetzt habe, ein paar schwarze Zeichen sind auf die gekalkte Mauer geschrieben, ich setze den Stift hoch über meinen Kopf an und knalle – mutiger geworden – die nächsten Zeilen auf die verdammte weiße Fläche zwischen den beiden, auf die Rue Lautréamont hinaus weisenden Fenstern:

»Où, comme un œil sanglant qui palpite et qui bouge,
　La lampe sur le jour fait une tache rouge;
　Où l'âme, sous le poids du corps revêche et lourd,
　Imite les combats de la lampe et du jour.«
(Dt. Wo, wie ein blutiges Auge, das sich pulsierend bewegt,
　die Lampe tagsüber rote Flecken beschwört,
　wo die Seele, unter dem schweren Gewicht des Körpers,
　den Kampf zwischen Lampe und Tag imitiert.)

Nach einer halben Stunde weiche ich wie ein Maler drei oder vier Schritte zurück, um mein Werk aus schwarzen Buchstabenzeilen zu betrachten. Meine krakelige Kinderschrift sieht furchtbar aus und driftet umso stärker nach rechts ab, je länger die Zeilen werden, aber egal, alles, was ich ab jetzt an die Wand schmiere, wird sowieso von anderen Zeilen überlagert, die Zeichen sollen sich solange ineinander verkeilen, bis sie ein komplexes Schwarz ergeben, ein Schwarz aus Millionen von Wörtern, unterbrochen nur von wenigen weißen Flecken, die darauf hinweisen, dass die Wand doch nicht nur schwarz ist, sondern ein Schwarz, das etwas bedeutet. Oder etwas bedeutet hat.

Ich starre auf die riesige Kerze, die langsam herabbrennt. Ihr Licht ist orange und flackert wie ein Gespenst. Ich esse eine halbe Tafel Schokolade. Nachdem ich mit dem Ballett aufgehört habe, kann ich mir das süße Zeug gönnen.

Ich werfe Baudelaires *Fleurs du Mal* zurück auf das Bett und schnappe mir Albert Camus' *L'Étranger*, ich hätte den ganzen Scheiß auch auf mein iPad runterladen können, aber ich finde die gebundenen Bücher wunderschön retro, besonders jene, die ich aus der Bibliothek meines Großvaters in der Provence geklaut habe, er hatte das Meiste davon sowieso mehrfach gehabt, in dieser und jener Pariser Ausgabe, um ein paar Tausender bei irgendeinem Antiquariat gekauft, der Alte stand auf so alte Bücher, die nach großer Vergangenheit und Bücherskorpionen riechen.

»Une personne est toujours victime de ses vérités« beginne ich weiterzuschreiben, es wird Mitternacht, es wird 1 Uhr, und in meinem *Dr.Dre*-Kopfhörer ist zum 110. Mal das Beethoven Klavierkonzert Nummer 5, gespielt von einem gewissen Friedrich Gulda, zu hören. Allegro, der erste Satz, in einem wahnsinnigen Tempo. »Ein Mensch ist immer das Opfer seiner Wahrheiten« – mit diesem Satz werde ich aufhören, den *Dr.Dre*-Kopfhörer abnehmen und mein Krakelwerk an der Wand betrachten. Wenn ich Raucher wäre, würde ich mir jetzt wie in einem alten Film Noir eine Zigarette anzünden und den weißen Rauch um meine blonden Haare und die zusammengekniffenen Augen schweben lassen. Ich scheine irgendwo angekommen zu sein – ohne zu wissen, wie dieser Un-Ort eigentlich heißt.

\*

Hi Tagebuch,
  es ist Januar geworden, und irgendwie ist es höchste Zeit, dass ich mich ums Skifahren kümmere. Ich bin jetzt 16, und seit den letzten Eintragungen ist ziemlich viel Wasser den Inn hinuntergeflossen. Ich bin ziemlich faul, was das Tagebuchschreiben betrifft. Außerdem ist mir mindestens ein Mädchen dazwischengekommen, vielleicht sogar zwei. Also ehrlich, ganz im Geheimen, nur dir zwischen die Zeilen geraunt: ich-habe-gebumst. Echt cool, oder was meinst du?

Laut Google, jungsfragen.de, und meinem Gefühl ist es völlig normal, wenn man zwischen 15 und 16 zum ersten Mal Sex hat. Es war *schrecklich* aufregend. Echt komisch, sich zum ersten Mal vor einem *Mädchen* auszuziehen, halb verlegen, aber geil wie eine Rakete, ohne es sich richtig einzugestehen. Es war das genaue Gegenteil von Porno: das Wollen riesengroß, und trotzdem so nah am Versagen.

Aber eigentlich sitze ich nicht hier am Schreibtisch, um dir, liebes Tagebuch, von meinen sexuellen Verzweiflungstaten zu berichten. Ich habe nur nach Gründen gesucht, um mich bei dir für meine Abwesenheit zu entschuldigen. Der eine Grund heißt also Sabine. Der zweite Melanie. Und die restlichen 50 Gründe sind eine Mischung aus Schwimmtraining, algebraischen Rechnungen und Hausaufgaben, und dann wäre noch Ivan, dieser Junge mit den traurigen Augen, von dem ich dir schon beim letzten Mal vorgeschwärmt habe. Trotz der Mädchen mag ich ihn immer noch: Er ist ein bisschen wie ich, nur ganz anders gestrickt. Ich meine genauso intelligent, sensibel und aufgeweckt – aber irgendwie scheint er das Leben zu hassen, verstehst du das, unser tolles, einzigartiges *Leben* mitten in einem der reichsten Länder der Welt, wo das Wasser total sauber, die Luft rein und die Zukunft ein einziges großes Versprechen ist.

Das Komische ist, und das sag ich auch nur dir, cooles Tagesbuch: Wenn Ivan mit mir zusammen ist, wird er anders. Dann schmilzt er wie Eis in der Sonne dahin, wir schauen uns an und lachen, bis unsere Bäuche wehtun, oder wir entwerfen großartige Zukunftspläne, pass auf, ich werde Diplomingenieur für Elektrotechnik oder Informatik zum Beispiel, und du, Ivan, wirst Arzt, das ist deine Chance, denn du möchtest den anderen Menschen helfen, du willst, dass es Leuten mit Problemen oder mit einer Krankheit besser geht, du kennst das von dir, du weißt, wie das ist, wenn man Hilfe sucht, also solltest du Arzt werden, und außerdem wirst du im weißen Mantel richtig gut aussehen. Probiere einfach den Bademantel von meinem Dad aus, der ist weiß, komm, wir gehen gleich ins Badezimmer hinüber: Du ziehst dir den weißen Frotteemantel an und setzt dir diese Höhlenlampe auf, die in meinem Zimmer herumliegt. Jetzt siehst du wirklich wie ein Arzt aus, wie ein Primar im Krankenhaus, würde ich sagen, in ungefähr 20 oder 25 Jahren.

So viel, wie man für Lebenslang kriegt, hat Ivan plötzlich gesagt und ist wieder traurig geworden. Ich habe den Kopf geschüttelt, seine Haare gestreichelt und hab gesagt, hey Ivan, den blöden Spruch nimmst du wieder zurück. Du willst niemanden umbringen, du wirst Arzt sein und im Reihenhaus nebenan wohnen. Ich werde Taufpate von deinen Kindern sein, und du von meinen. Unsere Freundschaft wird lebenslang sein, darauf kannst du bauen, hörst du, Ivan, und dann hat er wieder gelacht und war wieder der, der er sein wollte. Jeder möchte doch glücklich sein im Leben – oder glaubst du das etwa nicht, liebes Tagebuch?

Jetzt bin ich wie ein Mädchen, das über seinen besten Freund nachdenkt, aber so ist es halt, wenn man jemanden mag. Ich meine, ich fahre auf Mädchen ab, sie sind super, ein bisschen fremd und irgendwie anders, ich werde nicht ganz schlau aus ihnen, sie sind wie Geschenke, die schon oben auf dem Kasten im Wohnzimmer liegen, aber die man erst zu Weihnachten aufmachen darf.

Ich hoffe, dass ich eine kennenlernen werde, die ich so mag, dass ich nicht mehr von ihrer Seite weiche, wie unser Hund Herkules zum Beispiel, der weiß, wie toll er es bei uns hat, und der seine Hundeseele opfern würde, falls uns irgendjemand bedrohte. Am coolsten wäre es, wenn ich das Mädchen so liebte wie unseren Hund oder meinen besten Freund Ivan, den ich tausendmal mehr mag als meinen Vater zum Beispiel. Manchmal frage ich mich, warum ich so auf Ivan fixiert bin. Ich meine, ich bin nicht schwul, ich mag Mädchen, ich möchte eine Familie haben, später, aber vielleicht lerne ich erst durch diesen Freund, wie man jemanden *richtig* lieben kann. Echt komisch, du stummes Tagebuch, oder?

Wo war ich stehen geblieben, ach ja, beim Datum. Es ist Januar, und draußen bricht zum ersten Mal etwas Winter über die Landschaft herein. Das Snowboard im Keller beginnt mich traurig anzuschauen. Und mein Vater hat mich gestern gefragt, ob ich mir die Semesterferien in I. vorstellen kann. »I« wie in … ISCHGL. Wow. Das kann ich mir supergut vorstellen, aber, Daddy, ist es dort nicht sauteuer?

Lass das meine Sorge sein, grinste mein Alter und hat mich ein bisschen komisch angeschaut, als hätte er irgendwie Mitleid mit mir.

Kann Ivan auch mitfahren, fragte ich leise.

Du kannst mitnehmen, wen du willst. Das Apartment wird groß genug sein.

Was???

Ich habe die Woche bereits gebucht. Ischgl, vom 8. bis 16. Februar, du bist eingeladen, Sebi, und diese Einladung gilt für zwei Personen. Nimm mit, wen immer du möchtest.

Wow!
　Wow!!!!
　　Wow!!!!!!!!!!!!!

Mein Luftsprung ist weltrekordverdächtig: fast einen Meter aus dem Stand heraus. Vom Boden auf den Küchentisch und wieder zum Boden. Ich freue mich, als ob ich wieder zehn Jahre alt wäre. Und nicht 16 und schon so gut wie erwachsen, zumindest auf dem Papier.

Sebi, du bist doch so gut in der Schule. Du schreibst fast lauter Einser. Du verdienst eine kleine Belohnung.

Wie gut diese Sätze tun. Mein Vater kann auch ein ziemlich strenger Mann sein. Er ist Diplomingenieur und hat schon über 30 Erfindungen patentieren lassen. Aber fragt mich nicht, welche.

Danke, sage ich blöd. Nur ein kleines, schmieriges Danke. Aber ich weiß, dass meine Augen leuchten dabei. Dass ein ganzes Feuerwerk meine braunen Pupillen erleuchtet. Dass sie geweitet sind, als ob sie unter Schock stünden. Aber Freude ist auch eine Art Schock, nur anders herum.

Zehn Sekunden später schreibe ich Ivan ein SMS, hey, du Pessimist, wir fahren nach Ischgl, du, ich und mein Dad. Vielleicht auch dessen neue Freundin, aber ich glaube, die kann gar nicht Skifahren. Besorg dir ein Snowboard, oder wenn du keines auftreiben kann, leihen wir einfach für dich eines aus.

Ivan meldet sich über Skype. Die Handykamera ist auf ihn gerichtet. Er sieht mich an. Und dieser Blick ist ein Flash genau ins Herz hinein. Oder ins Hirn. Oder überall hin. Sein Blick ist wie eine tödliche Substanz, die in den Körper tropft und jedes innere Organ vergiftet. Ich krepier noch an diesem Blick. Scheiße, wenn Ivan ein Mädchen wäre, würde ich mich glatt verknallen in ihn. Ich sage es ihm, und dann – zack – verschwindet sein Lachen. Er wird traurig wie sonst immer. Er will zu mir kommen, seinen Kopf auf meine Schulter legen, mich streicheln und seinen Mund an meine Lippen drücken.

Nein, Ivan, küssen kann ich dich nicht. Wir wollen ganz einfach Freunde bleiben, von Junge zu Junge, nicht von

Kerl zu Kerl sozusagen. Trotzdem nehme ich mir vor, beim nächsten Treffen Ivan auch ein wenig zu streicheln, damit er ruhiger wird – wie eine Mutter, die ihr Kind liebkost; nur dass das verdammte Kind Ivan ganze zehn Wochen älter als ich ist. Irgendwie klingt es krass, aber dir, liebes Tagebuch, verrate ich alles.

Bevor ich ganz vom Thema abkomme, höre ich jetzt auf, meine scheiß Gefühle auf deine weiße Tagebuchhaut zu tippen und schaue lieber hinaus in den einsetzenden Schneefall. In Ischgl muss es richtig cool sein: 44 Lifte, 238 Pistenkilometer, 11.000 Gästebetten, 17 Webcams und 1000 Schneekanonen. Wie immer unser Semesterzeugnis ausfallen wird – Hey, Ischgl, wir kommen!

*

Ich treffe mich mit Aksana, der Weißrussin, im *Le Chineur*. Vor einigen Tagen hat sie mich angerufen und um eine Aussprache gebeten. Das *Le Chineur* ist eine finstere Pastis-Bude in Pigalle, die Hälfte der Gäste könnten gedungene Mörder oder entflohene Schubhäftlinge sein. Aksana sitzt in einem Haute Couture Kleid von Dior mir gegenüber, ein von 1000 Schönheitsfarmen zurechtkorrigiertes Gesicht, wunderbarer Perlenteint, keine einzige Hautfalte, ein Meisterwerk Dutzender Chiropraktiker. Sie passt überall auf der Welt hin, nur nicht hierher.

Aksana lächelt mich an und nippt an ihrem Pastis, es ist 11 Uhr morgens, ich schlürfe den dünnen Milchkaffee aus einer riesigen Boule, wie es die Südfranzosen tun, und sie raucht eine Menthol-Zigarette, nippt nochmals an ihrem Pastis und erklärt in ihrem schwer erlernten Französisch, wie sehr sie sich in dieses wunderbare Haus im 16. Arrondissement verliebt habe.

Verstehen Sie, es ist nicht nur eine Wertanlage für uns, ich habe mich in dieses Kleinod verliebt und will es gegen gutes Geld kaufen. Und wenn eine weißrussische Milliardärin etwas haben will, dann bekommt sie es auch.

Sie sieht mich noch immer lächelnd an, aber ihr Lächeln wird eisig kalt: ein empfindungsloses Grinsen. Hinter meinen Schläfen pocht das Kokain von gestern Abend, meine Schleimhäute jucken, und in der Schädeldecke krabbeln Millionen Termiten herum. Ich schlürfe an meinem verdammten Milchkaffee und weiß, dass ich mich mit diesem Geheimtreffen auf dünnes Eis begebe, man trifft seine Top-Kunden nicht an einem dubiosen Ort wie dem *Le Chineur* in Pigalle.

Madame, entgegne ich und rechne dabei im Kopf nach, wie hoch die Provision für diese Immobilie im 16. Arrondissement sein wird, wir haben gewisse Gesetze hier in Frankreich und können bestehende Verträge nicht ohne Zustimmung der Mieter auflösen, wir können, wie bisher, Angebote stellen und Lösungen nahelegen, aber …

Es ist dieser verfluchte Architekt in Caen, empört sich die weißrussische Ex-Nutte in der Dior-Haute-Couture-Aufmachung und trommelt mit ihrer zarten Faust auf die verschrammte *Le-Chineur*-Tischplatte, es ist dieser widerliche Camembert-Kerl, der die Wohnung nicht aufgeben möchte. Obwohl wir ihm wer weiß schon wie viel angeboten haben.

Es ist sein Recht, dort zu sein, und wenn er seine Miete bezahlt, können wir wenig machen, räume ich kleinlaut ein.

Ich habe es satt, den Fürsprecher eines linken Architekten aus der Bretagne zu spielen, der seit mehr als 15 Jahren nicht mehr den Fuß in seine Stadtwohnung gesetzt hat und trotzdem nicht auf den goldenen Handshake – eine halbe Million bar auf die Kralle und Danke für die Mitarbeit – eingehen möchte, Geld bedeutet ihm nichts, er hat genug zum Leben und sonnt sich in dem Gefühl, seine unbefristete Pariser Mietwohnung *um jeden Preis* behalten zu wollen.

Aber er ist im Recht, fahre ich fort, und wir müssen die Tatsache respektieren, dass Recht auch Recht bleibt, sonst bricht die Anarchie aus, Madame, dann brennen die Pariser Straßen, die teuren Boutiquen werden gestürmt, und niemand räumt mehr den Müll weg – wenn Sie verstehen, was ich meine.

Aksana verdreht die Augen, macht einen Schmollmund und will nichts von meinen juristischen Einwänden wissen. Das Recht eines Bürgers, recht zu bekommen, wenn er recht hat, ist ihr völlig zuwider. In ihren Augen regiert nur das Geld – wer mehr davon hat, bestimmt, wo es lang geht, in Minsk, in Moskau, vielleicht auch hier in Paris. Sie hat keine Ahnung von Gesetzen oder Rechtsprechung, in ihrer Kultur gibt es nur gedungene Mörder, Kalaschnikows oder Molotov-Cocktails.

Ein kleiner Anschlag, den die korrupte Polizei nie untersuchen wird, das Ganze dauert nur ein paar Minuten, so einfach geht das bei uns, zischt Aksana, wir brauchen keine langweiligen Gesetze, wir brauchen Männer, die sich durchsetzen, nicht solche Waschlappen wie hier.

Entschuldigen Sie, Madame, werfe ich ein und versuche, meiner rauen Stimme einen beruhigenden Klang zu verleihen, ich möchte George Clooney sein, der in einer Schlüsselszene seinem Gegenüber die Welt aus der Anwaltsperspektive erklärt, aber ich bin doch nur ein kokainsüchtiger Immobilienmakler, der seine verdammte Provision einsacken will.

Eigentlich sind Aksana und ich nur noch Lidschläge von unseren Zielen entfernt. Wir beide wissen das. Mit drei Ausrufezeichen.

Genau das wollte ich sagen, lächelt Aksana und bestellt sich noch einen Pastis, ich finde, wir sollten unseren Zielen näherkommen.

Sie macht eine Kunstpause und sieht mich mit halb geöffnetem Mund an, diese weichen, perfekt geschminkten Lippen, diese makellosen Zähne, dieser Porzellan-Teint, was man aus einer Nutte alles machen kann, die bis zu ihrem 16. Lebensjahr in einem Stall nahe der ukrainischen Grenze aufgewachsen ist, eine Landpomeranze, die sich mit ihrem Körper bis zu den höchsten Bonzen hinaufgedient hat, sie hat sich von Geheimdienstoffizieren und Staatsanwälten flachlegen lassen, bevor sie vor ein paar Jahren einen gewissen Wladimir geheiratet hatte, einen durchtrainierten Pitbull Terrier, der sein Vermögen im Gasgeschäft gemacht hat. Eigentlich hätte ich mich gar nicht auf die beiden einlassen sollen, weder auf Wladimir noch auf Aksana, zusammen sind die beiden brandgefährlich wie entsicherte Handgranaten oder ein Kugelböller mit brennender Lunte oder weiß ich was.

Endlich verstehen wir uns, lächelt Aksana und schiebt mir einen zusammengefalteten Zettel herüber, wir sind uns einig und werden das Problem auf weißrussische

Art lösen, zwitschert die angebliche Ex-Sekretärin, die von Fachübersetzungen oder Aktenablage nicht die geringste Ahnung hat, aber dafür ihren Schlangenkörper um eine Metallstange winden kann.

Das mit dem Tanzen ist schon lange vorbei, jetzt möchte ich einfach dieses bezaubernde Haus im 16. Arrondissement kaufen, ich habe schon Innenarchitekten und Raumgestalter beauftragt, und Wladimir braucht auch sein Fitnessstudio und ein Großraumbüro mit dem Blick auf den Eiffelturm, wir sind vermögende, einflussreiche Menschen, also bringen wir diesen widerspenstigen Baumeister hinter uns, lächelt Aksana so kalt wie Packeis am Nordpol.

Lächelnd sieht sie zu, wie ich ihren gefalteten Zettel mit spitzen Fingern öffne und auf drei Kontaktdaten starre: zwei davon sind weißrussische Wertkartennummern, aber die dritte, eine französische Vodafone-Nummer, kommt mir bekannt vor, und nach ein paar Sekunden weiß ich auch, warum: Diese dritte Handynummer gehört meinem älteren Sohn.

*

Ich hocke im *L'Avventure*, nippe am Rosé-Champagner und bin von hellblonden Girls aus besseren Kreisen umgeben. Es sollte mir eigentlich gut gehen im VIP-Bereich dieses Klubs, kurz nach 1 Uhr früh: die Belle

Époque passt perfekt, die Mädels sind Klasse, die Beats wummern sanft durch den Körper, alles relaxed und easy, ich könnte die Wände vollkotzen vor lauter Coolness. Zwei der Girls sind Models aus dem 8. Arrondissement, oberflächlich und hohl, aber sie sehen richtig geil aus. Wahrscheinlich sind sie längst bei einer Topagentur unter Vertrag und posieren ein paar Stunden pro Woche auf irgendeinem Catwalk, auf jeden Fall kippen Sie Wodka Soda ohne Ende in ihre magersüchtigen Bodys hinein und twittern, instagrammen oder flashpointen ihre 100.000 Followers voll, seht mal, wo ich gerade bin, was ich *jetzt in diesem Augenblick* mache, mit wem ich da meine Linien reinziehe und so verrückten Scheiß.

Sie sind eine Idee älter als ich, 18 oder 19 vielleicht, aber schon richtig verdorben vom Luxusleben da draußen – so richtig *wohlstandsverwahrlost*. Wenn die beiden Babes in einer Suite unter 350 Quadratmeter einchecken müssen, kriegen sie klaustrophobische Anfälle oder so. Auf jeden Fall haben sie extrem lange Beine, sind dünn, Solarium gebräunt und haben makellos geformte Titten – die auf ein paar 100.000 Euro versichert sind. Die Lederröckchen von *Givenchy* oder so rücken höher, ich bräuchte bloß hinzugreifen, aber verdammt noch mal, irgendwie interessiert mich das heute Nacht nicht, etwas in meinem Gehirn funkt Alarm, und da kommt auch schon Jérôme angetrabt, der Hospitality-Manager, im glänzenden Satinanzug von einem belgischen

Modedesigner, eine Spur zu anzüglich, zu sehr Nachtklub, zu sehr Unterwelt.

Hey, Pat, raunt er mir zu, du solltest jetzt besser abhauen, draußen laufen die Flics in Zivil herum. Am besten, du verpisst dich überhaupt für eine Weile.

Ich weiß natürlich, worauf er anspielt, mein Puls schnellt in die Höhe, die Mädels spielen die Unschuld vom Land, und ich gebe Mister Supercool zum Besten: Ist doch alles nur Routine, Girls.

Ein paar Minuten später suche ich in einer Kabine der Herrentoilette meinen Ausweg ins Freie: Ich klettere auf den Spülkasten mit den Dutzenden Brandlöchern, zwänge mich durch die Luke hinaus in den Hinterhof, meine Sneakers ertasten die kahle Hauswand, ich zögere und springe dann doch die paar Meter in zerknüllte Klopapierhaufen und geplatzte Kondome hinein, jemand raucht eine Zigarette im Hof, ich kann das Glühen erkennen, mein Herz schlägt schnell und unregelmäßig, etwas schmerzt in der Brust, ich stolpere durch die Nachtluft, ein paar Ratten flüchten vor mir, ich erreiche die schmale, hohe Tür des Nachbarhauses, sie ist angelehnt, ich schleiche die Treppen nach oben und weiß, dass es dort oben unter dem Dach ein paar Giebelfenster gibt, die man hochklappen kann.

Ich hieve mich durch eines der Gucklöcher in die Nachtluft hinaus, es ist verdammt kalt und nass, Ende Januar in Paris, der Nebel verhüllt die Stadt, alles wird milchig und unscharf, wie in einem Splatterfilm, kurz bevor der Ledermaskenmann loslegt und du dein Cineplexx-Popcorn in Reihe zehn, Sitz sechs vor lauter Angst und Ekel rauszukotzen beginnst.

Ich stehe auf dem Dach eines Mietshauses aus dem vorigen Jahrhundert, irgendwo krächzt eine sibirische Saatkrähe, und ein leichter, aber unangenehm kalter Regen setzt ein. Ich zünde mir eine Zigarette an, so gelassen wie Jean-Paul Belmondo vor gefühlten 200 Jahren. Vorsichtig schaue ich über die Dachrinne nach unten, eine anonyme Nebenstraße, kaum beleuchtet, parkende Mittelklassewagen auf beiden Seiten, und keine Menschenseele zu sehen. Ich weiß nicht, ob ich die Zivilbullen tatsächlich abgeschüttelt habe oder ob Jérôme nicht vor lauter Crack & Cognac mit Soda irgendwelche Flics halluziniert hat – in meiner Parallelwelt kannst du niemandem mehr vertrauen: nicht diesem Wladimir mit dem synthetischen Stoff aus irgendeinem geheimen Labor, nicht den Zwischenhändlern namens Krebs oder Diamantengesicht, weder der ungarischen Nutte noch deinen vielen Abnehmern, von denen einige bereits abgekratzt sind, zuletzt dieser Eric, ein Callboy aus Norwegen, ungefähr 27 Jahre alt, Stammkunde. Hat immer brav in bar bezahlt und stets im Morgenmantel geöffnet. Ein bisschen wie eine Nutte oder so, mit einer Gauloise ohne Filter im

Mund, dazu dieser Schlafzimmerblick, diese Reibeisenstimme. Wäre ich schwul, würde ich für so jemanden todsicher ein paar Scheine hinlegen.

Ich fasse in meine Hosentasche, krame das Smartphone heraus und entferne die Sim-Karte, den Akku, das ganze verräterische Scheißzeug. Ich lockere einen Dachziegel, verstecke den Datenfriedhof darin, gehe weiter, meine Kontakte sind sowieso in irgendeiner Cloud lebendig begraben, ich muss nur die nächste Sim-Karte aktivieren, dann ist alles wieder da und verfügbar, sofort abrufbereit.

Ich klopfe meine Jacke ab, aber ich habe nichts mehr eingesteckt, nicht einmal eine letzte Stanniol-Ration für den Nachhauseweg, die beiden Wodkaschlampen im *L'Avventure* haben alles inhaliert, als ob es Mehl oder Staubzucker gewesen wäre. Sie werden übermorgen in irgendeinem Penthouse-Doppelbett aufwachen, ein Drei-Stunden-Bad nehmen und wieder exakt so aussehen, wie du dir ein 18-jähriges Model vorstellst, mit perfekt gestyltem Haar, top geschminktem Gesicht, und diesen Kajalstift-Blicken, berechnend, kalt und ziemlich einträglich.

Ich zucke mit den Achseln und versuche, den Schweißausbruch zu ignorieren, ich dringe durch eine andere Luke in den Dachboden eines abgewohnten Hauses ein, und von dort in das Stockwerk darunter, ich laufe eine enge Wendeltreppe hinab und verschwinde durch eine schwere Holztür mit Eisenbeschlägen und aufgebrochenem Schloss ins Freie. Ich blicke die Avenue Victor Hugo hinunter, schaue zum Dachfirst hinauf und spüre den Regen auf meiner Stirn, meinen Wangen, überall auf dem Gesicht, ich winke ein Taxi heran, das langsam die Gasse herunterkommt, ich öffne die Wagentür, lasse mich auf die Rückbank fallen – und erkenne den Fahrer.

Ein Typ aus dem Maghreb, Anfang 50 vielleicht, der Vater von einem Kumpel meines Bruders. Der Kerl lächelt mich an und versucht, mich auszufragen, aber ich blicke nur abwesend aus dem Seitenfenster in den Regen hinaus. Am liebsten wäre ich jetzt wieder zwölf Jahre alt. Ein kleiner Junge, der in seinem Zimmer mit Pokémons spielt. Die Kohle, die verpackten Drogen, die lebenden und die toten Kunden, die Flics – die Häuserzeile, die an mir vorüberläuft wie eine verschrammte Filmkopie aus der Stummfilmzeit, beamt mich in ein fremd gewordenes Gestern zurück – als das Leben da draußen noch neu und vielversprechend und aufregend war. Und nicht diese dumpfe Ahnung von Hölle.

Das Taxi hält vor dem Jugendstilhaus meiner Eltern. Die Concierge ist noch wach, und ich bezahle den Fahrer.

*Vor einer Woche habe ich deinen Vater nach Hause gebracht, er hat nach Blut gerochen. Aber ich kann mich auch täuschen.*

Keine Ahnung, ob der Araber das so gesagt hat. Vor eine Woche, pah, was war vor einer Woche? Ein Terroranschlag, eine Wetterwarnung, das Konzert einer angesagten Electroband? Eine Woche ist so lang wie die Apokalypse bei mir.

Ich steige aus dem Taxi, knalle die Tür zu, und die Bilder eines eingebildeten glücklichen Kinderlebens verlieren sich in der Leere meiner Scheinexistenz. Ich zwänge mich durch die Drehtür, schleiche wie ein Dieb die breiten Jugendstiltreppen in das oberste Stockwerk hinauf, tippe einen Code in die Gegensprechanlage und betrete die Diele. Die erste Tür links führt in mein Zimmer, in mein Gegenreich der halbwüchsigen Träume. Ich will nur noch schlafen und in diesem Schlaf irgendwohin gelangen, wo alles freundlicher ist: so milchig weiß wie im Schlaraffenland oder in einem alten, kitschigen Film.

*

Auf den ersten Blick sah Ischgl immer noch so aus, wie ich es in Erinnerung hatte: ein hingehügeltes Dorf mit Kohorten von bunt gekleideten Skifahrern, die mit ihren Sportgeräten durch die Straßen patrouillierten, mindestens die Hälfte davon bereits betrunken oder von anderen Substanzen in eine selbst befohlene gute Laune versetzt. Die pseudoschicken Geschäfte waren mit Gästen aus den früheren Ostblockstaaten gefüllt, in den Après-Ski-Lokalen wurde auf Bänken, Tischen und am Tresen zu einer bizarren Mischung aus Volksmusik und Techno getanzt, gegrölt, gefeiert, getrunken, und irgendwo da draußen, vielleicht sogar ganz in meiner Nähe, trieb sich ein Unbekannter mit kruden Mordfantasien herum.

Vor dem *Hotel Post* bog ich einen steilen Weg Richtung Kirche hinauf, der weniger belebt war, vorbei an einem *Irish Pub*, in dem rot gefärbtes Bier als »Murder Ale« feilgeboten wurde, in der Happy Hour zwei zum Preis von nicht einmal einem. Ein paar jugendliche Gäste aus Polen wankten mir entgegen, gut abgefüllt mit *Jägermeister*, *Kleinem Klopfer* und jeder Menge Stout. Ihre glatten Gesichter waren rot und blau angelaufen, die beiden wankten gefährlich, bewarfen einander mit Schneebällen und taten das, was betrunkene Jugendliche so anstellen, wenn sie angeheitert aus irgendwelchen Saufhöhlen ins Freie treten und keine Ahnung mehr haben, wo ihr verdammtes Vier-oder-Fünf-Sterne-Hotel liegt, chodźmy w prawo, chodźmy w lewo albo idziemy prosto …

Ich brauchte keine zehn Minuten, um das Geschäftsmodell von Ischgl erneut kennenzulernen: Nur eine Minderheit wollte wirklich Skifahren, die allermeisten Urlauber wollten hier einfach die Sau rauslassen und Party um jeden Preis machen. In diesem Alkohol-und-Drogen-Fun-Park regierte nur das Heute, diese Gier des Augenblicks: ein seltsames Begehren nach einem Mehr, das mit jedem Tag weniger wurde.

Nachdem die beiden Nachwuchstrinker im nächsten Lokal verschwunden waren, erreichte ich die Kirche von Ischgl, umgeben von einem Friedhof, in dem ein paar Gräber vom Schnee befreit und wieder geöffnet worden waren, einige Opfer waren gleich hier in Ischgl bestattet worden, und zwischen den Gräberreihen taumelten ein paar Journalisten umher, fotografierten die exhumierten Grabstellen und unterhielten sich dabei laut, vielleicht um ihre Angst vor den Untiefen der menschlichen Psyche zu verbergen.

Neben der Kirche befand sich die Polizeistation, die von mehreren Übertragungswagen umzingelt war. Mittlerweile hatte die Mordserie eine mediale Aufmerksamkeit erreicht, die den gesamten Kontinent mit hysterischen Berichten, Pseudoinformationen und Breaking News terrorisierte. In grauen Vans wurde die Wirklichkeit zu konsumierbaren Informationspillen verwandelt:

*Mordserie geht weiter – Täter noch immer unbekannt – Panik im Wintersportmekka (Schwenk auf randalierende Betrunkene im* Kuhstall*) – dann Kurzinterview mit dem Touristikchef und dem* Bürgermeister, anschließende*s Zoom auf die Polizeistation: Wann wird der Wahnsinn in Ischgl endlich aufgeklärt werden? Carmen Schuhmacher, RTL 2, bleiben Sie dran, ich halte Sie auf dem Laufenden.*

Vor dem Eingang zur Polizeistation traf ich auf Gruber, den Postenkommandanten von Ischgl, einen knapp 60-jährigen Schnauz mit braun gebranntem Gesicht, immer noch dichtem, irgendwie unecht wirkendem Haar und diesen tiefen Gesichtsfurchen, die von jahrelangem Ausdauertraining herrührten. Er war seit 30 Jahren verheiratet, hatte drei längst erwachsene Kinder und betrieb nebenher eine Frühstückspension namens *Alpenglück*, 14 Zimmer, 30 Betten, am Ortsrand von Ischgl, aber zwischen Dezember und April regelmäßig ausgebucht, was einen netten Nebenverdienst bedeutete. In Ischgl hatte praktisch jeder Einwohner unmittelbar mit dem Tourismus zu tun, sogar der Volksschullehrer betrieb eine Imbissstube, und der Dorfpfarrer war Ehrenobmann im Skiverein – wer in Ischgl weder Skifahren konnte noch ein Snowboard besaß, war ein Sonderling, dem man nur allzu gern jede Schändlichkeit nachsagte.

Wir gingen ins Wachzimmer, tranken lauwarmen Kaffee aus einer schäbigen Thermoskanne, und Gruber erzählte nicht ohne Stolz, wie er allen ausgestellten Totenscheinen zum Trotz die erste Obduktion angeregt hatte.

Vielleicht hätte ich es doch unterlassen sollen, fügte er schließlich missmutig hinzu und wünschte mir viel Spaß mit den Journalistenhorden, den verschlagenen Einheimischen, ihren haltlosen Verdächtigungen und den unzähligen Hinweisen auf genau Garnichts.

Bevor ich etwas erwidern konnte, runzelte Gruber die Stirn, kniff seine Augen zusammen und fixierte mich wie einen verdächtigen Skidieb.

Sag einmal, verfiel er gleich in das Du des Durchschnittstirolers, warst du nicht früher Kellner im *M-Hotel*, danach Außendienstmitarbeiter – und das eine oder andere Mal auch in unserer Ausnüchterungszelle zu Gast?

Ich musste zugeben, dass Gruber meinen Lebenslauf – zumindest jenen Absatz, der sich in Ischgl zugetragen hatte – ziemlich exakt wiedergegeben hatte, inklusive aller Eskapaden und Ausritte. Gruber nickte zustimmend, war aber mit seiner Befragung noch lange nicht fertig.

Dann bist du nach Wien gegangen, oder?
 Ja.
 Jus studiert?
 Ja.
 Nach dem Magister bei der Polizei angeheuert?
 Ja.
 Und ein wenig Karriere gemacht.
 Genau. Einfach die Beamten-Rolltreppe nach oben genommen.
 Und jetzt bist du wieder hier.
 Genau.
Als Sonder-Kriminalkommissar, gratuliere. Dann hast du ja richtig Karriere gemacht.

Gruber schüttelte mir die Hand und klopfte mir anerkennend auf die Schulter. Mit einer schnellen Handbewegung holte er eine Flasche *Ramazzotti* aus dem Kühlschrank, füllte zwei Shotgläser damit und stieß mit mir auf eine erfolgreiche Zusammenarbeit an.

Falls du irgendetwas brauchst, lass es mich wissen. Die ganzen Protokolle kann ich dir mailen, falls du sie nicht schon sowieso hast. Verrätst du mir, wie du die Sache angehen wirst?

Gruber schien von meiner Mission begeistert zu sein. Auf jeden Fall glaubte er wie so viele andere Leute, dass ich mich nur mit Monstern, irren Psychopathen und gefährlichen Schattenmenschen beschäftigen würde, aber eigentlich hatte ich das Böse, Perverse oder Niederträchtige gar nie kennengelernt. Die meisten Mörder waren Menschen wie Gruber und ich. Unauffällige Personen, mehr oder weniger intelligent, manche gebildet, manche ignorant, viele strahlten sogar Sympathie, einen gewissen Charme oder Charisma aus, mit manchen hatte ich mich auch fantastisch unterhalten können. Sie hatten einfach nur gemordet oder im Affekt einen Menschen zu Tode gebracht, meistens einen nächsten Verwandten. Die Gattin. Die Eltern. Das Kind. Einen Onkel. Eine Erbtante. Den verhassten Cousin, den schrulligen Schwager. Aus blanker Eifersucht, aus Habgier, wegen ständiger Geldsorgen oder auch nur, weil es Montag gewesen war. So verdammt einfach, so gefährlich banal war das alles.

Als ich ins *M-Hotel* zurückkehrte, sprach Fritz vor dem Tresen der Hotelbar auf einen dicken Kerl im Lodenmantel ein. Die weit ausholenden Armbewegungen und der entrüstete Gesichtsausdruck verrieten etwas von seiner Wut über die Verhältnisse, angefangen vom Personalchaos im eigenen Hotel bis zur unaufgeklärten Mordserie in Ischgl. Der Typ im Lodenmantel stand mit dem Rücken zu mir, nippte ab und zu an einem Glas mit etwas Perlendem drin, und hatte den stoischen Gleichmut eines Ermittlers. Um die beiden herum kreiste ein brauner Irish Setter, der jedes Stuhlbein beschnüffelte und dabei traurig oder irgendwie besorgt dreinsah, als hütete er ein böses Geheimnis. Manchmal, dachte ich, müsste man so ein Vieh zum Reden bringen, dann wüsste man eindeutig mehr über die Welt. Und ihre Bewohner.

Der dicke Lodenmantel drehte sich etwas zur Seite. Ich erkannte die zusammengekniffenen Augen, die schwabbeligen Wangen, die rinnende Nase und seufzte. Sellner hatte sich wie üblich in die Ermittlungen gemengt, er konnte sich einfach nicht zurückhalten: Diese Mordserie war seit Jahrzehnten die erste in einem Land, das sonst so sicher war wie eine Blechdose für eingelegte Sardinen.

Vor ungefähr 30 Jahren hatte Sellner das Profiling in Österreich eingeführt, er war durchaus eine Koryphäe auf diesem Gebiet, ein Experte, der sich auch international einen Namen gemacht hatte. Außerdem hatte er ein paar Bestseller in einem miserablen Stil verfasst, die sich trotzdem wie warmes Ajour-Gebäck verkauft hatten. Eines seiner Werke hieß *Das Monster Mensch*, ich hatte es in meinem Buchregal stehen, an einer ziemlich entlegenen Stelle. Manchmal blätterte ich darin und hoffte, nie mit einem Serienmörder konfrontiert zu werden, die Chancen dafür standen sehr gut, schließlich war ich kein Ermittler im amerikanischen Bible Belt oder in einer entlegenen russischen Provinz, wo die Leute einander bereits wegen zehn Kopeken umbrachten.

Die Routine der letzten Jahre war hier in Ischgl zunichtegemacht worden, und jetzt stand ich hier an der Lobby-Bar des *M-Hotels*, eingeklemmt zwischen dem pensionierten Profiler und einem entrüsteten Hoteldirektor mit schlohweißem Haar, der um den Geschäftserfolg der laufenden Wintersaison bangte.

Wahrscheinlich war es ein Neidhammel aus dem Nachbardorf, mutmaßte Fritz und nippte an seinem Mineralwasser mit einem Schuss Zitronensaft.

Sellner hob die Augenbrauen, und seine Schweinsaugen schienen mit den Stroboskopblitzen unten im *Pasha* um die Wette zu zucken. Ich bestellte mir noch einen Kensington Sour, und der Barmann begann, diesen schönen Cocktail zu mixen.

Mit Eiweiß, fragte er kurz, während er mit einer silberfarbenen Schaufel einige Eiswürfel in den Tumbler kullern ließ.

Ohne, antwortete ich.
Und keinen Orangensaft, oder?
Ganz genau.
Aber die Cocktailkirsche darf sein.
Sie darf nicht, sie muss.

Ein paar Minuten später stellte der Barkeeper den Drink auf einer kleinen Barserviette ab. Ein Schluck genügte, um festzustellen, dass dieser Hüter der Spirituosen sein Handwerk verstand.

Du solltest eine Pressekonferenz machen, schlug mir Fritz schließlich vor.

Keine Situation war so aussichtslos, dass Fritz keine Vorschläge auf Lager hatte.

Damit könnte man den Druck auf den Typen erhöhen, irgendwann wird er sich schon verraten, der Saukerl.

Ich schnupperte am Mineral des Hoteldirektors, aber es war wirklich kein Schnaps drin. Sellner bemerkte ironisch, dass ich der Chefermittler vor Ort sei, er lächelte geringschätzig dabei, weil er mich für einen Versager hielt, und ehrlich gesagt konnte ich ihn ebenso wenig leiden. Bei seinen Endlosvorträgen über die eigenen großartigen Fahndungserfolge war ich schon vor Jahren regelmäßig eingeschlafen.

Ich leerte meinen Kensington Sour und hörte Sellner zu, der aus einem seiner vergilbten Bestseller zitierte, ich schaute auf den Terrakotta-Boden der Hotelhalle und dachte, dass das *M-Hotel* auch schon bessere Zeiten gesehen hatte, der ganze Après-Ski da draußen hatte Ischgl im Griff wie eine Boa Constrictor, und schon langsam ging dem Ort der Atem der Großspurigkeit, des Luxus, des totalen Show-Offs aus. Ischgl verkam zu einem Ballermann-Planeten aus saufenden Bustouristen und Burger-King-Kunden, das alte Geld hatte sich nach Oberlech, Leogang oder Hochgurgl zurückgezogen, und in Ischgl blieben anscheinend nur die Hochstapler und Glücksritter, die saufenden Barkeeper und die Gastronomen mit den entzündeten Augen übrig. Vielleicht noch das eine oder andere Luxusrestaurant wie das *Lucy Wang*, die *Schlossherrenstube* oder der Gourmettempel im *Trofana Royal*: elf Hauben innerhalb einer Stadionlänge, wie ein einflussreicher Fressführer vor ein paar Monaten kundgetan hatte.

Sellner verabschiedete sich von Fritz und mir in den Abend hinaus. Er wohnte nur ein paar Dörfer weiter, in einem sehr alpin aussehenden Einfamilienhaus, zusammen mit seinem Irish Setter und ungefähr 35 Jagdgewehren.

Fritz und ich sahen dem silbernen Audi nach, der langsam den steilen Madleinweg hinunterfuhr und unten an der Kreuzung beinahe mit einem slowakischen Reisebus ohne Schneeketten kollidierte.

Ich glaube, das ist meine letzte Saison hier, murmelte Fritz, die verdammten Touristen, die nichts mehr eingesteckt haben, das aufsässige Personal, die gelangweilten Chefleute, die immer nur in die Kassa greifen und nicht die geringste Kleinigkeit investieren, die schäbigen Lieferanten, deren Ware auch immer trostloser wird, und nicht zuletzt die Würstelbuden und Bierkneipen, die immer stärker das ohnehin schon schwache Nachtgeschäft bedrohen – Fritz hatte eine Menge Gründe, diesem Ort nach beinahe 30 Arbeitsjahren den Rücken zu kehren: Ischgl, das er immer geliebt hatte, eine kühler werdende Zuneigung, die immer stärker von Ohnmacht und kalter Wut durchsetzt war.

Hast du ein Alibi für die letzten 78 Tage, erkundigte ich mich lachend.

Frag meinen Ergometer, konterte Fritz, der jede Nacht an die 100 Kilometer auf dem Trainingsfahrrad in seinem Mitarbeiterzimmer zurücklegte.

Er war mit Anfang 60 noch in Topform, das musste ich neidlos anerkennen. Vor 30 Jahren war Fritz vollkommen anders gewesen. Als ich in Ischgl als Kellner angefangen hatte, hatte er ganze Nächte durchgesoffen und dabei mindestens 100 filterlose Zigaretten geraucht. Seine dunklen Augen waren blutunterlaufen gewesen, und vom vielen Schnaps hatte er eine dunkelrote Nase und eingefallene Wangen bekommen. Trotzdem hatte er mich als kleinen Garcon de Restaurant vor all den anderen Drecksgestalten in Schutz genommen, vor dem brüllenden Monster eines Chefkochs, den blasierten pseudofranzösischen Restaurantleitern und den trinkgeldgeilen Zahlkellnern im hauseigenen Nachtklub und der ebenfalls im Bauch des Hotels befindlichen Diskothek.

Ein bisschen war ich sein Ziehsohn und er mein zufälliger Vater gewesen, ich glaube, er hatte immer Kinder haben wollen und sich zeit seines Lebens nach einer Beziehung gesehnt, aber es hatte sich einfach nicht ergeben für ihn, der zuerst ein paar ukrainischen Huren auf dem Leim gegangen war und sich danach in das eine oder andere Abenteuer mit einer Tiroler Kellnerin gestürzt hatte, mit ziemlich mäßigem Erfolg, weshalb Fritz die Frauen im Allgemeinen und seine verflossenen Bräute im Besonderen verfluchte.

Schwamm drüber, sagte er mit leiser Stimme und bestellte noch ein Mineral mit Zitronensaft für sich und mir den ungefähr fünften Kensington Sour.

Wir lehnten uns gegen den Tresen der ovalen Hotelbar und redeten die alten Zeiten herbei, in denen die Zahlen schwarz und die Augen rot gewesen waren, die Nächte so kurz wie die Abrechnungen lang, es waren goldene Zeiten auch für einen bescheidenen Speisenträger wie mich gewesen, ich konnte mir am Ende der Wintersaison eine *Rolex Daytona*, ein Motorrad oder meine Schulden in den Nachtklubs von Ischgl leisten, und nebenher hatte ich auch Geruch der weiten Welt und des internationalen Jetsets kennengelernt. Von diesem oberflächlichen Glanz war nicht viel übriggeblieben, die Karawanen des Show-Offs waren weitergezogen, und Ischgl lebte immer schlechter von seiner Vergangenheit aus rotem Plüsch, verstaubenden Champagner-Großflaschen und noch immer überzogenen Preisen.

Als ich gegen 1.30 Uhr früh mein Zimmer 283 betrat, lag auf meinem Doppelbett ein verpackter Karton. Weißblaues Geschenkpapier, rote Schleife, daneben eine Karte mit der Aufschrift: »Welcome in Ischgl. Relax, if you can …« Die Box hatte in etwa die Größe einer Hutschachtel, ein hübsch verpackter Würfel, der mich sofort misstrauisch machte. Etwas an diesem Paket stimmte nicht, das war mir gleich klar. Ich rührte nichts an, sondern wählte die Nummer der Ischgler Polizeistation. Gruber hob sofort ab, ich hatte nicht einmal das Freizeichen gehört. Anscheinend hatte er meine Nummer bereits auswendig gelernt oder sie zumindest auf seinem Diensttelefon gespeichert.

Was ist los, fragte Gruber hellwach.

Da ist ein Paket in meinem Zimmer, antwortete ich, ich habe noch nichts angerührt, und ich werde es auch nur in Ihrer, Verzeihung, in deiner Gegenwart öffnen.

Ich komme sofort, antwortete Gruber.

Im Hintergrund hörte ich ein paar Polen in ihrer mir vertrauten Sprache nach einem Anwalt und nach etwas Kokain flennen.

Maul halten, fluchte Gruber zu den Zellen hinüber, dann unterbrach er die Verbindung und machte sich auf den Weg ins *M-Hotel*.

Nicht einmal drei Minuten später stand Gruber neben mir im Hotelzimmer. Die Uhrzeit, exakt 1.43 MEZ, war ihm nicht anzumerken, 28 Dienstjahre in Ischgl hatten ihn irgendwie alterslos gemacht.

Wer macht den Scheiß auf, du oder ich?

Sein Tiroler Gebirgs-Du machte mich mit einem Schlag sentimental. Irgendwie gehörte ich noch immer hierher, in dieses verdammte Paznauntal im Bezirk Landeck. Ganz langsam ging ich zum Bett hinüber, beugte mich über die verpackte Hutschachtel, löste unter den wachsamen Augen des Polizeikommandanten Gruber die rote Schleife, befreite einen unscheinbaren beigen Karton vom weißblauen Geschenkpapier und löste vorsichtig den Deckel.

Was ist drin, fragte Gruber ungeduldig.

Ein paar Augenblicke sagte ich gar nichts. Nur eine Träne floss meine rechte Wange herab.

Eine Kinderhand, antwortete ich leise.

Und ich wusste sogar, welche. Ich hatte diese Freundschaftsbänder am Handgelenk eines Zehnjährigen gesehen. Der Junge war neben mir im Flugzeug nach Innsbruck gesessen. Seine Familie machte Urlaub im *M-Hotel*, nur ein paar Korridormeter weiter. Der nächste Mord hatte sich nur wenige Schritte von meinem Hotelzimmer ereignet.

*

Morgens hocke ich am Frühstückstisch, aber eigentlich ist nichts mehr so wie früher. Ich habe mein Zimmer in eine Art Grabkammer verwandelt, die Wände starren mich finster an und sind in ein unsagbares Schwarz aus Tausenden klugen Sätzen und Worten getaucht, auf dem Schreibtisch brennt eine Totenkerze langsam herunter, und durch die Dr. Dre-Kopfhörer sickern dunkle Mollsonaten in mein Gehirn und lähmen alle Gedanken.

Stundenlang liege ich auf meinem Bett, ausgestreckt, die muskulösen Beine angespannt, die Hände auf meinem Bauch gefaltet, mit einem Zettel am großen Zeh, ich möchte mich sterben fühlen, aber ich schaffe es nicht, ich warte, bis meine Mutter mit der flachen Hand an das Zimmer klopft und mich zum Aufstehen mahnt, Antoine, in einer halben Stunde musst du los, in die Schule, und dann stehe ich auf, müder, als ich am Abend zuvor gewesen bin, mit einer unsichtbaren Bleiplatte auf den Schultern, auf der Brust, auf dem ganzen schlaksigen Körper, ich spüre jemand anderen aufstehen, unter der Dusche frieren, vor dem Spiegel die Frisur zurechtkämmen, sich in irgendwelche Kleidungsstücke zwängen, eine fremde, jeden Tag etwas länger werdende Gestalt, nur noch entfernt mit meinem Gesicht aus der Kindheit verwandt.

Vorsichtig öffne ich die Tür meines Zimmers, husche mit dem Schulrucksack über die Schwelle und versperre mein Verlies, gehe rüber in den Frühstücksraum, schlürfe meinen Kakao, sehe meinen Eltern beim Dahinwelken zu, mein Vater, unruhig wie ein Killer, der die falschen Leute umgelegt hat, meine Mutter, dahingerafft vom vorzeitigen Altern, mein Bruder, in seine dunklen Geschäfte und Machenschaften verstrickt, und die Wirtschafterin, die uns seit Jahren schon den Haushalt führt und die das Seufzen wie eine zweite Sprache beherrscht.

Alles ist so verdammt eingeübt, das ganze wohlstandsverwahrloste Elend in dieser luxuriösen Wohnung im 16. Arrondissement. Meine Freunde Mo und Rod waren ganz begeistert davon und haben sich an diesem Luxus kaum sattsehen können, aber ich würde hier lieber eine Bombe reinwerfen, 300 Kilogramm Dynamit, und wumms, meine ganze verdammte Familie würde sich in Schutt und Asche aufgelöst haben.

Woran denkst du, fragt meine Mutter.
Was führst du im Schilde, fragt mein Killervater.
Er wird zu viel gewichst haben, sagt mein älterer Bruder, und die Haushälterin seufzt dazu wie eine alleswissende Mülltonne.

Um 7.25 Uhr stehe ich wie ein Automat auf und verlasse den fünften Stock des Belle-Époque-Hauses, wo einer der Lumière-Brüder gewohnt haben soll, ich trete hinaus in einen Tag, der kein Tag ist, sondern eine Art amerikanische Nacht. Ich treffe einen Kumpel, dann den nächsten, ich schwätze mich durch den Schultag und bekomme durchschnittliche Noten, ich laufe unsichtbaren Schienen entlang und hoffe, das mich irgendein entgegenkommender Schnellzug überrollt, aber dann bin ich doch wieder daheim in meinem abgedunkelten Kinderverlies und male lange Buchstabenreihen auf die ehemals weiße Wand, die sich langsam mit Zitaten von Albert Camus, Jean-Paul Sartre, von Houéllebecq und Thomas Bernhard, von Foucault, Derrida, von wem auch immer füllt, ich verstehe die Texte sowieso nicht, und alles fließt an mir vorüber, als ob ich nur ein lebloser Kieselstein in einem reißenden Fluss wäre, die

Kindertotenlieder in den Dr. Dre-Kopfhörern, Mozarts letzte Sinfonie, Beethovens Neunte, Schuberts Lieder am Ende des Lebens, alles von Tod und Sterben umhüllt, begraben unter unsichtbaren Lawinen aus schmutzigem Schnee.

Mein Vater will eine Woche nach Ischgl, wo immer das ist, in Österreich, weiß Google, irgendwo in den Alpen, so ein Wintersport-Ressort mit 45 Liftanlagen und Dutzenden Diskotheken, wie geschaffen zum Abspannen und Ausrasten und Durchdrehen und was auch immer, egal. Ich höre meinem Vater sowieso nicht mehr zu. Ich lasse ihn reden wie einen aufgedrehten Wasserhahn. Manchmal stelle ich ihm noch eine belanglose Frage.

Hast du schon einmal jemanden sterben gesehen, Papa?

Um ein Haar wären wir in der Seine gelandet oder gegen einen Hydranten gerast. Mein Vater hat das Steuer verrissen, und der schwarze BMW wäre beinahe in eine Fußgängergruppe gedonnert. Irgendwie cool, diese kleine Schrecksekunde: vorne schweres Atmen. Hinten ungläubiges Staunen.

Ich meine, einen Toten. Hast du schon mal einen Toten gesehen, Papa?
   Ja (sehr leise geflüstert).

Der Wagen blubbert im Leerlauf dahin wie ein mürrischer Dackel.

Und wie war das für dich?
Er hat wie ein Stück Holz ausgesehen.

Komische Antwort. Ich ploppe an einem Kaugummi herum und starre aus dem getönten Fenster. Regen, gestikulierende Taxifahrer, gleichgültige Passanten, CCTV-Kameras auf jeden zweiten Wagen gerichtet. Im Radio wird vor einem bevorstehenden Terroranschlag gewarnt.

Lern lieber Latein, anstatt solche Fragen zu stellen, murmelt mein Vater und fährt weiter in den Nebel hinein, oder geh wenigstens wieder zum Ballett. Sperr dich nicht wie ein Idiot in dein Zimmer. Oder guckst du dir etwa diese ... Filme an?

Sein suchender Blick im Rückspiegel, sein halbes Lächeln, dieses halbseidene Zwinkern.

Welche Filme denn, Papa? Ach so, die. Naja, manchmal. Aber eher selten.

Ich zucke mit den Achseln. Der Blick meines Vaters löst sich von mir und gleitet in den einbrechenden Abend hinaus. In eine ganz gewöhnliche Hölle.

*

Ich spiele mit Didier Squash in einer Sporthalle nahe dem Bois de Boulogne, aber ich kann mich nicht auf das Spiel konzentrieren, dresche mit dem Schläger auf den gelben Ball ein, verfluche die von Tausenden Treffern gezeichneten Wände, den blöden Belag, den vor Schweiß dampfenden Raum.

Didier lacht über meinen krankhaften Ehrgeiz, er hat noch nicht die Schlagzeilen von vorgestern Abend gelesen, Mord in der Rue Lauriston im 16. Arrondissement, an einem norwegischen Callboy namens Eric Johansson, 27 Jahre alt, ein Mord mit 43 Messerstichen, wie die Obduktion ergeben hat *(ich dresche den nächsten Squashball ins Out, Didier lacht, du hast wirklich keinen blassen Schimmer, mit wem du da spielst, Freundchen)*, der unbekannte Täter ist flüchtig, wahrscheinlich ein Mord im Sexrausch, das Opfer war mit Handschellen an einen auf Höchststärke eingestellten Heizkörper gefesselt, Brandwunden den gesamten Rücken hinunter, ein Schwarz-Weiß-Foto des Callboys, aus einem alten Pass kopiert oder so, ein verschlossenes, in sich gekehrtes Gesicht, breite Lippen, hohe Wangenknochen, alles andere als hässlich. Ich starre gegen die Decke der Squashhalle. Spiele weiter. Begehe einen Fehler nach dem anderen und verliere haushoch gegen Didier.

Nach einer Stunde Squash stehe ich unter der Dusche, den Strahl eiskalt eingestellt, aber ich spüre nichts mehr, weder die Kälte noch die Hitze noch den Lärm noch die Stille, ich schmecke und rieche kaum etwas, weder das Bier in der Kneipe vor mir noch den Burger, die Pommes, was tue ich in der Kneipe, warum rede ich noch mit den Kumpels, die ich seit der Studienzeit kenne, alles scheint so weit weg gerückt zu sein, wie in ein anderes Leben gestellt.

Ischgl, sagt Pierre, aber er spricht diesen Wintersportort ganz komisch aus, wie einen alten Französischen Vornamen oder so, wir könnten alle zusammen nach Ischgl fahren, oder?

Ich zucke mit den Achseln, denke an das Messer in meiner Hand, das Brotmesser von vorgestern, das ich nachts um 3 Uhr in den Hausmüll geworfen habe.

Okay, packen wir unsere Skiausrüstung zusammen, nehmen wir zwei Taxis nach Roissy, und dann die nächste Linienmaschine nach Innsbruck. Hinein in die Schneemassen, in den Wintersturm, in den Après-Ski, vielleicht haben die auch ein paar Tabledance-Bars dort.

Mit einem Schlag bin ich wieder so unternehmungslustig wie früher. Aber es kann auch die Prise Koks sein, die ich vor zwei Minuten am Herrenklo inhaliert habe.

Todsicher, meint Didier, der sich gerade von seiner Frau getrennt hat und von diesem Vorhaben genauso begeistert ist wie jeder in unserer dämlichen Runde.

Irgendwie sind wir alle wieder sechzehneinhalb, nur dass wir jetzt die ersten Gesichtsfalten kriegen und im Schnitt zwei unterhaltspflichtige Kinder haben, eine verhärmte Ehefrau, die früher mal toll im Bett gewesen war, alles verdammt lange her, der Schneematsch von gestern, zu einer vagen Erinnerung, zu einer Lebenslüge verkommen.

*Wir waren glücklich. Wir mögen uns immer noch. Wir bleiben gute Freunde. Wir verlieren uns nicht aus den Augen.*

Was für ein billiges Drama, was für eine schlechte Komödie, was für ein mieser Sellout unsere Existenz geworden ist, ich ringe nach Luft, in der Kneipe, später draußen auf der Straße und danach im Taxi, neben mir auf der Rückbank die Zeitung von gestern, gefaltet, gelesen und weggelegt, der Mord in der Rue Lauriston. Motiv unbekannt. Täter flüchtig. Das Mordopfer wurde bereits obduziert. Ein Stück beschlagnahmtes Ex-Leben, das langsam zu verwesen beginnt, in seinem Sarg, auf seinem Weg in die norwegische Erde, er wird überführt werden, steht in der gefalteten Zeitung von gestern geschrieben, Norwegen, Tromsø, nördlich des Polarkreises, wo es Fjorde und Lachse und Rentiere gibt. Und vielleicht noch Preiselbeeren im Sommer.

Ich stelle mir eine zerklüftete, vom europäischen Nordmeer umspülte Steilküste vor, und irgendwo zwischen den Felsen einen kleinen Fischerhafen, der Ersfjordbotn oder so heißt, einige bunt angestrichene Häuser in einer steinigen, vielleicht baumlosen Landschaft, eine Schotterstraße führt zu einer schneeweißen Holzkirche hinauf, umgeben von einem Friedhof. Ein mürrischer Kerl in einem blauen Arbeitsanzug beginnt an der nächsten Grube zu graben, drei Meter lang, zwei Meter tief, einen Meter breit, gerade breit genug für den Sarg, der in zwei Tagen aus Paris eintreffen wird, einen Sarg mit einem schaurig zugrunde gegangenen Leben. Eric wird auf dem Grabstein stehen. Eric Johansson. Geboren 1993 Gestorben 2020. Oder so ähnlich.

*

Wir treffen uns in einer Lounge des Frankfurter Flughafens: Tim, Marco, Jerome, Alexandre, Dennis und ich. Jeder ist aus einer anderen Großstadt gekommen, Tim aus Kopenhagen, Marco aus Miami, Jerome aus Amsterdam, Alexandre aus Mailand, Dennis aus Tokio und ich aus Paris. Wir sind zu diesem Shooting in I-Plus unterwegs (da wir den seltsamen Ortsnamen allesamt nicht aussprechen können, sagen wir einfach I-Plus dazu), in dieses angebliche Ibiza der Alpen.

Wir sind alle Jungs unter 20 und mindestens bisexuell, unsere Gesichter kann man in den Modejournalen und den Supplementen internationaler Zeitungen bestaunen, wir sind Fleisch gewordene Litfaßsäulen, die teure Zeitmesser, Parfüms oder edle Kollektionen bewerben. Irgendetwas, das zu überhöhten Preisen in den Shopping Malls dieser Welt verhökert werden muss.

Du hast wirklich den verdammten Durchbruch geschafft, lächelt Dennis und hält mir sein Smartphone mit dem riesigen *Paco-Rabanne*-Werbebanner irgendwo in Japan entgegen.

Hoch über den verstopften Straßen einer Großstadt ist ein Wandbild mit meinen Augenbrauen, meiner Nasenspitze, meinen markanten Wangenknochen und natürlich den verdammten Sommersprossen zu sehen: Wie der nächste Messias lächle ich von einem Hochhaus auf die konsumierenden Massen herab, der kleine, unbekannte Franzosenjunge, der *Paco Rabannes* neuen Duft unübersehbar bewirbt.

Was hast du dafür bekommen, fragt Marco, für den alles und jedes einen Preis haben muss, und zwar einen ziemlich hohen.

Ich sage ihm eine Zahl, die mir grauenhaft übertrieben vorkommt, ich habe sie vor fünf Minuten am Klo von meinem Online-Konto abgelesen, während mir Jérôme einen geblasen hat, es war echt geil, seine weichen vollen Lippen da unten zu spüren und gleichzeitig auf die obszön hohe Überweisung zu starren, eine wirklich gefährliche Zahl aus einer Fünf und einigen Nullen dahinter, ich habe abgespritzt wie ein Hydrant und dabei nicht einmal gewusst, ob es wegen dem Blasen war oder der vielen Kohle.

Ich glaube, ich bin jetzt reich, sage ich zu den Jungs und gebe eine Flasche Jahrgangs-Champagner aus, den mit den Blumen auf der Flasche, für den man in der Lounge extra bezahlen muss, aber egal, was sind lumpige 300 Euro gegen die Monstergage eines Edelkonzerns?

Ich bekomme ein Kribbeln im Bauch, die Gänsehaut wuchert auf meinem haarlosen Armrücken, und die Leute in der Lounge starren uns an wie goldene Kälber.

Wir stecken unsere Köpfe zusammen und checken gegenseitig die Aufnahmen unserer letzten Sessions für irgendwelchen Edelschrott, der genau eine halbe Saison en vogue sein wird: auf den Luxusjachten, in den VIP-Klubs und den überteuerten Privatschulen dieser Welt. Auf der Haut von unterbelichteten Konsumenten mit zu viel Kohle und zu wenig Geschmack.

Wisst ihr, dass es in I-Plus gerade eine Mordserie gibt, fragt Marco und zeigt uns einen Bericht von *France24* auf dem Smartphone.

Echt? Ist ja krass, zeig mal den Bericht her, seit wann

drückst du dir *France24* rein, bist du schon 100 Jahre alt oder so?

Marco zuckt verlegen mit den Achseln, lässt sein Smartphone kreisen, und jeder von uns wirft einen oberflächlichen Blick auf die Story: ein Psychopath, der anscheinend wahllos irgendwelche Leute niedermetzelt. Ein leichter Schauer wandert über meine trainierte Rückenmuskulatur, noch ein Gläschen Belle Époque, ich mag diese schöne, altmodische Flasche mit den Anemonen darauf, elegant und distinguiert, wie aus dem vorletzten Jahrhundert gebeamt.

Was glotzt du so romantisch, kichert Dennis, unser Jüngster, noch keine 18 Jahre alt, der nächste heiße Junge von nebenan, zarter Körper, kantiges Gesicht, weiche, üppige Lippen, blaue Bergseeaugen und ein Lächeln, das wie eine Panzerfaust einschlägt – ich bekomme einen Ständer, wenn ich ihn anschaue, ein guter Indikator für das nächste große Geschäft. *Sex sells* – immer noch ohne Ende.

Vergessen ist der Alltag, die Mordserie in Ischgl und das nächste Shooting in unseren Outlook-Kalendern. Ich hebe das Glas und starre die Perlensäulen an, die hübschen Gesichter der anderen Jungs verschwimmen dahinter zu milchigen Statuen, zu einem Getuschel aus Französisch, Spanisch und Englisch mit den mehr oder weniger schweren Akzenten.

Noch sind wir begehrte Models, aber in wenigen Jahren werden unsere Körper von Millionen von Blicken zerfressen und von den zahllosen Werbekampagnen ruiniert worden sein. Ausgelaugt von Hunderten Shootings, den vielen Afterwork-Partys und den zahllosen Sexpartnern, wird unser Märchen zu Ende erzählt sein, ohne am Ende eine Moral aufzuweisen, am besten, wir trinken noch ein Gläschen und verzichten auf die Kanapees, die dazu gereicht werden, im Flugzeug nach Innsbruck werden wir uns hinter schwarzen Schlafmasken totstellen und zu schlafen versuchen. Nach ein paar losen Träumen werden wir durch das Bullauge eine kurze Rollbahn und ein paar Gebäude erkennen: den Innsbrucker Flughafen, umzingelt von schneeweißen Bergen.

*

Wir treffen uns nachts auf dem Pont Neuf. Das orangefarbene Licht der Laternen zeichnet flackernde Schatten auf unsere Gesichter. Meine Mutter trägt einen eleganten schwarzen Mantel, ihr dunkelblondes Haar ist hinten zu einem Dutt geknotet, und sie hat dunkle Ringe unter den geröteten Augen. Sie zündet sich eine Zigarette nach der anderen an und stößt den Rauch in vielen kleinen Ringen aus. Sie hat ihr dunkelstes Make-up aufgelegt, und ihre Haut wirkt blass und porös, irgendwie krank. Zuerst reden wir Minuten lang nichts, weil wir selber kaum begreifen, dass wir hier stehen, nachts um 1.45 Uhr auf dem Pont Neuf, genau in der Mitte der Brücke, wir sind auf einander zugegangen wie zwei Liebende, die sich aus den Augen verloren hatten. Vor gefühlt 300 Jahren.

Verlegen drücke ich meine Kippe aus (eine Gitane ohne Filter, wie dieser Französische Schauspieler mit den schwarzen Haaren und dem traurigen Blick, dessen Name mir jetzt nicht einfallen will) und sehe in das Gesicht jener Frau, die mich in die Welt gesetzt hat: Ich empfinde ziemlich wenig für sie. Eigentlich gar nichts. Was Liebe ist, habe ich längst vergessen.

Vielleicht habe ich mit zwölf eine Ahnung davon gehabt. Am Muttertag oder zu Weihnachten. Ich weiß auch nicht. Ziehe an meiner filterlosen Zigarette und überlege, was allein in den letzten Monaten so passiert ist: Ich habe die Schule geschmissen und Marihuana geraucht, bin zum Koks gekommen, habe so viel Zeugs reingeschnüffelt, dass ich mit dem Dealen anfangen musste, und eigentlich bin ich ganz gut im Verkaufen. Zumindest sind die ukrainischen Lieferanten zufrieden mit mir.

Meine Mutter erzählt mir, dass Antoine in die Kinderpsychiatrie eingewiesen wurde. Nachdem er sein Zimmer tagelang nicht verlassen und auch auf heftiges Klopfen nicht reagiert habe. Ein Selbstmordversuch, hat der Hausarzt konstatiert. Und ein paar Tage später ist sogar die Polizei dagewesen. Die Flics haben mein Zimmer umgedreht, aber nichts außer einem angeschwärzten Löffel und Mikrospuren von Koks gefunden.

Sie suchen dich trotzdem, flüstert meine Mutter und versucht, meine Haare zu streicheln, als ob ich wirklich erst zwölf oder so wäre.

Eigentlich ist es der Polizei gar nicht so sehr um die Drogen gegangen, fährt meine Mutter fort und sieht in den einsetzenden Regen hinaus, sie sind eher einem Mörder auf der Spur, der einen Callboy auf besonders grausame Weise umgebracht hat.

Und was habe ich damit zu, frage ich leise und denke an das kleine Apartment eines meiner allerbesten Kokainkunden.

Man hat dort deine DNA-Spuren gefunden, sagt meine Mutter, letztes Jahr haben sie dich ja bei einem versuchten Diebstahl erwischt und damals einen Mundabstrich genommen.

Klar muss ich dort jede Menge Spuren hinterlassen haben, antworte ich, ich war mindestens 30 Mal bei dem Typen in der Wohnung, nebenan hat so ein magersüchtiges Model gewohnt, das auch hin und wieder etwas vom guten weißen Stoff haben wollte.

Aber du hast doch keinen Mord begangen, entrüstet sich meine Mutter, und ich schüttle den Kopf wie ein Elfjähriger, der abstreitet, Omas beste Vase mit einem Fußball abgeschossen zu haben.

Hey, ich habe den Typen nie angefasst! Warum hätte ich ihn auch umbringen sollen, er hat immer alles bezahlt, die Schwulen sind so, die feilschen nie und bezahlen in bar, das sind meistens großzügige Menschen, zumindest Eric war so. Wer zum Teufel kann ihn so abgemurkst haben, ich war's nicht, ich, ich, ich – ich weiß gar nicht wo ich hin soll mit meinem verdammten *ich*.

Ich versuche, mich zu beruhigen und stecke mir die nächste Zigarette in den Mundwinkel. Meine Mutter gibt mir Feuer und sieht mir dabei tief in die Augen, ein fragender Blick, der hin und her schwankt zwischen der bedingungslosen Liebe zu mir und ihrem Ekel über uns alle: der Ehemann abgehauen, der zweite Sohn in der Klapsmühle, und ich, setzt sie leise hinzu, ich habe Krebs.

Was hast du gesagt?
Krebs. Bauchspeicheldrüsenkrebs.
Verdammt, hey. Dann solltest du aber nicht mehr rauchen, Mama.
Das spielt jetzt auch keine Rolle mehr, sagt sie wie ein widerspenstiges Lehrmädchen aus der Provinz, und gibt sich selber zum wiederholten Mal Feuer, ich lebe

noch neun Monate oder ein Jahr, anderthalb vielleicht. Und ich sage dir eins: Es wird kein schöner Tod werden.

Ich finde es cool und erschreckend zugleich, dass sie so offen darüber reden kann. Ich meine, ich könnte das nicht: so einen Meter vor meinem Sohn stehen, ihm tief in die Augen schauen und mit Grabesstimme verkünden, dass ich in einem guten Jahr aus diesem Leben verschwinden werde. Und nicht nur das: Meine Mutter kann sich bereits richtig gut ins Sterben einfühlen.

Richtig dahinsiechen werde ich. Und röcheln dabei. Schreien und dann vor Schmerzen ohnmächtig werden ...

Hör bitte auf mit dem Scheiß, Mama! Du darfst einfach nicht sterben, verstehst du?

Sie sieht mich so traurig und hoffnungslos an, dass ich es einfach nicht mehr aushalte.

*Ahhhhhhh, Scheeeeeeiiiiiißßßßßßeeee* – diesen Schrei muss jetzt die ganze Stadt gehört haben.

Richtige Tränen laufen über meine Wangen. Seit ungefähr 1000 Tagen wieder einmal.
    Meine Mutter streichelt mein Gesicht.
    Ihre Hand ist nasskalt wie dieses Scheißwetter.

Ich drehe mich um und laufe davon.

Laufe davon vor dem Sterben.

Vor dieser einsamen traurigen Figur auf dem Pont Neuf.

Ich sollte mich umbringen.

Sollte von dieser Brücke springen. Irgendwohin in die Kälte hinein. In die Seine, zwölf Meter unter der Brücke. In dieses trübe, flüssige Braun, das jeden Landschaftsmaler zur Verzweiflung treibt. Ich bin auf der Flucht. Die Cops sind hinter mir her. Ich habe nichts gemacht, außer ein bisschen gedealt. Soll ich eben zwei Jahre irgendwo absitzen, egal. Aber ich habe keinen Mord begangen, ich kann das gar nicht. Nicht einmal gegen viel Kohle.

Auf der Champs-Élysées bleibe ich stehen. Schaue in irgendein Schaufenster, versuche, mein verweintes Gesicht zu ignorieren, und starre mich trotzdem aus den Augenwinkeln heraus an. Da stehst du jetzt, Pat. Du halber Drei-Buchstaben-Mensch. Du verpisster Scheißkerl. Du kleiner mieser Dealer. Du Viertelverbrecher, du Großmaul und Kleinwichser, du letzter Arsch auf diesem Planeten. Du, DU, DU!

Achselzucken. Ein bisschen Speichel tropft zu Boden. Die Wut ist weg, die Gitanes sind verraucht, ich könnte einen Hamburger vertragen und zweieinhalb Liter Coke.

In meinen Taschen knistern die 500-Euro-Scheine. Ich habe alles, was ich kriegen konnte, zusammengerafft. Und nun? Keine Ahnung. Ich habe nur diese Ziegenlederjacke, einen grauen Sweater und knallenge Jeans mit faustgroßen Löchern an den Knien an, dazu Stiefeletten von irgendeinem Promischuster im 6. Arrondissement. Ich sehe aus wie eine Mischung aus Kleindealer und einem Erstsemestrigen an der Sorbonne. Aber ich fühle mich wie ein Freeclimber, der keinen neuen Griff mehr wagen will in der steinigen Vertikalen. Stürze ich ab? Klettere ich doch weiter diese Felswand hoch? Oder soll ich mich einfach nur fallen lassen? In die Dunkelheit, in das Nichts hinein. Einem letzten Aufprall entgegen.

*

Die Mutter des Jungen sah durch mich hindurch, als ob ich aus Glas wäre. Sie rauchte eine filterlose Zigarette und war vollständig von einer tränenlosen Verzweiflung erfasst. Ihr Ehemann telefonierte hektisch mit irgendwem, wahrscheinlich mit seinem Anwalt, hatte einen Tumbler mit etwas Bernsteinfarbenem in der anderen Hand und versuchte, die Kontrolle über das Unkontrollierbare zu bekommen.

Nicht das Schicksal hatte zugeschlagen, sondern ein mieser Serienkiller das nächste Opfer getötet – einen kleinen lebhaften Jungen mit großen, neugierigen Augen (ich blickte auf das Bild, das auf dem Glastisch der Juniorsuite lag). Ich biss mir auf die Lippen und fühlte jeden einzelnen Buchstaben des Wortes O.H.N.M.A.C.H.T wie eine tonnenschwere Stahlplatte auf mir.

Fritz stand etwas abseits und kaute an seinen Fingernägeln herum. Die Suite des Ehepaars war vom Gestank dieser grauenhaften Nachricht erfüllt, in meinem Zimmer ermittelte bereits der Spurendienst, Hundertpfund von der Kripo Innsbruck war gekommen und musterte mich nicht ohne ein gewisses Maß an Misstrauen.

In Kürze würde »Mordmeldung« wie ein Lauffeuer durch den Medienwald gellen, die Übertragungswagen vor der Polizeistation und dem *M-Hotel* würden die Nachricht in die Nacht hinaus senden, und viele Millionen Medienkonsumenten würden mit hochgezogenen Augenbrauen und entsetztem Gesichtsausdruck die neuesten Schlagzeilen aus Ischgl verfolgen.

Nachdem sich der erste Schock gelegt hatte, brach die Mutter des toten Jungen doch in hemmungsloses Weinen aus, der Sprengelarzt kam und gab ihr eine Spritze, ihr Ehemann tätschelte professionell und kühl ihre Wangen, sein Smartphone glühte noch immer an seinem Ohr, wahrscheinlich bekam er gerade detaillierte Anweisungen von seinem Luxusanwalt. Das Millionärsehepaar hatte den einzigen Infanten verloren, seinen kleinen Prinzen, den zukünftigen Erben ihres Werkzeugmaschinenimperiums. Dieser Junge war nicht nur einfach ein Kind, er war die hochgeschraubte und verdichtete Erwartung an die Zukunft schlechthin gewesen, seine Schulnoten waren brillant und die Aussicht auf eine erfolgreiche Unternehmensnachfolge vielversprechend gewesen.

Dieser sinnlose Mord hatte alles zunichtegemacht und stank uns alle wie meterhoher Müll an, mich am meisten. Ich hatte den Auftrag, den unbekannten Killer zu schnappen, tot oder lebendig, wie auch immer, die Postings in den Onlineforen würden millionenfach grausame Bestrafungsriten jenseits aller menschlichen Vernunft einfordern, aber so war es nun einmal in unserer Wut- und Hassgesellschaft, jeder hatte sich in seinem Drohgebäude wie ein Scharfschütze verschanzt und war bereit, im Namen einer höheren Wahrheit oder einer selbst definierten Moral um sich zu schießen, als ob es kein Morgen geben würde, kein Gestern, und erst recht kein Heute.

Mit einem Pappbecher Kaffee in der Hand ging ich die Fakten durch: Es gab diese Hutschachtel mit dem Kinderarm in meinem Zimmer und den möglichen Weg des Serienkillers, hier herauf in den zweiten Stock, von der Lobby her, es gab dort sogar eine Überwachungskamera, aber man konnte sich auch jenseits ihres Blickwinkels (um 01 Uhr 22 Minuten 24 Sekunden sah ich mich mit Fritz, Sellner und einem Irish Setter an der Hotelbar stehen, mit einem Tumbler Kensington Sour in der

Hand) an der Steinwand entlang zum Lift schleichen, vielleicht hatte der Täter diesen toten Winkel gekannt, vielleicht war er mit seinem niederträchtigen Geschenk auch über den Notausgang in das Gebäude eingedrungen, wo es keine Kameras gab, die Tür in den Korridor des zweiten Stockwerkes hätte auch von außen geöffnet werden können, sie war nicht einmal abgesperrt, aber der Zugang lag ziemlich versteckt und sei kaum bekannt, versicherte Fritz, der mir diese verborgene Glastür gegen 4 Uhr früh zeigte.

Um 6.30 Uhr rief ich meinen Chef am Privathandy an. Es läutete fünfmal, dann meldete sich mein höchster Vorgesetzter, eine knappe Stufe unter Gott und dem jüngsten Gericht. Ich zählte ihm die Einzelheiten des letzten Mordfalles auf, und dazwischen hörte ich den Inhaber des Goldenen Verdienstzeichens der Republik an einem Kaffee schlürfen, den ihm seine Ehefrau in die Hand gedrückt haben musste. Ich spürte, wie sich die Miene auf der anderen Seite des Satellitengespräches verfinsterte, wie die Augenbrauen des Kripochefs zuckten und die Mundwinkel steil nach unten kurvten, je länger und ausführlicher ich von den letzten Stunden in Ischgl erzählte.

Gibt es Anhaltspunkte, fragte der Chef so beiläufig, als würde er mich auf einen offenen Schnürsenkel hinweisen.

Wenige, antwortete ich bedrückt, bis jetzt keine heiße Spur, ehrlich gesagt, nicht einmal Fingerabdrücke oder verwertbare Informationen, als ob wir es mit einem Gespenst zu tun hätten.

Wenigstens das können wir ausschließen, antwortete der Vorgesetzte und lächelte höchstwahrscheinlich dabei, bitte kein Gespenst. Keinen Teufel. Keine Habergeiß. Oder einen anderen Mythos aus dem Sagenschatz des Alpenlandes. Aber im Ernst: Wer könnte die Tat begangen haben, was glauben Sie, fragte der Boss, der erste schnelle Verdacht weist oft auf den richtigen Weg.

Ich überlegte mehrere Sekunden, die wie Ewigkeiten dauerten. Im Osten dämmerte es langsam über den verschneiten Bergrücken des Paznauntals. In nicht einmal drei Stunden würde es hier von neugierigen Journalisten nur so wimmeln.

Jemand, der alles hasst, antwortete ich schließlich vage, jemand, der die Auswüchse des Wintersports vielleicht nicht ausstehen kann, am wenigsten den Après-Ski, wo die ersten Morde stattgefunden haben, aber auch vielleicht jemand, der damit nur eine falsche Spur legen will, jemand, der jedenfalls heimtückisch ist, kaltblütig und penibel, der genau weiß, was er da anstellt. Jemand, der keine Empathie empfindet und sich für den Größten hält, größer als Gott, schlauer als alle Menschen zusammen, und jemand, der Zeit hat, viel Zeit. Jemand, der beobachtet, ganz unauffällig und doch ganz genau, und dann aus dem Hinterhalt zuschlägt. Einer, der vielleicht sogar Vertrauen einflößen kann, den man nach dem Weg fragt zum Beispiel, sogar ein Kind würde mitgehen mit ihm. Dieser Unbekannte wirkt nach außen hin vollkommen harmlos. Er verbirgt seinen Hass, weil er weiß, wie gefährlich seine Fantasien, seine Begierden und Sehnsüchte sind. Es ist vielleicht sogar jemand, der sich mit polizeilichen Ermittlungen auskennt. Jemand, den ich kenne möglicherweise. Jemand, der …, ich unterbrach mich für ein paar Sekunden, bevor ich hinzufügte, eigentlich hätte ich es auch gewesen sein können.

Denken Sie nach, was Sie gerade gesagt haben – und vergessen Sie den letzten Satz, gab der Vorgesetzte trocken zurück, organisieren Sie eine Pressekonferenz, bauen Sie Fahndungsdruck auf und suchen Sie nicht mehr nach einem Phantom. Suchen Sie nach einem ganz konkreten, gewöhnlichen Menschen: Suchen sie nach einem wie uns.

# TEIL 3 – DEATH

In meinem Reisepass steht Tatjana, aber unter diesem Namen kennt mich hier keiner. In Ischgl heiße ich Jacqueline oder einfach Jacky. Ich bin Tänzerin im *Coyote Ugly*, von Ende November bis Anfang Mai. Wenn ich anreise, ist noch fast kein Schnee da, und wenn ich wieder abhaue, ist das Weiß beinahe zur Gänze geschmolzen. Dazwischen liegen 140 Samstage, in denen ich nachmittags im Dirndlkleid auf dem Tresen der *Schatzi-Bar* tanze und dann abends hinüber ins *Coyote* wechsle, wo ich mich in einem Minitanga an einer langen Metallstange winde, möglichst lasziv, mit dem wissend unschuldigen Blick, eingefroren für die ganze Wintersaison, diesem Blick, auf den so viele Männer abfahren.

Ohne uns Tänzerinnen würden die Kerle in Ischgl durchdrehen, mindestens 85 Prozent der Touristen sind Männer, die untertags Snowboarden, Carven oder einfach spießig Skifahren, aber abends müssen sie raus, auf die richtige Piste, müssen Alkohol bis zum Abwinken runterstürzen und sich mit einer Frau unterhalten, am besten mit einem geilen Mädchen, ganzkörperrasiert, mit atemraubenden Titten. Voilà, genau so bin ich, ganz wie ihr mich in euren schmierigen Fantasien vorstellt: lange blonde Haare, makelloser Körper, schlank und trainiert, Körbchengröße 85b, nicht zu groß, nicht zu klein, lange, sehr lange Beine, sehnig, kein Fett drauf, und jedes störende Körperhaar wurde dauerhaft entfernt.

Ich bin so wie Dutzende andere Mädchen hier, Mitte bis allerhöchstens Ende 20, wir sind wie Fußballspieler, mit Anfang 30 bist du draußen aus dem Geschäft, dann musst du es geschafft haben mit deinem Ersparten, um irgendwo eine Bar, einen Klub oder wenigstens ein Café aufzumachen. Vielleicht gelingt es dir sogar, dich an einem früheren Kunden heranzumachen, aber welcher halbwegs normale Mann mit riesigem Vermögen und fettem Porsche nimmt sich schon eine ehemalige Go-go-Tänzerin zur Frau?

Und dann gibt es noch diese Agentur-Typen, schmierige Zuhälter, die dich nach Ibiza oder Ischgl, nach Hamburg oder Rom, nach wer weiß wohin schicken. Von der Gunst dieser Halbkriminellen hängt es ab, in welchem Etablissement du landest, mitten im tiefsten Hinterland oder in einem tollen Highend-Klub in London, Paris, Mailand, Barcelona oder auch hier in Ischgl, diesem Ibiza in den Alpen, ich war auch schon in Ibiza, lauter Jachten und Cabrios und Partypeople der heftigsten Sorte.

Guten Abend, übrigens, ich heiße Jacky, und du, mein Schatz?

Eine Antwort, halb verlegen, halb großspurig in dieser schönen, nasalen Sprache.

O lala, du bist ein Franzose. Immobilienmakler. Parfait. Da verdient man doch gut. Noch dazu in Paris, dieser Hauptstadt Stadt der Liebe und was weiß ich alles. Du siehst, ich beherrsche den Small Talk in allen möglichen Sprachen, sogar auf Französisch, mit meinem rumänischen Akzent. Natürlich bin ich wie an jedem Abend furchtbar durstig, die Luft hier ist verdammt trocken, du hast ja dein Bier, aber ich benötige ein Fläschchen Champagner, das wirst du als Franzose doch einsehen: Ihr habt das Zeug schließlich erfunden.

Du nippst am grünen *Heineken*-Fläschchen und erzählst von deinem Leben, das so vollkommen anders verläuft als meines: Ich bin aufgewachsen in Timisoara, in einem Plattenbau aus den 60er-Jahren, Rumänien war ja früher ein richtig kommunistisches Land wie du vielleicht weißt, immerhin bist du ja schon 45 oder so, jedenfalls bin ich da aufgewachsen als kleines, dummes, nichts ahnendes Mädchen, bis irgendein Onkel und ein dubioser Cousin über mich hergefallen sind, wann und wo weiß ich nicht mehr, sorry, ich rede zu viel, daran ist der Champagner schuld, dieser *Perrier-Jouët* blubbert wie Mineralwasser die Kehle hinunter und lockert die

Zunge, der Sprudel aus Epernay ist viel besser als der Schaumwein, den man in den Supermärkten oder an der Tanke bekommt.

Nachdem ich irgendwelche Schulen abgebrochen habe, bin ich beim Tanzen gelandet, und ich fühlte mich großartig dabei: Mit 18 Jahren sind schon ein paar goldene Armreifen der pure Luxus für dich, eine coole Tätowierung oder High Heels von *Jimmy Choo*, die du dir endlich leisten kannst, und natürlich der Schampus, obwohl er dir nach ein paar Monaten die Magenschleimheute zerfetzt, aber das willst du, kleiner Franzose, nicht hören, eine Tänzerin soll schick und jung und verführerisch sein, weißt du was: Du trinkst jetzt noch ein Bier, und ich bestelle mir eine richtig schöne Flasche Champagner, nicht diesen Piccolo-Mist, sondern die normale Größe, ich hab in deiner Brieftasche eine schwarze *Amex* leuchten gesehen, wir Nutten haben einen Blick für so was.

Beim Wort »Nutte« kichern wir beide wie Teenager in der Schule vor uns hin, ich zeige dir meine lange Zunge, meine regulierten Zähne in Superweiß, du bekommst Appetit auf mich, ich sehe das an deinem flirrenden Blick, deinen brüchigen Sätzen, deinem Schweiß auf der Stirn, ihr Kerle seid alle gleich, egal ob ihr 17 oder 70 seid, weißt du, ich mache da keinen Unterschied mehr, ich schaue nicht mehr auf das bisschen Fett auf den Rippen oder das fehlende Kopfhaar oder die etwas fülligen Schenkel, mir ist das wirklich egal. In unserem Geschäft verkommt jeder Körper rasch zu einer Art Fleisch gewordenen Routine.

Ich schüttle mein langes Haar und zeige dir mein hübschestes Lächeln, weil deine Rechnung bereits über 600 Euros beträgt, davon kriege ich 15 Prozent, ich habe also 90 Euro mit dir und deiner nicht gerade günstigen Lust verdient, ich sauge dir die Kohle aus dem Sack, das ist mein richtiger Beruf: Solange du zahlst, bin ich dein einziges Mädchen, ja, 23 werde ich Anfang März, diesen Job mache ich seit vier oder fünf Jahren, aber ich halte mich mit den Aufputschmitteln und den harten Drogen zurück, nur manchmal, gegen Ende der Wintersaison, wenn ich das Ganze kaum mehr aushalten kann, nehme ich etwas Kokain oder Crystal Meth. Von diesem Zeug darfst du nicht zu viel nehmen, sonst wirst du noch völlig wirr im Kopf, die meisten Mädchen hier sind auf irgendwas drauf, diese gierigen Blicke, dieses aufgefressen werden bei lebendigem Leib – ohne stimulierende Substanzen ist das alles nur schwer zu ertragen.

So sind eben die Männer, und du, mein Immobilienhai aus Paris, bist auch nicht gerade die Ausnahme, du bist wie alle anderen hier, und jetzt bist du mein Beifang, mein Kunde. Nach zwei Stunden wirst du genug haben von mir, du wirst dich in dein Zimmer zurückschleichen und dir denken, diese verdammte Nutte war so was von geil, was würde ich drum geben, sie jetzt in meinem Zimmer 343 richtig zu vögeln, wie ich es seit anderthalb Jahrzehnten nicht mehr gemacht habe, ungefähr solange deine beiden Jungs auf der Welt sind. Vielleicht noch ein paar Mal in einem Urlaub am Meer. Falls es dort einmal einen Regentag gab.

\*

Das Skifahren ist wirklich nur Nebensache in Ischgl. Vormittags fahren wir anstandshalber die sauber präparierten Pisten hinab, spätestens gegen Mittag landen wir in einer Luxusskihütte auf der Idalpe, freunden uns mit der polnischen Kellnerin und einem Riesling namens *Singerriedel* an, eine schlanke, braune Flasche, goldenes Etikett, alles ein bisschen verschroben und edel, der Wein ist süffig und dicht, mit einer irren Strahlkraft ausgestattet, und was einem schrägen Sommelier noch dazu einfällt. Didier, Laurent, Thomas und ich, wir schütten das Zeug runter und wanken drei Stunden später hackedicht in die Winterlandschaft hinaus, dort oben auf 2.300 Metern Seehöhe ist der Schnee traumhaft, die Bergkulisse unglaublich, alles in diesem Winter-Wonderland scheint hingezaubert zu sein: aber nicht von einem Illusionisten, sondern vom Tourismusverband.

Wir nehmen die Gondel ins Tal und überlegen, was wir nachts alles anstellen werden, es gibt fünf Tabledance-Lokale hier, alle mit denselben Jackys, Tatjanas oder Aksanas aus Rumänien, Ungarn oder der Ukraine bestückt, edle Körper, lange blonde Haare, tolle Brüste, es ist zum Verrücktwerden. Und zum Geldausgeben natürlich. Die Augen der Go-go-Girls sind leer, ihre Worte dürftige Hülsen in einem Gemisch aus Englisch, Französisch und etwas Deutsch, woher du kommen, was du machen, oh, Immobilien, super, dann bist du sicher reich, komm, trinken wir Champagner, du musst trinken auch mit, kommst aus Frankreich, war ich schon mal, Nizza, Saint Tropez, die Côte d'Azur, mein Gott, wie schön das war, Jacky/Tatjana/Aksana, wie immer die Nutte heißt, gerät ins Schwärmen, sie säuft *Belle Époque* in tiefen, hektischen Schlucken, warum hat sie unbedingt diese Flasche aussuchen müssen, es ist die Lieblingsmarke meiner Frau, ich denke für ein paar Sekunden an Fabienne, wie weit sie schon von mir weg ist, wie fern wir einander geworden sind, wie verkümmert, geradezu fossiliert in unserer Scheinehe.

Trotzdem frage ich mich, was Fabienne in diesem Augenblick macht, ob sie gerade traumlos schläft oder mit weit aufgerissenen Augen in unserem Treca-de-Paris-Doppelbett liegt, in dem wir unsere beiden Jungs gezeugt haben, meine Familie, ein ferner, blass gewordener Traum vom wirklichen Leben, was haben wir gestritten, gelacht, gekämpft um das bisschen Glück, um die wenige Anerkennung, um diesen Anflug von Respekt voreinander. Vielleicht war es am Anfang noch Liebe oder wenigstens Zuneigung füreinander gewesen, aber jetzt, 18 Jahre später, hat sich unser Leben in eine gespenstische Leere verwandelt, in einen Lebensraum ohne jede Bedeutung.

Was denkst du, fragt die Nutte aus Rumänien, ihre Augen so groß wie Handgranaten, so leer wie eine Landschaft in Nordsibirien, so kalt wie der Weltraum, sie trinkt sich an meine Kohle heran, noch eine Flasche mit den Blumen drauf, aber diesmal in Rosa, voilà.

Sie lallt sich in ihre Rolle als Cashcow hinein und bietet mir sogar an, gemeinsam aufs Zimmer zu gehen.

Ich mache auch andere Sachen, verstehst du, alles, was du machen musst, ist, gehen zum Chef, da zum Andi hinüber, 500 Euro, und alles ist möglich, verstehst du, alles. In deinem Zimmer. 500 Euro. Und eine Flasche von den Blumen dazu. Keiner stellt hier Fragen, du wohnst doch hier in *M-Hotel* oder nicht, alle coolen Franzosen wohnen da, ist sehr verschwiegen hier, très discret.

Sie redet und säuft und säuft und redet, ich gehe für ein paar Minuten aufs Klo, haue mir ein paar Linien rein, die man hier beim Friseur oder dem Barchef im *Trofana-Royal-Hotel* bekommt, einem blassen Skinhead mit eingeschlafenem Gesicht, der auch mit gefälschten *Romanée-Conti*-Flaschen handelt. Sein kolumbianisches Marschierpulver ist aber okay, die Sperrlinien reißen die Dämme der Hemmungen nieder, der Alkohol tut sein Übriges, ich fühle mich gut, glaube, den Durchblick zu haben und einen ganzen Wald aus Bäumen ausreißen zu können, neben mir dröhnt sich ein vielleicht 20-jähriger Millionärsbengel am Waschbecken voll, er geht nicht einmal in die Kabine dafür, hat eine dicke Sperrlinie auf dem Waschbecken angelegt und schnieft den Stoff die Nasenschleimhäute hoch, er hat bereits dieses Zucken in den Augen, diese fahrigen Bewegungen, diese Unberechenbarkeit in jedem Wort, jeder Geste, er spricht mit sich selber, in einem Französisch mit dem Akzent der Leute aus Caen, dann kotzt er im Stehen und zuckt mit den Achseln, ich sehe hoch, und rechts neben dem Spiegel ist ein Zettel affichiert, auf dem in Englisch vor einem unbekannten Serienmörder gewarnt wird: »Caution, that guy has killed eight persons – take care!«

»Hey Dude! Relax if you can ...«, hat ein Spaßvogel mit rotem Lippenstift unter den düsteren Hinweis geschmiert. Vielleicht war es sogar der irre Psychopath selbst.

Ich wanke in die Nachtbar zurück, Jacky plaudert schon mit einem anderen Kunden. Sie hat mich längst vergessen, ich bezahle die absurd hohe Rechnung und lege noch ein irres Trinkgeld drauf, danach suche ich Didier, Laurent oder Thomas, aber alle drei Idioten scheinen sich längst verkrümelt zu haben.

Kurz nach 4 Uhr früh wanke ich die Stufen ins Zimmer hinauf, dritter Stock, ein paar fette Schweden liegen verkrümmt auf dem Boden, auf halbem Weg zu ihren Juniorsuiten verendet, dieser Korridor sieht aus wie ein Kriegsschauplatz, der Alkohol, die vielen weißen Sperrlinien, die Nutten, ein paar K.-o.-Tropfen oder andere geheime Substanzen haben ihre Opfer gefordert, ich steige über die dampfenden, röchelnden Körper hinweg, erreiche meine Zimmertüre, betrete die Juniorsuite und schließe hinter mir ab. Ich bin allein, endlich nur noch ich, mein gefährliches Lachen im Spiegel, diese verzerrte Grimasse über dem Wasserhahn.

Hey, Serienkiller, du hast Konkurrenz bekommen: Ich habe auch einen Menschen getötet, Eric, diesen Edelstricher im 16. Arrondissement. Ich habe ihn umgebracht, weil ich sein Lachen, seinen riesigen Schwanz, seinen trainierten Körper, sein Narbengesicht nicht mehr ertragen konnte, wie oft bin ich bei ihm gewesen, zehn- oder zwölfmal, stets atemlos und gehetzt, auf der Suche nach etwas, das es gar nicht gibt. Nicht auf dieser Welt jedenfalls, nicht in meinem scheiß Leben.

Ich bin am Ende. Irgendwann werden sie mir auf die Schliche kommen: die Bullen, meine Frau, meine Söhne.

Ich werfe einen Blick auf mein Smartphone, zwei Nachrichten blinken darauf. *Fabienne: Der Krebs wuchert weiter.* Und darunter: *Die Flics suchen Pat wegen Mor-*

*des. Weiß auch nicht, warum. Ich habe unseren Anwalt verständigt. Was soll ich nur tun* – fünf Fragezeichen.

Beide Nachrichten wurden vor nicht einmal einer halben Stunde gesendet. Als ich mir die letzte Linie reingezogen habe. Da unten im Bauch dieses verdammten Vollgashotels, irgendwo in den entzündeten Därmen von Ischgl.

\*

Ich überlegte, wo ich die Pressekonferenz abhalten sollte. Normalerweise entschied man sich in der Provinz für eine Turnhalle oder die örtliche Mehrzweckhalle, wo man problemlos ein Podium und 300 Stühle hineinstellen konnte, aber das hier war Ischgl, und eine Fahndungsdruck aufbauende Pressekonferenz sollte hier schon mit etwas mehr Glamour und Pepp inszeniert werden.

Fritz schlug die Diskothek *Pasha* in seinem *M-Hotel* vor, ein von Alkohol und Partyschweiß triefender Raum aus Hunderten Glitzerkugeln, Stroboskop-Scheinwerfern und Dutzenden Flatscreens, in der Mitte thronte eine Art Adventkranz aus zahllosen Hirschgeweihen, aber es gab auch eine riesige Leinwand, vor der nachts die Go-gos zu schrägen Visuals tanzten, entweder die Mädels aus dem benachbarten *Coyote* oder muskelbepackte Farbige, die mindestens bi waren und nicht viel mehr als eine *Ray Ban*-Sonnenbrille und eine Lederkappe aus dem Pornoshop trugen.

Eine Pressekonferenz der Kriminalpolizei würde ganz anders aussehen. Anstelle der animierenden Visuals würden die Aufnahmen der bisherigen Opfer über den Screen flimmern, mit genauen Angaben zu den Umständen ihrer Ermordung, vielleicht sogar mit dem einen oder anderen Schockfoto (ein abgetrennter Arm, die Nahaufnahme einer Tätowierung, ein entstelltes Gesicht) versehen, um die Empörung in der Bevölkerung gezielt zu erhöhen.

Wer von den einheimischen Gastronomen, Hoteliers oder Restaurantmitarbeitern könnte uns einen entscheidenden Tipp auf den unbekannten Serienkiller geben, wer hatte etwas gesehen, wahrgenommen oder war Zeuge von etwas geworden, das wir Fahnder und Ermittler noch nicht kannten? Ich versprach mir nicht besonders viel von dieser Pressekonferenz, während ich mit Fritz in der leeren Diskothek stand und die Location sondierte. Nicht gerade toll, aber sie war besser als gar nichts.

Vorne neben der Leinwand gibt es fünf Mikrofonanschlüsse. Deine Fotos oder Filme oder was du sonst noch vorführen willst, kannst du per Rückprojektion auf die zwölf mal fünf Meter große Leinwand werfen, du kannst Gruber, Sellner oder andere Kripobeamte präsentieren, es ist alles da, was du brauchst, machte mir Fritz den Mund wässrig, und das Beste ist, ich verlange nichts dafür, wenn du kommunizierst, wo deine Pressekonferenz stattfindet: in der heißesten Diskothek des gesamten Alpenhauptkammes, bei uns im *Pasha* in Ischgl.

»Relax if you can«, war in Neonbuchstaben auf die Diskokanzel gestanzt, darunter das Logo einer schwedischen Wodka-Marke, für deren Branding sicher Länge mal Breite geblecht worden war.

Ich brauche mindestens 200 Stühle und den gesamten VIP-Bereich für die Dutzenden Kamerateams, setzte ich nach und blickte fragend in das kantige Gesicht des legendären Hoteldirektors, aber Fritz wischte meine Bedenken mit einer raschen Handbewegung beiseite.

Kann ich alles aufstellen lassen, überhaupt kein Problem. Wann soll die Pressekonferenz stattfinden? Heute um 18 Uhr, morgen um 11 Uhr?

Wir einigten uns auf Dienstag, 15 Uhr. In nicht einmal 24 Stunden.

Wie kommunizierst du den Termin, fragte Fritz und wollte schon paar Tänzerinnen aus dem *Coyote* zum Flyern losschicken.

Hey, Fritz, das ist eine Pressekonferenz der Kriminalpolizei und kein Launch eines neuen Premium-Gins, antwortete ich lächelnd und schrieb mir ein paar Daten zur bevorstehenden Veranstaltung auf.

Ich hasste solche Pressekonferenzen, aber ich verstand meinen Chef, dass man nachlegen und den Unbekannten da draußen nervös machen musste. Vielleicht konnte man damit den Gesuchten aus seinem tristen Versteck locken oder zu einem entscheidenden Fehler bewegen.

Nach der Pressekonferenz würde jedenfalls eine Lawine aus Meldungen, Schlagzeilen und Spezialsendungen die kollektive Wahrnehmung fluten und hoffentlich den einen oder anderen Hinweis an die Oberfläche spülen. Vielleicht würde der nervös gewordene Täter auch ein riskantes Katz-und-Maus-Spiel mit uns beginnen. Falls er das tat, würden wir ihn bald aufspüren.

Was auch immer passieren würde, ich musste die Mordserie aufklären. Das ganze Land, ja halb Europa erwartete das von mir. Ich war der Sonderermittler in diesem Fall, und es war mein Job: Ich hatte es in der Hand, diesem Unbekannten das Handwerk zu legen. Ich durfte und musste es tun.

Kurz vor Mitternacht rief Elke, meine ehemalige Frau, an: eine Mittelschullehrerin, Anfang 50, voller Empathie und Mitgefühl. Sogar noch mir gegenüber. Sie hatte von den Mordfällen in der Zeitung gelesen und spürte, dass ich hier im Paznauntal mit meinen Ermittlungen feststeckte und weder vor noch zurück konnte – zu groß war das, was man öffentlichen Druck nennt, geworden. Sie fragte, wie es mir ging, und ich suchte einen Satz, der nicht ganz gelogen war, aber auch ebenso wenig die Wahrheit verriet, ich suchte nach einer Ausrede, einem kleinen semantischen Mausloch, in dem ich meine eigene Hilflosigkeit verstecken konnte, wenigstens ein paar kurze Ausflüchte lang.

Natürlich spürte Elke meine Ratlosigkeit. Ich steckte mir eine gefälschte Marlboro an und gestand ihr, wieder mit dem Rauchen begonnen zu haben. Nervös stieß ich den räudigen Dunst in vielen Ringwolken aus, blickte zur Decke meines Zimmers in Ischgl hoch und dachte an den zehnjährigen Jungen, der mit mir im Flugzeug gesessen und dessen abgetrennter rechter Arm in diesem Hotelzimmer deponiert worden war. Dessen zerstückelte Leiche Stunden später in einem Schneefeld bei Mathons aufgefunden wurde: zurecht gebrochen zu einem riesigen R.

Was für ein R, fragte Elke auf der anderen Seite der Satellitenverbindung.
    Ein R eben, wie in Rainer, Rollgerste oder in Regensburg. Der Buchstabe R.

Ich schnippte die Zigarettenasche zu Boden und drückte den glosenden Stummel im Aschenbecher aus, ich hörte mich über den Fall reden, distanziert und knapp, in möglichst wenigen Worten, die alles, was man wissen musste, beschrieben. Als ob ich mit meinem Vorgesetzten telefonierte und nicht mit meiner ehemaligen Frau. Ich versuchte, mir Elke vorzustellen, wie sie in der Küche bei einem Glas Rotwein saß und eine aufgeschlagene Tageszeitung vor sich liegen hatte, mit einem ausführlichen Bericht zur unheimlichen Mordserie in Ischgl.

Unheimlich? – Scheiß drauf, dachte ich, eigentlich war die ganze Mordserie reichlich banal: Irgendein Arschloch da draußen hielt sich für den König der Welt und spielte seine eingebildete Macht über den Tod und das Leben und was weiß ich alles aus, er hielt uns zum Narren, lachte uns im Verlies seiner perversen Gedanken aus und rauchte vielleicht eine Zigarre dabei, er war sicher kein junger Mann mehr, sondern älter, viel älter, in meinem Alter, Mitte 50 vielleicht, erfahren, verbraucht, in seine Gedanken verbohrt wie ein Zehnernagel im Lärchenholz. Er mochte ein Akademiker sein, war gebildet, hörte klassische Musik und beherrschte vielleicht sogar selbst ein paar Instrumente. Der böllerhafte Lärm in den Après-Ski-Lokale musste ihm tief verhasst sein. Hatte er deswegen beschlossen, Gäste und Mitarbeiter wahllos hinzurichten, sogar völlig Unbeteiligte wie diesen kleinen zehnjährigen Jungen?

Ich spürte, dass ich jetzt den Boden der gesicherten Beweise verließ und wild zu spekulieren begann, aber manchmal musste sogar ein Ermittler seinen Gedanken freien Lauf lassen.

Warum auch nicht, antwortete Elke, und ihre Stimme klang so beruhigend wie vertraut.

Ich fühlte mich nicht geliebt, aber geborgen, und das war es eigentlich, wonach ich immer gesucht hatte: diesen sicheren Hafen, den ich nie gekannt hatte, dieses Ankommen im Leben nach einer wenig behüteten Kindheit, einer unglücklich verlaufenen Adoleszenz, nach Jahren im Gastgewerbe und als Handelsvertreter, nach einem Studium der Rechtswissenschaften in Wien, nach Hunderten Studentenfesten und 2000 Darkroom-Erlebnissen, nach all dem Lärm da draußen in der Welt und da drinnen in meinem Kopf – danach, endlich, kam Elke.

Sie holte mich aus der Gülle meiner Vorläufigkeit in ihre kleine, gebildete Welt hinein, in der zwei und zwei immer noch vier war, wir verstanden uns, glaubten, uns zu lieben, wir bekamen ein Kind, einen tollen Jungen namens Simon, sahen ihn aufwachsen und begleiteten ihn durch die Schulen, waren stolz auf seine guten Noten, seine Weisheit, seine frühreife Abgeklärtheit, stolz auf seine Matura mit Auszeichnung und das in Holland begonnene Studium der Informationstechnologie, Simon war ein Tüftler und Bastler, ein Ingenieur des 21. Jahrhunderts, einer, der das Internet der Dinge vorantreiben würde, er war so anders als Elke und ich, ein kleiner Prinz, der schon als König zur Welt gekommen war, ein junger Mann mit vielen Stärken und ganz wenigen Fehlern.

Ja, Simon ist ein toller junger Mann, lächelte Elke (wir waren jetzt per Skype miteinander verbunden) in die Kamera ihres Laptops hinein.

Sie saß an ihrem Schreibtisch, ich konnte einen Stapel Hefte, eine Leselampe, zwei Korrekturstifte und ein halbvolles Rotweinglas erkennen, was würde ich jetzt alles geben, um einfach bei ihr auf dem zerschlissenen Ledersofa zu sitzen und die abgestandene Luft einzuatmen – ich rauchte die nächste gefälschte Marlboro, sah in die Nacht hinaus und hoffte, dass ich bald aus Ischgl wegkommen würde.

*Relax if you can.*

Ich schloss die Augen. *Relax.* Ich drückte die Zigarette aus. R wie in Relax, murmelte ich und bekam eine Gänsehaut. I wie in if. Y wie in you. C wie in can. Ich legte auf, und mein Blick strich über die auf der Holzwand affichierten Fotos. Wenn ich genau hinsah, konnte ich auf dem sichergestellten Sweater eines Opfers ein I erkennen. Auf einem blutdurchtränkten T-Shirt waren alle Buchstaben bis auf ein Y unkenntlich gemacht. Und die Leiche eines anderen Opfers war zu einem C verkrümmt worden. Ich nahm die vier Fotos von der Wand und legte sie in eine Reihe: das R aus Kinderleichenteilen. Das mit dem Blut eines Opfers hin gekrakelte I auf einem Kapuzensweater. Das zerfetzte T-Shirt mit dem übrig gebliebenen Y. Und der zu einem C gekrümmte Körper des jungen Barkellners aus dem *Pasha*.

Ich trat einen Schritt zurück und zuckte die Schultern. Vielleicht war alles nur Zufall. Ich dachte an Elke, dachte an meinen Sohn Simon, dachte an das Leben da draußen. An die Welt voller Widersprüche, voller Gefahren und Sackgassen. An eine kalte, berechnende, an sich selber zugrunde gehende Welt.

Ischgl, murmelte ich, Ischgl.

Ich war hierher zurückgekehrt, wo alles begonnen hatte. Ich fühlte mich wie am ersten Tag meiner Kellnerlehre im Hotel Post, ein paar 100 Meter von diesem Zimmer entfernt. Ich blickte in den Spiegel und betrachtete den älteren Mann mit dem nicht besonders gepflegten Fünftagebart und den gewaltigen Ringen unter den Augen.

Ich selber könnte jemanden töten, jeder von uns konnte das. Am Ende der Aufklärung wurden wir wieder zu Wölfen. Die den Mond anheulten, den falschen Propheten nachliefen und nur noch ihrem Instinkt und ihren Trieben gehorchten. Wer immer der gesuchte Serienkiller war, er war kein Ungeheuer. Seine Bereitschaft zur Auslöschung steckte in jedem von uns. Wir waren wie er, und er war wie wir. Ein angesehener Bürger. Vielleicht sogar gebildet. Mäßig erfolgreich. Seine stumme Verzweiflung war mit biederem Wohlstand kaschiert. Die Wölfe tarnten sich als friedliche Mitmenschen. Sie redeten mit dir, sie kommunizierten, sie kamen dir verdammt nahe. So nahe, dass du sie nicht mehr als Wölfe erkennen würdest – so nahe, bis du selber einer von ihnen sein würdest. Ein Wolf unter Wölfen. Ein reißendes Tier. An der Oberfläche ein lammfrommer Mensch. Ein gordischer Knoten aus Täter und Opfer, die Stränge aus Schuld und Unschuld miteinander verwoben.

Ich löschte das Licht, und mein Spiegelbild verschwand. Der Vollmond leuchtete in mein abgedunkeltes Zimmer. Bleich, anziehend, tödlich. Vielleicht sollte ich noch einmal kurz hinausgehen. In meine Stiefel schlüpfen, meinen Mantel anziehen, den Kragen hochschlagen, meine Dienstwaffe umschnallen und eine Runde durch Ischgl drehen. Dem Unbekannten da draußen nachspüren. Oder wenigstens dessen kleinen, gefährlichen Kreisen.

*Komm mir nicht zu nahe, Lamm, komm nicht in meine Nähe. Schau mich nicht an. Flüchte. In den Wald hinein, zu den Lärchen, in den knietiefen Schnee. Ich höre deinen Atem, höre deine Angst, höre deinen rasenden Herzschlag. Ich hole dich ein. Erhebe meinen Arm, und die Axt blinkt fahl unter dem Vollmond. Ich richte dich jetzt. Nur ein einziger, wuchtiger Schlag. Ich sehe mich um. Und niemand sieht zu. Ich packe deine Körperteile sorgfältig ein. Morgen stelle ich einem Feind mein Eil-Paket zu. Eine kleine Hutschachtel. Mit deinem Kinderarm drin. Eine Geschenkbox, mit einer schönen blauen Schleife versehen.*

Es war weit nach Mitternacht, als ich hinaus in die eiskalte Winternacht trat. Obwohl ich einen Ledermantel und schwere Stiefel trug, fror ich schon nach wenigen Metern. Der Schnee knirschte laut unter den Sohlen, es war ein kalter, frisch gefallener Schnee. Ich zündete mir eine Zigarette an, sog den warmen, giftigen Qualm ein und starrte auf eine Raucherlunge im Endstadium, die als Warnhinweis auf der Packung abgedruckt war.

Ich dachte an die bevorstehende Pressekonferenz im *M-Hotel*-Klub unter Hirschgeweihen und Diskokugeln vor mindestens 200 Journalisten, Radioleuten und Fernsehteams, ich hörte mich bereits reden, mit meiner gesetzt und bedächtig klingenden Stimme, ich fasste das bisher Geschehene – so grauenvoll es war – mit der Teilnahmslosigkeit eines Nachrichtensprechers zusammen, und nur manchmal, wenn ich spürte, dass die Aufmerksamkeit unter den Presseleuten nachließ, erlaubte ich mir einen kurzen Scherz oder eine ironische Bemerkung, und die Journalisten lachten artig dazu wie eine Klasse aus vorpubertierenden Schulkindern.

Ich stieß den Rauch aus und dachte, dass ich gar nichts vorweisen konnte: kein Fahndungsbild, keine auch nur schemenhaft wirkende Täterbeschreibung, keinen wirklichen Verdacht, keine Ansatzpunkte, nichts. Nur eine Anzahl unerquicklicher Morde, darunter an einem zehnjährigen Kind. Der ganze Ort, die gesamte Region, ja Österreich in seiner ganzen Insel-Unseligkeit war außer sich geraten und schien auf mich, einen kleinen, unbedeutenden Kommissar zu starren und auf die erlösende Vollzugsmeldung zu warten: Täter geschnappt. Mordserie beendet. Ich warf einen Blick auf den immer noch lärmenden Après-Ski: der *Hexenkessel* war voll, das *Fire & Ice* ebenfalls, aber am vollsten war wie immer der *Kuhstall* schräg gegenüber.

Auf riesigen Flatscreens wurde der »Mörder-Shot« angeboten, eine Kombination aus Jägermeister und Absinth, dazu das eigens gebraute Werwolf-Bier oder die Flaschenkombination »Hackebeil« aus Gin, Champagner und einer kleinen Totenkopf-Flasche, in die irgendein dubioser Likör mit nagellackroter Farbe gefüllt war: Ischgl war wirklich unschlagbar – sogar aus einer Mordserie wurde ein Bombengeschäft gemacht, die Touristiker waren über die Buchungszahlen, die Gastronomen über das Nachtgeschäft und die Gäste über den eigenen Vollrausch begeistert. Der ganze Ort verlor sich in einem Taumel aus Angst und Besäufnis, aus achselzuckendem Gleichmut und Empathie freier Geschäftemacherei, aber ich brauchte nicht den Moralapostel zu spielen, ich hatte ja selber – wenn auch vor Jahrzehnten – in diesem hysterischen Zirkus aus Alkohol, schlechten Drogen und schmierigen Deals mitgemacht, es hatte sich nichts und doch im Grunde alles verändert – nur damit am Ende dasselbe heraus kam: ein satter Gewinn. Ein saftiges Trinkgeld. Schnelle Euros, die genauso rasch wieder durchgebracht waren.

Ich drehte mich um und wollte über die Ischgler Kirche zurück ins *M-Hotel* stapfen, den Mantelkragen hochgestellt, den Kopf nach unten gedrückt, weil es wieder zu schneien begann. Die Flocken tanzten in hysterischen Formationen zu Boden und bedeckten alles unter sich: alles Lebendige und alles Verrottende, jede Spur und jeden Beweis.

In der Kirche brannte noch Licht, und durch die geschlossene Eisentür waren Orgeltöne zu hören, keine richtige Melodie, sondern immer wieder dieselben Akkorde oder Tonfolgen. Ich kannte mich mit klassischer Musik nicht aus, aber es war seltsam, dass jemand um 1.30 Uhr früh an einer Kirchenorgel spielte, mitten in Ischgl, umgeben von dieser Après-Ski-Hysterie und dem üblichen Wintersportwahnsinn. Vorsichtig öffnete ich das Gittertor zum Friedhof, schritt an verschneiten Gräbern der Skipioniere und Hoteliers aus früheren Zeiten vorüber und drückte die Schnalle der Eingangstür hinunter, die auf der Orgel angeschlagenen Töne wurden lauter, aggressiver, vor allem, weil es immer dieselben drei oder vier angeschlagenen Tasten waren, dann folgte eine Pause, dann leises Gemurmel, dann wurde an irgendetwas herumgeschraubt und gehämmert, gefolgt von den nächsten bizarren Tonfolgen.

Ich blieb zwei oder drei Minuten lang im Kirchenraum stehen, genau unter der Empore, wo der Unbekannte an seiner verdammten Orgel zugange war, hier in der Kirche war es fast genauso kalt wie draußen, nur ohne Schnee, ohne Wind, ohne den Geruch aus Glühwein, Weißbier und Erbrochenem, hier drinnen war alles ganz anders, irgendwie geheimnisvoll, metaphysisch, vor allem asexuell und irgendwie tödlich. Ich hob den Kopf und starrte in das Halbdunkel hinein, meine Blicke strichen über leere Kirchenbänke, aufgeschlagene Gesangsbücher und den barocken Altar mit den bizarren Heiligenfiguren hinweg, dann hörte ich oben jemanden aufstehen und ganz langsam die Stufen nach unten schreiten, ich konnte auf der Holztreppe schwere Lederstiefel, einen Lodenmantel, dann zwei Hände, ein halbes Gesicht und einen fast bis auf die Nasenspitze gedrückten Tiroler Hut erkennen, ich räusperte mich und griff nach meiner Dienstwaffe unter dem Mantel.

Mein Gegenüber bemerkte mich. Blieb stehen. In dieser seltsamen Gelassenheit, die alles Mögliche bedeuten konnte. Der verbeulte Lodenhut bedeckte das halbe Gesicht. Eine ledrige Haut spannte sich über die hohen Wangenknochen. Und wirkte irgendwie rissig. Spröde. Ausgetrocknet. Wie fossilisiert.

Wer sind Sie, fragte ich energisch wie ich es in all den Jahren bei der Kripo Wien gelernt hatte.

Der Fremde ging wortlos weiter, zwei oder drei weitere Schritte in meine Richtung.

Wer sind Sie? Bleiben Sie stehen. Antworten Sie. Kriminalpolizei.

Ich griff nach meinem Ausweis, hielt die Dienstmarke hoch, und der Griff auf der Glock wurde fester.

Einen Meter vor mir blieb der Unbekannte stehen. Deutete auf sein Ohr. Zuckte mit den Schultern. Sagte in einem kaum verständlichen Tirolerisch so etwas wie: »Höre kaum mehr etwas.« »Muss die Orgel fertigbauen.« »Habe nicht mehr viel Zeit.«

Ich nickte und verlangte von meinem Gegenüber einen Identitätsnachweis. Der Fremde zeigte mir seinen Reisepass und eine zerknitterte Business-Card: »Veit Notdurfter, Landeck-Innsbruck-Wörgl, Organist und Komponist«. Samt Handy- und Firmenbuchnummer.

Warum, zum Teufel, arbeiten Sie um diese Zeit?

Notdurfter antwortete nicht.

Dafür bewegte sich der dicke Vorhang neben der Sakristei, und ein kleiner, rundlicher Mann kam in Nachthemd, Wintermantel und mit einem Tiroler Stutzen im Anschlag herein.

Wer, zum Henker, ist dieser Kerl neben dir, Veit?
Und wer sind Sie? Selikovsky, Kriminalpolizei, wies ich mich aus.
 Dechant Unterwurzacher, der Pfarrer von Ischgl, schnarrte das bewaffnete Vollmondgesicht, bleich und fahl wie der Tod. Lassen Sie Veit in Ruhe, der arme Kerl muss die Orgel fertig bauen. Weil sie schon am nächsten Sonntag eingeweiht wird. Der Bischof kommt, der Landeshauptmann und sogar der Kardinal, möglicherweise.

Der kleine Fleischklumpen in Nachthemd und Wintermantel ergötzte sich offensichtlich an meinem Erstaunen.

In einer Kirche finden Sie keine Verdächtigen. Nur reuige Sünder, Gott den Herrn, dem alles gefällt, und die ewige Ruhe.

Ich habe die Orgel gehört und bin hereingekommen, verteidigte ich mich halb entrüstet, halb belustigt, ich ermittle in dieser – ich rang nach einem euphemistisch klingenden Wort – Angelegenheit.

Ah, die krassen Morde, lächelte der Pfarrer und verabschiedete sich von Veit, der sich leise in die Nacht hinaus trollte.

Danach wandte sich der bewaffnete Gottesmann wieder mir zu.

Wird schon so ein Wahnsinniger sein. Außen bieder, innen Bestie. Solche Existenzen gibt es wohl viele. Sie werden ihn sicher einfangen, Herr Magister.

Woher wissen Sie, dass ich Magister bin?

Sie werden gewiss studiert haben, Jus oder Philologie oder was weiß ich, knurrte der Pfarrer von Ischgl und lächelte, während draußen der Lieferwagen des Orgelbauers gestartet wurde, das Innenministerium wird ja keinen Anfänger hierherschicken. Aber sagen Sie, kennen wir uns nicht?

Ich überlegte, verdrehte die Augen, sagte Nein und wusste dennoch, woher ich den Kerl kannte. Er war mein Religionslehrer in der Hauptschule gewesen, ein kleines, untersetztes Stück Heiland, das mir Halbwaisenkind ein Leben in der Hölle, im Gefängnis oder in der Klapsmühle prophezeit hatte.

Jö, der Harald aus Landeck, was für eine Überraschung, freute sich der Pfarrer über sein Elefantengedächtnis, da hast du aber mächtig Karriere gemacht in der Bundeshauptstadt.

Wie man es nimmt, antwortete ich gelassen und unterdrückte das Bedürfnis, mir eine Zigarette anzuzünden.

Verheiratet? Kinder? Was verdient man denn so als Kriminalkommissar, ich schau mir jeden Sonntag den Tatort an, beichtete Dechant Unterwurzacher und bot mir einen Schluck aus dem Flachmann an, irgendeinen räudigen Obstler, der Tote aufwecken konnte.

Ich trank von dem angebotenen Fusel und hustete mich mit einem kurzen Einblick in meinen Lebenslauf davon: Universitätsabschluss, Eheschließung, Geburt des einzigen Sohnes, Scheidung – es klang wie das Drehbuch zu einem nie verwirklichten Autorenfilm. Dass ich mittlerweile auf Männer mit großen Gemächten stand, ließ ich außen vor. Der Söldner Gottes war schließlich bewaffnet, und die allgemeine sexuelle Orientierung im Paznauntal beschränkte sich wohl auf seriellen Blümchensex mit dem jeweils anderen Geschlecht.

Wie schön, lobte mich der Dorfpfarrer und genehmigte sich ebenfalls einen tiefen Schluck aus dem Flachmann, über die Scheidung ließe sich allenfalls nachdenken. Hat unser Harald Selikovsky schon einen – Verdacht?

Er musterte mich wie einen Rossapfel, und sofort hatte ich das Gefühl, wieder elf Jahre alt zu sein und nicht einmal ein Recht aufs Überleben zu haben. Ich fühlte mich schuldig. Jeder infrage kommenden Todsünde überführt. Sogar die verdammten Heiligen auf den Fresken starrten mich angewidert an. Sollte ich doch beichten, dass ich nach 15 Jahren Ehe auf Typen stand, auf richtig geilen Männersex in Darkrooms und versifften Kellerlokalen? Ich unterdrückte meinen aufkeimenden Widerstand und murmelte etwas von dem, was ich morgen der Öffentlichkeit mitteilen würde.

Naja, sagte der Dorfpfarrer, viel ist das nicht, aber wissen Sie, meine Schäfchen da draußen wollen gar nicht, dass die Mordserie aufhört, schauen Sie den Zirkus an, überall wird der Todsünde gehuldigt, wird gesoffen und vorehelicher Sex praktiziert, werden Drogen reingedrückt, wird das eigene Leben mit den Füßen getreten. Wissen Sie, Ischgl kann grauenhaft sein, aber irgendwann Anfang Mai ist der ganze Totentanz wieder vorbei, dann kommen die Baukräne, die Lastwagen bringen den Schutt weg, und ich selber kann wieder Bergsteigen gehen. Dem Herrn nahe sein, dort oben am Piz Buin, auf der Wildspitze, am Pardatschgrat. Schön ist es hier doch, gestand der Dorfpfarrer und verabschiedete sich vor der Sakristei, geh auch schlafen, Harald, und lass dich nicht unterkriegen, es wird sich alles aufklären, gute Nacht, mein Freund. Gott segne die Gütigen.

Weg war der Alte.

Wie ein Scherenschnittbild aus meiner verdammten Kindheit entrissen. Auch wenn er ein Arschloch sein mochte, konnte ich ihm nicht böse sein. Vielleicht war es auch gar nicht er selbst, nur sein Amt, seine Funktion, seine Eigenschaft als Vertreter der katholischen Kirche: im Namen des Vaters und des Sohnes und des Heiligen Geistes.

*

Wir haben schicke Einzelsuiten im sogenannten *Art-Hotel*, gleich gegenüber einer apokalyptisch aussehenden Seilbahn. Auf dem riesigen Doppelbett türmen sich die Goodies des Labels *Sheepshite*, das uns zum Shooting eingeladen hat: handgestrickte Pullover aus Schafwolle, in denen in buntesten Schriftzügen die dunkelsten Zitate von Alexander McQueen oder Marquis de Sade prangen. Ich probiere einen an und verschwinde in einem Meer aus Schurwolle mit schweinischen Sprüchen darauf. Auf dem Schreibtisch lockt eine Flasche Champagner, darunter liegt das unvermeidliche Begrüßungsschreiben (schweres Büttenpapier, alles mit pinkfarbener Tinte geschrieben, aber nicht auf schön, sondern mit Rechtschreibfehlern und durchgestrichenen Wörtern gespickt, kalligraphisch allerdings genau abgecheckt) – hier die fehlerfreie Version -: *Hi, Jason, herzlich willkommen in Ischgl. Wir treffen uns um 7 in der*

*Loungebar, danach Wodka-Halo in der* Schatzialm, *mit anschließendem Bar-Hopping durch Ischgl. Location-Scouting. Alles ganz easy. Marc, Antonia und Jefferson Starship (= unser durchgeknallter Fotograf – drei Smiley-Icons) freuen sich schon auf DICH (in Großbuchstaben). Also bis um 7 (= 19 Uhr MEZ, bitte das Smartphone nachstellen, falls notwendig – fünf Smiley-Icons) – PS: Relax if you can... (= Claim von Ischgl).*

Ich zerknülle das seltsame Schreiben und werfe die Büttenpapierkugel weg, nur der Champagner darf bleiben. Das grüne Glas ist deutlich beschlagen, die Flasche hat also die richtige Temperatur, und daneben stehen zwei Gläser. Für mich und für weiß der Teufel noch wen.

Es klopft an der Tür.

Wer ist da, rufe ich.

Dein Massenmörder, flüstert eine heisere Stimme in gebrochenem Deutsch.

Ich reiße die Pforte auf. Dennis steht draußen, in einem dieser *Sheepshite*-Pullover. Ein riesiger Hirsch röhrt darauf. Ein Zwölfender. Die Maske blutüberströmt. Die Lichter gebrochen. Darunter in gotischer Frakturschrift: »Killed by anonymous murder«. Gerade der Renner in Sankt Moritz, Gstaad und Courchevel. Dennis hat nichts als diesen Pullover und einen Tanga von *Agents Provocateurs* an. Cool dieser Gegensatz, irgendwie.

Komm rein, du Arsch, grinse ich. Ich habe eine Flasche Champagner und zwei Gläser da.

Dennis verzieht seinen 10.000-Euro-Schmollmund und schwebt in mein Zimmer. Windet sich aus dem grellen Pullover, darunter wie üblich nichts. Nur sein perfekter Körper. Langweilig irgendwie. Dafür machen mich die drei Muttermale auf seiner Brust richtig an. Normalerweise werden solche Unvollkommenheiten wegretuschiert, aber seit ein paar Monaten stehen alle wieder auf das Unperfekte, auf die paar freundlichen Fehler der Wirklichkeit oder so. Ich mache die Flasche auf und gieße die beiden Gläser voll.

Glaubst du, er bringt uns auch um?
Wer?
Na, der irre Mörder da draußen.
Ach komm, du Angsthase, trink das und lutsch mir den Schwanz.
In echt jetzt?

Dennis bekommt leuchtende Augen, wie ein kleiner Junge zu Weihnachten, wenn er das richtige Geschenk unter dem Nadelbaum vorfindet. Zum Beispiel diesen Strickpullover mit dem verblutenden Hirsch darauf. Und dazu 14 Tage unbedingt in Gstaad, leider immer noch mit den Alten. Aber das Smartphone darf mit. Und das iPad auch. Vielleicht wird sogar der Kinderfilter über die Weihnachtsferien deaktiviert, weil du in allen Hauptfächern auf einer satten Eins stehst.

Wir stoßen auf uns an und verkrümeln uns Richtung Bett. Ich dimme die Raumbeleuchtung, bis nur noch ein schwacher Lichtkegel den Kingsize-Tatort bestrahlt. Nach nicht einmal zwei Gläsern kichert Dennis leicht betrunken. Ich lecke über seine steifen Brustwarzen und die drei Muttermale dazwischen. Wir stellen die Gläser ab und lassen den Champagner allein vor sich her perlen. Ein bisschen Lakengeraschel, ein kurzes Vorspiel, mein ungeduldiges Blasen. Dann kommt der richtige Sex. Dennis fickt mich total hysterisch und stöhnt seine Naturgeilheit in fünf Sprachen heraus. Als er abspritzt, komme ich auch. Ohne zu wichsen. Vielleicht bin ich doch schwul. Ich meine, zu 100 Prozent. So schwul wie ein Drei-Euro-Schein. Oder 20 Lügen in bar.

Als ich wieder zu mir komme, steht Dennis unter der Dusche und singt irgendetwas von Marlene Dietrich. Aus meinem Hintern tropft Sperma, und ich komme mir vor wie eine pissende Kuh. Zwei vollgesogene Taschentücher später darf auch ich ins Badezimmer. Dennis strahlt mich an, Todsünde und Geilheit in einer Person.

War echt heiß mit dir: super nasty.

Nach diesem Satz ist Dennis wieder scharf wie eine Handgranate. Dabei hat er fünf Freundinnen gleichzeitig. Oder zehn. Oder 1000. Egal. Ich finde ihn messerscharf, auch jetzt noch, während sich die Geilheitswolke aus Poppers und Koks aus meinem Schädel zu entfernen beginnt.

Soll ich dich anpissen?
Hmmm, ja, von mir aus. Lass es rinnen, Kumpel.

Keine Ahnung, warum ich das gesagt habe. Vielleicht habe ich auch einen Hang zum Dreckigen wie Derek Jarman, Alexander McQueen und Gianni Versace. Wenn man richtig geil ist, gibt es kaum noch Regeln und Normen. Ich knie mich nieder. Spüre Dennis' Pisse auf meinem Gesicht und der Brust, zucke dabei zusammen, winde mich vor Ekel und Lust, alles auf des Messers Schneide, fucking closer to the edge. Wie in diesem Thirty-Seconds-To-Mars-Song oder so. Nur, dass man sich den dreihundertmal hintereinander anhören kann.

Nach der Natursekt-Episode bin ich wieder auf dem Boden der Realität: auf den vorgewärmten Kacheln im Badezimmer. Wie ein angeschossener Engel. Oder ein Truthahn kurz vor dem Köpfen.

Dennis ist längst gegangen. Oder war niemals hier. Vielleicht habe ich mir den Ausflug auf die dunkle Seite der Geilheit einfach nur ausgedacht. Die Flasche Champagner ist jedenfalls leer. Ich lege eine Linie quer über den Glastisch, es ist 18.50 Uhr. Im Fernsehen Flimmerbilder aus Ischgl. *Breaking News. Wieder eine Leiche gefunden.* In einem Schneefeld verstreut. Diverse Extremitäten. Innere Organe. Die beiden Hände. Nur der Kopf fehlt. Mann, ist das Koks stark gewesen.

*

Der 11. Februar ist ein ruhiger Wintertag. Wolkenverhangen, etwas Schneefall. Ziemlich kalt, vielleicht fünf oder sechs Grad minus. Sebastian will trotzdem raus, er hat gestern ein Mädchen namens Sandra kennengelernt, er hat ihre Daten, ihre Handynummer, ihre 1000 süßen Worte im Kopf, er muss sie sehen, in einer Stunde, einer halben, jetzt. Jetzt sofort. Sein bester Freund bebt richtig vor Vorfreude. Seine Stimme zittert. Seine schlanken Finger finden kaum in die Handschuhe rein.

Sein Schwärmen wirft mich eine Ewigkeit weit von ihm weg, verbannt mich in eine Wildnis aus Einsamkeit und Wut. Ich will Sebastian haben, will ihn ganz für mich, und ich bekomme nicht einmal einen winzigen Teil von ihm, er verweigert sich mir, und zwar jeden Tag deutlicher: Sorry, aber ich bin nicht schwul, das musst du einsehen, Ivan, ich steh auf Mädchen, ich finde dich toll und alles, du bist mein Freund, und du wirst immer mein bester Freund bleiben, wir können unser Leben, unser Familienleben nebeneinander führen, dicht an dicht, Reihenhaus an Reihenhaus, und meine Kinder werden mit deinen im Hof spielen dürfen – ach *Scheiße*.

Nie im Leben wird es so sein: Ich werde kein Mädchen kennenlernen und erst recht nie in einer Kirche mein Jawort hinhauchen, ich steh auf Jungen, steh auf Sebastian, steh auf ihn, steh auf dich. Und ich werde dich bekommen und dich behalten, für diesen Tag, für diesen unendlichen Tag, für diese eine Ewigkeit, für immer.

Nachdem Sebastian gegangen ist *(ich werde um 14, 14.30 Uhr zurück sein, hat er gesagt)*, habe ich Zeit, alles vorzubereiten. Ganz ruhig, bedächtig. Richtig untypisch für mich.

Das Chaos der letzten Jahre, Monate, Tage und Stunden ist endlich vorbei, und sogar Mister X in meinem Kopf schweigt. Alles ist ruhig. Die Entscheidung, die tödliche Entscheidung ist gefasst. Ich werde es tun. Dieser Tag passt genau. Sebastian ist am Allerseelentag, also am 2.11., geboren, dieser 11.2. liest sich genau andersrum, wie der Tod das Gegenteil der Geburt ist. Perfekt. Ich hätte keinen besseren Tag dafür wählen können.

Sebastian hat das Apartment verlassen. Sein Vater ist beruflich nach Innsbruck gefahren und wird hoffentlich erst gegen Abend wieder zurück sein. Ich bin allein in diesen modernen, sachlich eingerichteten Räumen. Alles ist hier schick und aufgeräumt, die Kulisse zu einem anderen, glücklichen Leben. Sebastians Vater fühlt sich wohl hier. Und mein Freund findet die Location ebenfalls cool. Ich dagegen gehe an diesen hellen Farben und den lichtdurchfluteten Räumen zugrunde. Ich sterbe bei Tageslicht, fühle mich nur nachts wohl, wenn alles ruhig und dunkel geworden ist und ich jeden Schritt ganz vorsichtig vor den nächsten setzen muss, ohne gegen die Möbel zu stoßen, ich finde dieses Stolpern in der Dunkelheit typisch für mich, so ist es doch die ganzen 17 Jahre gewesen, genauso.

Ich hoffe, dass ich jetzt, an diesem 11.2., an mein Ende gelangt bin, an die Verwirklichung dessen, was ich aus tiefsten Herzen möchte: Sebastian töten. Und mich selber auslöschen. Regungslos daliegen, verbluten. Wie Sebastian ein paar Minuten vor mir verblutet sein wird. Und sich das endgültige Schwarz über uns beide legen und in uns einsickern und uns für immer auslöschen und dabei zusammenführen wird, zu einer letzten, unauslöschlichen Einheit.

Ich gehe in den Keller hinunter. Ich sehe die Axt, meine Tatwaffe dort hinten, am Holzklotz. Ich löse die Klinge vom Holz, betrachte das kalte Metall, die scharfen Kanten, ideal für meinen tödlichen Plan.

Noch zögere ich für ein paar Sekunden. Möchte die Axt wieder auf den Holzklotz legen, ich bin bereit, einen Rückzieher zu machen, aber plötzlich höre ich ein

Geräusch, so grausam weit weg und doch so unbarmherzig nahe, ein heiseres, ungewisses Geräusch, in regelmäßigen Abständen, ein Schaben, ein Reiben, aus dem sich ein heiseres Sprechen schält, in einem ganz seltsamen Rhythmus.

Es ist eine Stimme, wie durch ein Megafon gesprochen, eine verzerrte, unheimliche, so gar nicht menschliche Stimme. Meine Faust ballt sich um die Axt, und Mister X ist begeistert. Es ist seine Stimme in meinem Schädel, er befiehlt mir, die Waffe nach oben zu bringen und neben die Eingangstür zu stellen, er duldet keinen Widerspruch, er ist ungeduldig, ja unwirsch mit mir, ich darf jetzt keinen Rückzieher machen, darf nicht das versauen, was ich selber geplant habe.

Ich schaue auf die Uhr in der Küche. Es ist 13 Uhr, und ein paar Sekunden später schon 13.30. Das Wetter schlägt um. Es wird milder, und ein warmer Wind zerzaust die Lärchen neben dem Haus. Die Zeiger der Wanduhr rücken nach vor. Es wird 13 Uhr, 13.30, 14, 14.10 Uhr …

Es läutet an der Tür. Durch das mattierte Glas sehe ich Sebastians hagere Gestalt. Seine bunte Haube, die Sonnenbrille, das gebräunte Gesicht. Das Milchglas verzerrt die Konturen, lässt sie zerfließen, hey, mach auf, Ivan, lacht die helle, so optimistisch klingende Stimme meines besten Freundes, lass mich nicht so lange da draußen warten. Ich weiß, dass du hinter der Tür bist und auf mich wartest, ja, so ist es fein, dreh den Schlüssel zweimal im Schloss und drücke die Schnalle herunter. Öffne die Tür. Einen Spaltbreit, dann trete ich einen Schritt zurück. Greife nach der Axt und atme noch einmal durch. Ein überraschend warmer Wind weht ins Vorzimmer, und der dunkle Schatten meines besten Freundes huscht über die Schwelle.

\*

Ich muss weg hier, weg aus Ischgl, weg aus dem verdammten Tal, runter von diesem Amalgam aus Alkohol, Nachtklubs und weißem Marschierpulver. Ich gebe meine Leihskier zurück, packe die beiden Koffer und organisiere mehrere Flüge: IBK – CDG, CDG – PTP (Guadeloupe), PTP – SFG (Marigot, Saint Martin). Von dort geht es mit einem Mietwagen über die älteste Grenze der Welt, die keine mehr ist: ein offenes Tor aus der EU zu den Niederländischen Antillen, nach Phillipsburg, in den holländischen Teil der Insel. Der zwar zu den Niederlanden, aber nicht mehr zur Europäischen Union gehört. Meine Spur wird sich am *Princess Juliana International Airport* verlieren. Ich habe ein paar Millionen in der Karibik geparkt, unversteuerte Provisionen, jede Menge Schwarzgeld. Mein geheimer, persönlicher Schatz. Genug Kohle, um für den Rest des Lebens auf Aruba oder Dominica Däumchen zu drehen. In einer Finca, so groß wie eine belgische Provinz.

Von der Außenwelt abgeschirmt. Unerreichbar für jeden europäischen Haftbefehl.

Ich telefoniere kurz mit Didier, Laurent und Thomas. Heuchle Ihnen ein paar dringende Verpflichtungen an der Côte d'Azur, oder in einem niederländischen Seebad vor. Wir treffen uns auf einen schnellen Espresso in der Lobbybar des *M-Hotels*. Überall Journalisten, Kamerateams und jede Menge Kriminalpolizei. Alle sind einem unbekannten Monster hinterher, das schon neun Menschen umgebracht hat. Wir leben in stürmischen Zeiten. In einem permanenten Tumult. Der Espresso schmeckt nach Schlaflosigkeit, Chlor und uneingestandener Trauer. Meine Kumpels haben mitbekommen, dass etwas mit Fabienne passiert ist. Und mit meinen beiden Söhnen. Mit uns allen. Ich versuche, keinem der drei ins Gesicht zu sehen, allein die Anwesenheit der ehemaligen Schulkollegen schmerzt wie Metastasen im Dickdarm. Ein paar aufmunternde Worte, ein bisschen Händeschütteln, dann sind 25 Jahre Freundschaft vorbei.

Draußen wartet kein Taxi auf mich.
Kein schwarzer Hummer.
Kein bulliger SUV.
Kein Mercedes Maybach.

Nur Jacky mit ihrem billigen Skoda. Jacky, die eigentlich Tatjana heißt.

Für zwei Hunderter bring ich dich zum Flughafen. Ich muss sowieso meinen jüngeren Bruder abholen. Cosmo wird drei Wochen lang strippen im Klub. Ist schwul wie das Castro-Viertel in San Francisco. Kennst du das?

Hör mal, Süße, ich bin 110 Prozent hetero und muss dringend zum Flughafen.

Tja, die Geschäfte, seufzt Tatjana und macht den Kofferraum auf.

Ich stelle meine zwei Alukoffer hinein, riesige *Rimowa*-Monster in diesem unverbindlichen Silberton. Manchmal habe ich Schwierigkeiten, meine Koffer auf einem Gepäcksband zu erkennen. Typen wie ich haben alle dieselben deutschen Alukoffer, teuer, unverwüstlich, gesichtslos. Wie unser Spiegelbild, wie unser ganzes Auftreten.

Am Ortsrand jede Menge Polizei. Blaulicht. Typen in schwarzen Uniformen, mit einer Maschinenpistole im Anschlag. Jeder Kofferraum wird überprüft, jedes Gepäckstück durchsucht. Tatjana zieht einen Schmollmund, knöpft ihre durchsichtige *Chanel*-Bluse auf und zeigt den österreichischen Polizisten ihren Silikonbusen. Bevor irgendein Reisepass vorgezeigt werden muss, werden wir weitergewunken. Tatjana ist ihre 200 Euro tatsächlich wert.

Du wirst auch nicht gern kontrolliert, lächelt sie komplizenhaft und steuert ihren Skoda nach Innsbruck.

Endlose anderthalb Stunden vergehen mit der Nacherzählung ihres traurigen Lebens: Ostrumänien – Budapest – Wien – Hamburg – Sylt – Ibiza – Amsterdam – Paris – Ischgl.

Ich bin viel herumgekommen, erzählt sie, aber die Männer sind alle gleich. Wollen nur das Eine. Wollen bumsen. Wollen ihren Schwanz in die Möse stecken. Spritzen ab. Gehen wieder. Der eine wie der andere. Alle gleich. Ein paar haben Bäuche, ein paar haben Kohle, ein paar haben Schweißfüße. Das Leben ist ein langer, reißender Fluss. Überall Stromschnellen. Überall lauert Gefahr. Kenn ich alles. Irgendwie bist du auch auf der Flucht, oder?

Sie sieht mich von der Seite her an.

Ich zucke mit der Schulter, wie ein 14-jähriger Junge. Wie Antoine vor fünf Wochen auf dem Rücksitz meines BMW. Als alles noch in Ordnung war. Oder zu sein schien. Als ich noch nicht bei Eric durchgedreht habe. Als Antoine im Ballettstudio der Opéra Garnier tanzte. Und Pat einfach nur Aufputschtabletten vertickte, um seine Girls zu beeindrucken. Als Fabienne noch nichts von ihrem Bauchspeicheldrüsenkrebs wusste. Und Wladimir noch mit ein paar Hinweisen auf das französische

Mietrecht hinzuhalten war. Als ich ein ganz gewöhnliches Leben lebte. In der Mitte der Gesellschaft. Angesehen, akzeptiert. Noch nicht komplett von Drogen und diesem Mord an Eric entstellt.

Was hast du verbrochen, fragt Tatjana und biegt von der Autobahn Richtung Flughafen ab. Sie ahnt etwas. Wären es noch zehn Kilometer mehr, würde sie mir einen Mord unterstellen.

Auf der kurzen Landebahn ist ein riesiges Flugzeug zu sehen, eine Tupolew aus der Ukraine. Vielleicht ist Wladimir an Bord, der seine junge Frau nach Ischgl eingeladen hat. Die beiden haben wirklich etwas zu feiern. Kurz bevor ich nach Ischgl aufgebrochen war, hat der Architekt seinen Widerstand aufgegeben und der Ablöse seiner Mietwohnung zugestimmt. Für eine Summe weit unter dem tatsächlichen Wert.

Ich brauche das Geld, um meiner krebskranken Frau ein paar schöne letzte Monate zu schenken. Wir möchten nochmals nach Feuerland fliegen, nach Australien und Neuseeland, auf den Spuren von Bruce Chatwin oder Janet Frame. Vielleicht auch nur auf der Suche nach einem tollen Sauvignon Blanc. Schicken Sie mir die verdammte Vereinbarung, und ich unterzeichne sie umgehend.

Einen Tag nach dem Mord an Eric hatte ich das erreicht, was ich zwei deprimierende Jahre lang vergeblich versucht hatte: dieses verdammte Palais im 16. Arrondissement mit seinen widerspenstigen Mietern zu verkaufen.

Liebst du deine Frau, fragt Tatjana, als ich die Koffer aus ihrem Skoda hieve.
Was?
Ob du deine Frau liebst? Deine beiden Söhne? Deine Familie?
Ich weiß nicht. Ich glaube, nicht mehr.
Das ist aber traurig, antwortet Tatjana und gibt mir einen flüchtigen Kuss auf die Wange.

Ich nehme die Koffer und passiere den Check-In. Niemand sieht meinen Reisepass an oder kontrolliert mein Gesicht. Jeder hier weist mir freundlich den Weg. Hinter der Gepäckskontrolle drehe ich mich nochmals um und suche Tatjana. Sie umarmt einen jungen, schlanken Kerl und winkt mir noch einmal zu.

Mon plus jeune frère, ruft sie mir auf Französisch zu, dreht sich um und geht mit dem jungen Mann zum Parkplatz hinaus.

Es ist der Abschied von einer Fremden. Einer Nachtklubangestellten, einer Bardame, vielleicht sogar einer Nutte. Dafür kennt Tatjana das Leben. Kennt die Männer. Und hat mich in weniger als zehn Minuten durchschaut.

Ich lächle, bevor ich die Gangway hochsteige. Innsbruck – Paris – Guadeloupe – Marigot/Saint Martin. In nicht einmal 24 Stunden werde ich ein Mann sein, der seine Vergangenheit abgelegt haben wird. Und den eine Zukunft erwartet, die ereignisarm und abgesichert erscheint, fern von allem, was mir jemals wichtig gewesen sein mochte.

*

Dutzende Kameras waren wie Selbstschussanlagen auf mich gerichtet. Ganze Mikrofonsträuße mit den Logos verschiedenster Radio- und Fernsehstationen standen auf einem mit weißen Tischtüchern bedeckten Schreibtisch auf der Bühne des *Pasha*, mein Blick schweifte vom DJ-Pult zur linken Seite des Klubs und dann an die Decke, von der ein riesiger Kranz aus Hirschgeweihen und Diskokugeln hing. Ich hörte mich reden, konnte aber nicht das vorweisen, was von mir erwartet worden war: Ich hatte keinen Verdächtigen, keinen flüchtigen Serienmörder komplett mit Namen und Fahndungsbild an der Hand – ich besaß nichts außer vagen Hinweisen, die sich bei näherer Betrachtung in Nichts aufzulösen schienen, ich konnte nur Vermutungen aufstellen wie ein durchschnittlicher Staatsbürger, der aus sicherer Distanz die Berichte aus Ischgl verfolgte und sich seinen eigenen Reim darauf machte.

Die Enttäuschung unter den Reportern war mit den Händen zu greifen, sie wollten unbedingt einen Kopf, einen Namen oder wenigstens etwas, das nach einer heißen Fährte aussah, aber ich hatte weder DNA-Spuren oder andere konkrete Beweismittel in der Hand, was wirklich sehr seltsam war; offensichtlich verrichtete der Mörder seine Taten äußerst penibel und dennoch unglaublich schnell, sehr wahrscheinlich war er mit Einweghandschuhen unterwegs und vermied ansonsten jede Nähe zu seinen Opfern, die er wahllos aus dem Hinterhalt aussuchen musste, wann immer sich eine Gelegenheit bot.

Der Täter, hörte ich mich sagen, könnte ein etwa 40- bis 60-jähriger Mann sein, handwerklich geschickt, vielleicht ein Ingenieur oder Techniker, der aus bisher nicht ersichtlichen Gründen seine ersten Opfer vergiftete, dann aber brutal aus dem Hinterhalt zuzuschlagen begann und zuletzt einen zehnjährigen Jungen zerstückelte und seine Leichenteile auf einem Schneefeld zwischen Mathons und Ischgl zurückließ.

Niemand konnte sich mehr zurücklehnen und entspannen. Ischgls ironischer Werbespruch war ausgelöscht und in sein Gegenteil verkehrt worden. Nach dem gewaltsamen Tod des kleinen Jungen war auch die letzte rote Linie überschritten. Der Täter wollte mir zeigen, wie furios er sein Handwerk beherrsche und wie kaltblütig er seine Strategie durchzog. Mit der Präzision eines Technikers und seiner Verachtung allem Lebendigen gegenüber.

Nach meinen Ausführungen brach ein Orkan von Fragen, Vorhaltungen und bemühten Erklärungsversuchen los, was nur allzu verständlich war. Als Journalist hätte ich genau dasselbe getan: den erfolglosen Ermittler da oben auf der Bühne mit zornigen Fragen bombardiert, die nur auf das eine abzielten: wer zum Teufel der Serienkiller von Ischgl sein könnte.

Ich versuchte, so geduldig wie möglich die Fragen zu beantworten, ich skizzierte nochmals das Profil des Verdächtigen, der seit Wochen die Schlagzeilen aller Medien des Landes und weit darüber hinaus füllte, ich rückte meine Lesebrille zurecht und erkannte ein paar Leute in den hinteren Sitzreihen, Fritz natürlich, und Heimo von der *Grill-Alm*, den französischen DJ vom *M-Hotel* und den seltsamen Orgelbauer, der seinen Tirolerhut tief ins Gesicht gedrückt hatte, eine Zigarette rauchte und dabei Einweghandschuhe trug. Als ob er alle anderen vor sich schützen wollte. Oder: sich selbst.

Mein Puls wurde schneller, wie so oft, wenn sich ein vager Anfangsverdacht verhärtete, ich witterte etwas, von dem ich noch keine Ahnung hatte, was es war oder sein konnte, aber als ich das nächste Mal den Kopf hob und die hinteren Sitzreihen zu betrachten begann, war der geheimnisvolle Orgelbauer verschwunden.

Keine 30 Minuten später eilten zwei Beamte der örtlichen Polizeistation auf die Bühne, Gruber natürlich und noch ein anderer jüngerer Beamter. Mit verstörten Gesichtszügen, wie in einem billigen Horrorfilm.

Schon wieder ein Vorfall, flüsterte Gruber, diesmal sind es zwei Tote. Unglaublich zugerichtet. Mit einer Axt oder so. Ein Apartmenthaus, 500 Meter von hier. Los, nichts wie hin.

Ich rieb meine Augen und hoffte, dass das alles nicht stimmte. Aber ich kannte meinen Beruf, kannte mich aus mit den überraschenden Wendungen und den verdammten Anschlägen des Todes wie aus dem Nichts heraus. Die ersten hin geflüsterten Sachverhalte. Das Zittern in den Stimmen dabei. Das Rasen zum Tatort. Die Blaulichter der Einsatzfahrzeuge. Der Notarzt, den Kopf schüttelnd, die Tränen kaum zurückhaltend – es war immer das Gleiche. So banal wie verstörend. Das Verbrechen malte immer dieselben Motive auf die Leinwand der Wirklichkeit, in denselben dreckigen Farben.

Ich betrat das Apartmenthaus, drückte mich an einem schluchzenden, außer sich geratenen Mann in meinem Alter vorüber und betrat die Schwelle zu einem hellen, stilsicher eingerichteten Raum. Es war ein Wohnzimmer aus vorwiegend weißen Möbeln. Überall war Blut. Über die gesamte Einrichtung verteilt. Ein Schlachtfeld. Zwei verkrümmte Leichen. Verstümmelt. Hingerichtet.

Was hier auch immer passiert war: Ich musste den Mörder finden. Ich musste.

*

Das UPMC (Université Pierre et Marie Curie) ist eines der hässlichsten Gebäude, das man sich vorstellen kann: eine riesige Psycho-Burg, ein finsteres Spukschloss, ein Seelengefängnis. Früher hieß es *Salpêtrière*, jetzt aber ist es eine universitäre Klapsmühle mit tollen Ärzten und zehnmal besseren Drogen als den Scheiß, den ich im *L'Avventure* an Models, Nachwuchsfußballer oder gestresste Jungmanager verticke.

Ich meide den Haupteingang und benütze die Lieferanteneinfahrt, drücke mich an Kontrollposten und Krankenschwestern vorbei. Ein paar ältere Pfleger, die ich nach dem Weg frage, scheinen Mitleid mit mir zu haben oder finden mich niedlich, aber wahrscheinlich bin ich allen ziemlich egal. So genau kann ich das nicht unterscheiden.

Ich zippe die Lederjacke auf, mein *Kenzo*-T-Shirt ist sauber, ich habe mich mit einem teuren Parfum vollgesprayt, mein Atem riecht gut nach Pfefferminz, ich bin der nette, harmlose Junge von nebenan, aus dem 8. Arrondissement. Eine hübsche, bürgerliche Existenz. Ein Sohn aus bestem Haus, wie ihn sich Emmanuel Macron ausmalen würde.

Nach einer Stunde bin ich endlich im fünften Stockwerk, in der Abteilung Kinderklapsmühle, hier irgendwo muss Antoine liegen, mein Bruder, den sie vor ein paar Tagen aus seinem schwarz ausgemalten Zimmer geholt haben, mit offenen, längs aufgeschnittenen Adern, er hat den Terroranschlag auf sich selber knapp überlebt. Wahrscheinlich wird er mit Psychopharmaka vollgepumpt in ein Gitterbett gesperrt worden sein, seltsam sediert, wie in einem schmuddeligen Pornofilm, grobkörnig, schwarzweiß – kurz bevor die richtig schlimmen Sachen abgehen.

Ich gehe durch lange Korridore an Zimmern vorbei, hinter deren Türen Schreie in hohen Tonlagen zu hören sind, ein Mädchen, ein Junge, ein Geist, ein Gespenst, was weiß ich, die Pfleger hier scheinen das alles gar nicht zu hören oder nehmen es hin wie den grünen Linoleumboden, die bleich gestrichenen Wände, den Geruch nach Elend, nach wirren Träumen, nach Erbrochenem, nach einem letzten tödlichen Schweigen.

Ich suche das Zimmer 508 und habe es nach gefühlten drei Stunden noch immer nicht gefunden, ich werde richtig depressiv von all dem kranken Scheiß, der hier abgeht, besuch deinen Bruder doch mal, hat meine Mutter ins Telefon geheult, ich kann heute nicht, ich konnte gestern auch nicht kommen, und ob ich es morgen schaffen werde, weiß ich noch nicht, du kennst ja den Grund. Ihre Haare beginnen auszufallen, und sie verliert jeden Tag an Gewicht.

Irgendwie geht unsere ganze Familie gerade den Bach runter: Dad ist irgendwo in Österreich untergetaucht, die Kripo sucht mich wegen eines Mordes, den ich nicht begangen habe, meine Mutter hat diesen verfluchten Krebs, und mein jüngerer Bruder liegt nach seinem schiefgegangenen Selbstmordversuch in dieser Klapsmühle aus dem vorigen Jahrhundert. Seit Stunden suche ich schon nach dem Zimmer 508, an Nummer 505 bin ich schon vorbei geschlichen und an 513 auch, irgendwie ist hier die Nummerierung durcheinandergeraten, aber in dieser verdammten Anstalt ist alles durcheinandergeraten, deswegen ist auch Antoine hier.

Ich bin nur sein älterer Bruder, sage ich zu einem Turnusarzt, der mich fragt, was ich hier verloren habe, in so einer Klapsmühle läuft man nicht grundlos frei herum.

Alle in dieser Abteilung starren mich seltsam an, nicht nur der Turnusarzt aus der Bretagne, auch die Schwester Xiu Xiu aus irgendeiner finsteren Ecke Vietnams, der schwarze Krankenpfleger aus dem Maghreb, der 30-jährige Psychoprofessor, der in 15 Jahren ein Standardwerk zur Kinderpsychiatrie herausbringen wird, sie alle mustern mich wie einen Scheißhaufen, der in ihrem heiligen Revier vor sich her dampft, *nein-ja-nein-nein*, ich beantworte alle mir gestellten Fragen einsilbig, mehr oder weniger der Wahrheit entlang.

Nachdem ich etwas Koks auf der Personaltoilette geschnieft habe, fühle ich mich besser, die Klarheit der Aussätzigen kommt wieder zurück, und dann entdecke ich auch das verdammte Zimmer 508, ich drücke die Schnalle runter, trete ins Halbdunkel, links ist eine angelehnte Türe ins Badezimmer, rechts ein Spind mit zwei Betten, eines steht leer, aber das andere ist mit dem mickrigen Körper meines Bruders belegt, Antoine, ich erkenne ihn und kenne ihn nicht mehr, der Kleine ist vollgepumpt mit irgendwelchem Psychoscheiß. Bewegungsunfähig gemacht. Vollständig sediert.

Im Koksnebel glaube ich, zu meinem Bruder zu sprechen, aber wahrscheinlich stehe ich einfach nur da. Blicke auf Antoine herab. Empfinde kaum Mitleid, keine Regung, nichts. Es ist kalt in mir, so verdammt kalt. Meine Hände sind ruhig, mein Herz schlägt normal. Nur mein rechtes Bein ist eingeschlafen.

Antoine stöhnt, er röchelt ein wenig oder weint vor sich hin. Scheint kaum mehr am Leben zu sein oder so. Ein riesiger analoger Wecker tickt laut neben dem Bett. Eine Tablettenschale, mit diesen bunten Pastillen drin, die dir dein Ich rauben. Die dich bei lebendigem Leibe auffressen und richtig plattmachen. Dagegen ist mein Kokain gar nichts. So schwach wie Aspirin. Oder wie *Fisherman's Friends* ohne Zucker.

Ich taste in meine Lederjacke. Hole die Pistole heraus. Setze den Schalldämpfer auf und sehe mich um. Die angelehnte Toilettentür, der Spind, der riesige Wecker, die schwarze Tafel am Krankenbett mit den verdammten Diagnosen: bipolare Störung, schwere Schizophrenie, suizidale Tendenzen. Mit einem Wort: hoffnungslos. Nicht mehr verwendbar in diesem Leben.

Genau deswegen bin ich hier. Ich hebe den rechten Arm. Ziele mit der Waffe auf das wimmernde Bündel vor mir, Antoine stöhnt auf. Starrt mich durchdringend an. Ich wende mich ab und schließe die Augen.

Dann drücke ich ab. Genau viermal. Eine groteske Stille breitet sich aus, und die Laken färben sich rot. Dort, wo der Kopf war, klafft nur noch ein Loch.

Ich nehme den Schalldämpfer von der Waffe, stecke die Pistole in den Gürtel, schließe den Schalldämpfer ins Etui, das Blut tropft aus dem Bett, es ist wie im Krieg. Ich habe einen Menschen getötet. Habe meinen Bruder gekillt.

Ich setze mich auf das Bett und warte. Irgendwann wird Schwester Xiu Xiu hereinkommen. Der Pfleger aus dem Maghreb, der Turnusarzt aus der Provence, der Psychopharmaprofessor, die alarmierten Polizisten, ein Kommissar. Die nächsten zwei Jahrzehnte werde ich weggesperrt werden. Meine Zukunft dünnt sich zu einer

Linie aus, zu einer Chimäre. Als ob mein Leben sich plötzlich in Luft aufgelöst hätte. Wie eine letzte Wolke zwischen den Zähnen.

\*

Der inoffizielle Obduktionsbericht ging von einem erweiterten Selbstmord der beiden Teenager aus: dass der größere Junge Ivan seinem schmächtigen Freund Sebastian aufgelauert war und ihn mit der Axt erschlagen hatte, bevor er sich selber mit einem Brotmesser den Bauch aufgeschlitzt hatte. Ich überflog die per Fax übermittelten Seiten und legte die paar ausgedruckten Blätter zur Seite. Zuckte mit den Achseln. Konnte oder wollte damit kaum etwas anfangen.

Diese Mord-Selbstmord-Geschichte passte nicht zu den übrigen Mordfällen, aber an Zufälle glaubte ich nach mehr als 20 Jahren in der Mordkommission nicht mehr. Ich rekapitulierte die letzten Stunden: das Frage- und Antwortspiel mit den Journalisten während der Pressekonferenz, die hektisch in mein Ohr geflüsterten Sätze der beiden Ischgler Polizisten, der überstürzte Aufbruch in das Apartment auf der ruhigeren Seite des Wintersportortes, die Auffindung der beiden Leichen, das geöffnete Fenster im ersten Stock, die tiefen Abdrücke von Bergschuhen die schneebedeckte Stiege hinauf, dem Fundort der beiden Leichen entgegen.

Ich stand auf und betrachtete die vielen Notizen, Fotos und grafischen Darstellungen der Mordserie an der Wand meines Zimmers. Trat ein paar Schritte zurück und betrachtete die affichierten Notizen. Die Darstellung der Zeitabläufe. Die Bilder der Opfer. Ein Mosaik aus Dutzenden Ereignissen. Ein riesiges, perverses Gemälde. Ich steckte mir eine Zigarette an und öffnete das Fenster. Lehnte mich über das Fensterbrett und betrachtete die Hausdächer in der einbrechenden Dämmerung vor mir. Zur rechten Hand lag die Fimbabahn, und links sah ich zu einem ruhigeren Ortsteil von Ischgl hinüber. Einige Chalets und Frühstückspensionen, darüber ein steiler Abhang, dessen Schneedecke dünner wurde und schon braune Flecken bekam.

Als ich die Zigarette abtöten wollte, sah ich plötzlich diese Buchstaben ganz oben am Hang. Mit brauner Farbe in den Schnee gekrakelt, unbeholfen, linkisch, in unterschiedlichen Abständen. Ein L. Ein I. Ein Z. Noch ein Z. Und ein Buchstabe, der wie ein J aussah, aber ein Y sein musste. Lizzy. Der Name eines der Mordopfer. Die Buchstaben konnten noch nicht lange dort sein. Ich kniff die Augen zusammen und sah eine dünne Gestalt unter einer Straßenlaterne zwischen schmucken Einfamilienhäusern. Vielleicht ein Meter 80 groß. Extrem dünn. Kein Mann noch, eher ein Junge. Schwarze Daunenjacke. Pudelmütze. Sehr enge Jeans. An den Knien einige Löcher. Ich zögerte keine Sekunde, zog meinen Mantel und die hohen

Schuhe an, steckte die Glock in den Halfter. Keine Minute später war ich dort drüben bei den Häusern. Die Gestalt war noch immer da. Sie hockte am Wegesrand und zog mit einem fast blau gefrorenen Finger sinnlose Kreise im Schnee.

Wer sind Sie? Was machen Sie da?

Die Gestalt hob den Kopf, sah mich an. Ein junger Mann. Mitte 20 vielleicht. Im Alter der toten Kellnerin.

Ich bin Luca.
  Der Fahrlehrer?
  Ja, woher kennen Sie mich?
  Selikovsky. Kriminalpolizei. Haben Sie die Buchstaben in den Schnee gezeichnet?
  Ja.
  Und warum?
  Weiß ich nicht. Einfach so. Ich vermisse Lizzy, verdammt noch mal.

Der junge Mann stand auf und wischte sich über die Wangen. Er hatte geweint, wollte es aber nicht zugeben. Neben ihm stand eine riesige Champagnerflasche. Mindestens einen Meter hoch. Mit den emaillierten Blumen darauf.

Es war aber nur Jägermeister drinnen.

Luca versuchte zu lächeln und sah dabei noch trauriger drein.

Ich wollte einfach ihren Namen noch einmal in den Schnee zeichnen. Am liebsten mit etwas Teurem. Aber ich hatte nicht so viel Kohle. Also habe ich einige Jägermeisterflaschen gekauft und deren Inhalt in diese Flasche geschüttet. Das Riesending habe ich aus einem Altglas-Container des *M-Hotels* geklaut. Wenigstens steht jetzt ihr Name dort oben. Ganz groß.

Der junge Mann kam etwas näher, steckte die Hände in die Hosentasche und schien nach etwas zu suchen.

Während ich die Buchstaben malte, kam so ein Typ auf mich zu. Er hat komische Fragen gestellt und mir diese Visitenkarte gegeben. Wenn jemand eine Antwort auf seine Fragen sucht, wird er sie dort vielleicht finden. Das waren seine Worte, ich schwör's, ein echt seltsamer Typ.

Ich nahm die Visitenkarte und starrte auf den Namen des Orgelbauers.
*Veit Notdurfter. Komponist und Orgelbauer. Landeck. Kreuzbühelgasse 12*

Wie hat der Mann ausgesehen, fragte ich Luca.
Weiß ich nicht mehr. Er hatte einen Lodenmantel an und irgendwie kein Gesicht.

Eine seltsame Personenbeschreibung.

Nicht für jemanden, der unter Drogen steht.

Luca zuckte die Schultern und ging an mir vorüber. Vielleicht hätte ich ihn zurückhalten sollen, aber irgendwie schien mir die Trauer des jungen Mannes glaubwürdig zu sein. Die Tränen liefen ihm über das Gesicht, und seine mageren Schultern zuckten. Der junge Mann hatte etwas verloren, das nicht wieder zurückgebracht werden konnte. Nicht nur eine Freundin von vielen. Sondern so etwas wie Zuneigung. Wie eine unstillbare Sehnsucht nach einem anderen Menschen.

Ich sah Luca ein paar Sekunden nach und hoffte, dass der Junge keine Dummheit begehen würde. Dass er sich irgendwo Trost und Rat suchen konnte. Und nicht in irgendwelchen Bahnhöfen Drogen kaufte oder so. Aber wahrscheinlich würde er genau das tun.

Ich warf einen Blick auf die Visitenkarte und drehte sie um. Auf der Rückseite stand nur ein Wort. Aber eines, das mich sofort hellhörig machte. Ein altmodisches, für viele kaum mehr verständliches Wort. »LANDSKNECHT« stand auf der kleinen weißen Fläche geschrieben.

*Der Landsknecht schlägt um Mitternacht.* Diesen Filmtitel hatte der Täter auf ein zusammengeknülltes Stück

Papier neben dem aufgefundenen Ohr eines seiner Opfer geschrieben.

Ohne weiter zu zögern, rief ich Gruber an. Nach dem dritten Freizeichen hob er ab, unwirsch, schlecht gelaunt, flüsternd. Vor einigen Stunden hatte das Wetter umgeschlagen: Ein Föhnsturm zog über das Paznauntal hinweg und hatte die Gefahr von abgehenden Schneebrettern auf Stufe vier erhöht. Gruber war Mitglied der gerade tagenden Lawinenkommission und fühlte sich von meinem Anruf hörbar gestört.

Was gibt's?
Ich brauche dich.
Entschuldige, aber ich bin mitten in der Lawinenkommissionssitzung.

Im Hintergrund hörte ich die aufgebrachte Stimme eines Vertreters der Ischgler Bergbahnen. *Eine Pistensperre kommt gar nicht infrage. Nicht mit uns. Wir haben Semesterferien in fünf deutschen Bundesländern. Und die Krokusferien in den Niederlanden stehen auch vor der Tür.*

Begleitest du mich in die Wohnung eines Verdächtigen?

Ich starrte auf die Visitenkarte des Orgelbauers. *Veit Notdurfter. Kreuzbühelgasse 12. Komponist und Orgelbauer.* Der für den Bau der neuen Orgel in der Ischgler Dorfkirche verantwortlich war. Ein Landsknecht, der seit Monaten beinahe täglich in diesem Ort war. Und langsam zu ertauben schien oder zumindest an einer schweren Gehörwegserkrankung laborierte. Der keine Zukunft mehr hatte. Und demnächst in Frührente gehen musste. Der kein Musikstück mehr schreiben, keine Orgel mehr bauen, kein Klavier stimmen würde. Der am Ende war. Mit 45 Jahren vielleicht. Handwerklich geschickt. Intelligent. Und verzweifelt.

Ich holte Gruber vor der örtlichen Volksschule ab. In einem Klassenzimmer tagte noch immer die Lawinenkommission, lauter ältere Herren, die Repräsentanten der Bergbahnen, der Hoteliers, der Tourismusbehörde und der österreichischen Bergwacht. Man war kurz davor, ergebnislos auseinander zu gehen. Und einfach auf morgen zu warten.

Gruber setzte sich an das Steuer des Streifenwagens und wartete, bis ich auf dem Beifahrersitz Platz genommen hatte.

Wohin? Ich hoffe, es ist nicht weit.
Landeck.
Oh, Mann. Hat das nicht Zeit bis morgen?
Nein.
Also dringend.
Ja, ziemlich.
Mehr willst du mir nicht verraten?

Ich blickte Gruber von der Seite her an.

Wie oft hast du schon im Dienst geschossen?
   Wie bitte?

Der braun gebrannte Polizist verriss beinahe das Steuer. Höferau. Kappl. See. Das verdammte Paznauntal schien kein Ende nehmen zu wollen.

Ach nichts, war nur eine Frage.

Ich bemühte mich um ein Lächeln. Aber eigentlich meinte ich es ernst. Wir fuhren etwas Unbekanntem, Großem, Gefährlichem entgegen.

Bist du ihm etwa auf den Fersen?

Gruber fixierte mich von der Seite her. Seine Neugier war mit beiden Händen zu greifen.

Kann sein. Fahr ganz normal weiter. Kein Blaulicht, keine Sirene. Nichts. Wir werden nur irgendwo Nachschau halten.

*

Der Helikopter bringt uns gegen 9 Uhr früh zu einer Skihütte auf was-weiß-ich-wie viel-1000 Meter hinauf, alles tief verschneit, das verdammte Weiß reicht bis weit über die Knie hinauf. Mein Kopf dröhnt noch immer von zu viel Wodka Soda und zwei extravaganten Trips, aber ich sehe top aus, wie geschaffen, um die seltsamen Strickpullover dieses österreichischen Mode-Startups zu präsentieren – das Sujet: Retro-Junge beim Schulskikurs in den 50er-Jahren des letzten Jahrtausends. Eine Fotoassistentin mit blauen Rasta-Haaren und einem gewaltigen Joint zwischen den Lippen hat mir sogar Skier von Anno dazumal in die Hand gedrückt, ich stehe mit den Vintage-Holzlatten vor der Skihütte, in der es schon am Vormittag nach Glühwein und verbranntem Schweinefleisch riecht.

Professionell, wie ich bin, erledige ich meinen Job: Schulbub mit Skiern, Schulbub vor Baumstrunk, Schulbub halb im Schnee versunken, Schulbub mit seinem besten Freund Dennis im Lärchenwald. Die Girls von der *Teen Vogue* werden ausflippen dabei, meine Instagram-Gemeinde wird die 900.000er Benchmark sprengen, eine mittlere Großstadt, die nur aus pubertierenden Mädchen, einigen schwulen Jungs und einem Haufen Perverser besteht, aber egal – Job ist Job, und wenn es Kohle bringt, dann soll es mir recht sein.

In den Pausen gibt es Champagner und fettes Fleisch, das kaum einer anrührt. Jeder von uns Models hat längst gelernt, mit dem Hunger zu leben. Wir halten das Vertragsgewicht ein, lassen uns von Visagisten, Fotografen und Designern in eine Parallelwelt beamen, in der niemand altert. Und alle jung und verführerisch sind. Eine Wolke Sieben, die genauso wenig existiert wie der Zwergplanet des Kleinen Prinzen.

Der Hüttenwirt mit weißem Rauschebart, Tirolerhut und einer von Wind, Wetter und Zirbenschnaps gegerbten Lederhaut – liest die Zeitung von gestern, und fast auf jeder Seite des Kleinformats ist von diesem irren Phantom in Ischgl die Rede, das schon neun oder 13 oder 1000 Leute abgemurkst hat, echt krass, dass die Story gerade dort unten in dem harmlosen Flecken abläuft, 1000 Höhenmeter tief unter mir, in vielleicht drei Kilometern Entfernung.

Für ein paar Augenblicke versuche ich, mir den Kerl vorzustellen, der so etwas zustande bringt, aber ich schaffe es nicht, mich in die Existenz eines Psychopathen zu beamen, vielleicht habe ich ihn ja selber schon gesehen, gestern Nacht in einer der seltsamen Diskotheken von Ischgl zum Beispiel, wo Kellner im Ausnahmezustand ihr Trinkgeld versaufen: Anfang Mai sind diese Idioten pleite und müssen in der nächsten Wintersaison mit den angeschriebenen Tausendern aus dem letzten Jahr wieder von vorne anfangen.

Martin, das einzige österreichische Model im Team, hat mir in seinem bizarren Englisch davon erzählt, ein kleiner Naseweis aus einem Wiener Nobelbezirk, sein Vater ist Architekt wie meiner, was ihn etwas sympathischer wirken lässt. Allerdings entwirft Martins Erzeuger Banken- und Versicherungsgebäude, während mein Ökö-Dad die eigene Schaffenskraft in Sozialbauten in der nördlichen Bretagne investiert.

Ich zucke mit den Schultern und sehe in das blasierte Gesicht des österreichischen Models; Martin sieht wirklich nicht schlecht aus, ist fast zehn Zentimeter größer als ich, ungefähr ein Meter 95 und dünn wie ein unterernährtes Kind, hohe Backenknochen, üppige Lippen, ein Lidschlag, der einem das Herz brechen kann, ich mache ein Selfie mit ihm und knalle es auf Snapchat zweieinhalb Minuten lang meinen Jüngern hin, 8.732 unbekannten Freunden gefällt das binnen 150 Sekunden, dann ist der Spuk wieder weg, und in Tausenden Jugendzimmern fließen Tränen, Sehnsüchte und ein diffuses Begehren nach Sex ineinander oder lassen die pubertierenden Körper in einem beinahe leblosen Zustand des Begehrens zurück.

Die ganze minderjährige Welt da draußen träumt davon, Profifußballer, Model, Groupie oder Rapper zu werden, je nachdem, ob du schwul oder hetero oder irgendwas dazwischen bist, kein Mensch will anscheinend mehr Chirurg oder Buchhalter, Jurist oder Handwerker werden, einen Beruf ergreifen, der unseren Planeten am Funktionieren erhält. Vielleicht werden wir alle in 20 Jahren an einem Schnupfen zugrunde gehen, weil es nur noch Models und Rockmusiker und Milliarden von

Bettlern geben wird, ich merke, wie meine Gedanken ins Nirwana der Gemeinplätze abdriften und lasse mir vom Hüttenwirt einen doppelten Zirbenschnaps geben, ich tauche die Zunge vorsichtig in das ölige Feuerwasser, das Zeug schmeckt wie gebrannte Waschlauge und ätzt sich seinen Weg durch die Speiseröhre, in den leeren Zwölffingerdarm, direkt Richtung Leber und Bauchspeicheldrüse.

Am frühen Nachmittag kommt dann kitschig die Sonne heraus, und die hysterische Marketing-Lady vom österreichischen Strickwaren-Startup kriegt fast einen Orgasmus dabei. Ich spüre, dass die paar Designstudenten ihre letzte Kohle für das Shooting zusammengekratzt haben, ihre Cardigans, Pullover und Strickgilets haben auch Verve und Pfiff, ich kann mir schon vorstellen, dass ein paar durchgeknallte Freaks dieses schräge Zeug kaufen.

Und plötzlich denke ich an Eric, den irgendein Wahnsinniger umgebracht hat. Er war 27 Jahre alt und damit schon in dem Alter, wo du als Escort die krasseren Dinge machen musst, weil du kein süßer Junge mehr bist, sondern ein erfahrener Profi, der seinen Kunden für 200 Euros den perfekten Orgasmus verschafft.

Ich frage mich – während ein Visagist an meinem Gesicht herumpinselt – welchen Knall ich später selber abkriegen werde: Vielleicht würde ich auf kleine Jungs oder Fesselspiele oder die 48. Staffel von *Two Broke Girls* stehen, eine alte, fett und verzweifelt gewordene Schwuchtel, die von den Tantiemen einer längst abgelaufenen Zeit leben wird, in einem Penthouse in Nizza, das ganz zuletzt der Notarzt betreten wird, kurz vor dem finalen Erinnerungsflimmern und dem Auftritt eines Kerls im schwarzen Umhang, der mir schäbig grinsend das Tor zur Ewigkeit öffnet: zu meinem ganz persönlichen Tod.

\*

Bahnhofstraße, Ulrichstraße, Fischerstraße: Landeck. Die Kleinstadt, in der ich aufgewachsen war, vor langer, sehr langer Zeit. Eine finstere Gegend schon damals, und viel schien sich in den drei Jahrzehnten seither nicht verändert zu haben. Düstere Wohnkasernen, kahle Vorgärten, schlecht asphaltierte Straßen, wenige Laternen, die mehr Schatten als Licht auf die Fahrbahn warfen. Keine Menschenseele war da draußen zu sehen, obwohl es kaum später als 18 Uhr abends sein konnte. Ich sah aus dem Seitenfenster und erkannte das Fassadengrau der vor sich hin bröckelnden Reihenhäuser wieder, alles strömte hier immer noch Armut, Verfall und Hoffnungslosigkeit aus, vielleicht auch nur Ohnmacht oder eine stumme, verzweifelte Wut.

Gruber lenkte den Streifenwagen die aufgebrochene Asphaltstraße entlang, der Schweiß stand ihm auf der faltigen Stirn und sammelte sich in dicken Tropfen über den buschigen Augenbrauen. Manchmal fuhr sich der

Beamte mit dem Armrücken über das Gesicht und murmelte etwas im Paznauner Dialekt gegen die Frontscheibe. Er hatte Angst, dem mutmaßlichen Serienmörder zu begegnen, der bereits neun Menschen umgebracht hatte, so einer, flüsterte Gruber, würde sicher ohne Vorwarnung losschießen. Denn er habe ja nichts zu verlieren.

Ich seufzte und versuchte, Gruber etwas zu beruhigen. Hinter den Straßenlaternen bogen sich ein paar kahle Bäume im warmen Fallwind.

Wir sehen einfach nach, Gruber, stellen Sie den Streifenwagen hier ab, dort drüben steht schon der Kleintransporter des Orgelbauers.

Wir sollten besser eine Sondereinheit oder den Kollegen Hundertpfund vom Landeskriminalamt alarmieren oder …… den lieben Gott? Ach, kommen Sie, Gruber, wir überprüfen einen Orgelbauer. Das heißt, ich sehe nach, Sie bleiben hier im Wagen und sichern die Straße oder sonst was. Wenn ich in fünf Minuten nicht wieder da bin …

… oder ich einen Schuss höre …

… dann dürfen Sie anrufen, wen Sie wollen, Gruber. Aber folgen Sie mir bitte nicht unaufgefordert nach.

Ich stieg aus und schlug den Mantelkragen hoch, weil der Föhn noch stärker durch die finsteren Gassen von Landeck tobte. Ich drehte mich etwas zur Seite, ließ die Tür des Streifenwagens leise ins Schloss klicken und überließ Gruber seiner diffusen Angst vor dem Nichts. Ich sah die Fischerstraße hinunter und blickte in die Kreuzbühelgasse hinein, bis zur Nummer zwölf war es nicht weit, höchstens 30 oder 40 Meter.

Ich griff nach meiner Glock unter dem Mantel und setzte mich in Bewegung, und plötzlich, nach ein paar Metern, hatte ich das Gefühl, nicht mehr Mitte 50 zu sein, sondern mit jedem Schritt jünger zu werden, bis ich mich schließlich wieder wie ein Hauptschüler fühlte. Ein schmächtiger Junge, der kleinlaut durch die finsteren Straßen schlich. Meine Mutter war an Krebs erkrankt, und weil es sonst niemanden gab, musste ich ihr beistehen. Sie pflegen. Ihr durchnässtes Bett machen. Die Sterbende waschen. Vor der ich mich ekelte und die ich doch liebte. Manchmal lief ich einfach weg, um meine Hilflosigkeit für die Dauer eines kurzen Spaziergangs zu verdrängen.

Gefühle wie Ohnmacht und Wut waren wiedergekehrt. Für ein paar bange Minuten war ich wieder dieser kleine, unbeholfene Junge von früher. Einen Unterschied gab es doch: Ich trug eine Pistole unter dem Mantel und war im Namen des Gesetzes bewaffnet.

*

Am späten Nachmittag kommen wir vom *Sheepshite-Shooting* zurück. Vor der Rezeption des *Art-Hotels* werde ich von drei Herren erwartet. Einem Kriminalbeamten aus Innsbruck, einem verdeckten Ermittler aus Wien und dem jungen Kollegen jenes Pariser Kommissars, der mich vor ein paar Wochen zum Mord an Eric befragt hat. Die drei Schatten lösen sich von der Mauer und stellen sich mir in den Weg. Auf eine Weise, die keinen Widerspruch duldet. Instinktiv trete ich ein paar Schritte zurück.

Wir hätten ein paar Fragen an dich.

Ich starre die drei Kriminalbeamten an. Davonlaufen scheint zwecklos zu sein. Hinter einem Ohrensessel und einer Standuhr stehen noch weitere Vasallen in Zivil.

Okay, ich habe kapiert. Schießen Sie los.

Mein Puls groovt mit 200 Beats pro Minute dahin, Schweiß bricht auf der Stirn aus, ich denke an die zwölf Gramm kolumbianisches Marschierpulver in einer japanischen Konfektdose, auf der Ablage neben meinem Bett im Zimmer 429. Die Bullen sehen einander mit verstohlenem Grinsen an und bitten mich in den ersten Stock: zu den schweren Chesterfield-Möbeln vor einer imposanten Hotelbar. Ich hätte jetzt gern einen *Negroni* oder einen *French 75* oder beides. Die Kriminalbeamten lassen aber nur stilles Mineralwasser zu. Ich genehmige mir einen Schluck und lasse ein Meer aus Fragen auf mich zukommen.

Wenn du verhaftet wirst, werde ich von dir ein Foto in Handschellen schießen, grinst mir Dennis vom Tresen der Hotelbar entgegen, eine Champagnerflöte in der Hand, mit diesem lasziven Blick, der mich schon wieder geil werden lässt. Und das bei einem Verhör.

Du kennst einige Leute, die mit Morden zu tun haben, legt einer der beiden österreichischen Kriminalbeamten in einem erstaunlich guten Französisch los, wir finden das höchst bemerkenswert.

Ich blicke auf den blutenden Hirsch auf meinem *Sheepshite*-Pullover und würde gern wieder der 15-jährige Schulbub vor der Skihütte auf 2500 Metern Seehöhe sein. Die rotblonden Haarsträhnen keck ins Gesicht frisiert. Die Lippen zu einem grandiosen Lächeln geschürzt. Den Blick auf Dennis' Beule in der engen Raulederhose geworfen. Ich versuche, schlau zu wirken, und stelle mich blöd.

Ich verstehe nicht ganz, worauf Sie hinauswollen.

Wir haben nach richterlicher Genehmigung Ihre Social Media Daten analysiert, fasst der österreichische Kriminalbeamte zusammen, Sie haben 16 Mal insgesamt vier Stunden und 34 Minuten lang mit dem österreichischen Teenager gechattet, der vor ein paar Stunden hier in Ischgl seinen besten Freund getötet hat, und das in einem Schwulenchat namens *Glory Hole*. In demselben Raum haben Sie auch den Edelstricher Eric kontaktiert und als Draufgabe noch mit jenem Immobilienmakler gechattet, der mittlerweile als Hauptverdächtiger in dem Mordfall Eric Svanson gilt. Außerdem haben Sie Drogen im Wert von 2.466 Euro bei dessen Sohn Pat gekauft.

Sie haben doch nicht meine japanische Konfektdose geplündert?

Selbstverständlich haben wir Ihr verdammtes Zimmer durchsucht.

Der Pariser Kriminalbeamte schaltet sich mit seinem schmierigen Banlieue-Französisch dazwischen. Er hat garantiert keine Eliteschule besucht, sondern höchstens ein paar Grundschulklassen in einem Viertel, wo sich keine Polizisten mehr hin trauen. Wo abgefuckte Leute billige synthetische Drogen verkaufen. Und Terroranschläge geplant werden. Wo der Maghreb zu Hause ist. Und die illegale Prostitution. Sein Bachelor-Zertifikat hat er wahrscheinlich auf einer Müllhalde gefunden.

Et alors?

Ich tue so, als hätte ich einen kleinen Parkschaden auf dem Campus einer Eliteuni begangen. Einen Augenblick bitte, ich werde gleich meinen Anwalt anrufen. Oder Monsieur Papà. Oder die Herausgeberin von *Vogue Italie*.

Worüber haben Sie mit diesem Ivan gechattet?
Wenn ich das noch wüsste. Ich meine, es war ein Schwulenchat. Was soll man da schon groß reden?
Vier Stunden und 34 Minuten lang.
16 Mal in den letzten drei Monaten.

Drei Augenpaare richten sich auf mich wie Scheinwerfer bei einem Massenmörderverhör.

Es wird wohl was Geiles gewesen sein. Wenn es im *Glory Hole* war.

Ich versuche, mich zu erinnern – aber wer erinnert sich schon an die einsamen Chats in einem verdammten Hotelzimmer, nach irgendwelchen anstrengenden Shootings. Nachts um 2.30 Uhr vermutlich. Nach 18 Wodka Soda und anderthalb Gramm Marschierpulver.

Hat er irgendetwas von einem Kumpel erzählt? Von einem geplanten Mord?
Nö, wir haben wahrscheinlich nur über das Blasen fantasiert.
Wie bitte?
So Oralsex eben. Mit dem Mund den Schwanz lutschen. Ungefähr so.

Ich schürze meine Lippen zu einem kreisrunden O, durch das problemlos jeder steife Pimmel reingleiten könnte.

So genau wollen wir's auch wieder nicht wissen. Und mit Eric? Der war ja auch in dem Chat.

Hmm, ja, manchmal. Aber wir haben mehr über Skype telefoniert. Oder WhatsApp oder so.

Und worum ging's da?

Sie werden es nicht glauben: über nordische Küchenrezepte. Und wie man Camembert produziert oder einen guten Calvados macht.

Der Französische Flic mustert mich wie ein Stück Scheiße auf seinem mittelteuren Lackschuh.

Hör mal, wenn du dich jetzt lustig machen willst über uns … wir könnten dich ohne Umschweife mitnehmen, mit deinen zwölf Gramm Koks in der Konfektdose.

Ich wirke nicht gerade begeistert. Zucke mit den Achseln. Und versuche mich rauszureden aus diesem Dilemma.

Glauben Sie mir, Eric wollte wirklich gerne Schafe züchten, in der Camargue oder so. Er war sogar einmal bei meinen Eltern in Caen. Hat ihn etwa dieser Immobilientyp umgebracht? Ganz koscher kam mir der Kerl im *Glory Hole* Chat ohnehin nicht vor.

Ich bemühe mich um ein Lächeln. Normalerweise treiben meine perfekt regulierten Zähne halbe Teenagerklassen in den Wahnsinn. So wie es aussieht, werde ich das nächste Jahr in einem österreichischen Gefängnis verbringen. Sofern es sich mit den zwölf Monaten überhaupt ausgeht.

Diese Familienväter sind komisch, antworte ich, immer gewaltbereit unterwegs. Sie schreien dich im Chat an, denken sich die dreckigsten sexuellen Begierden aus. Und müssen am nächsten Tag raus, ihre Familie ernähren. Richtig widerlich ist das.

Ich schüttle meine rotblonden Strähnen aus dem Gesicht und unterdrücke das Verlangen nach einem Joint. Nehme einen Schluck stilles Mineralwasser und versuche mir den Druck der Handschellen an meinen Gelenken vorzustellen. Im *Glory Hole* wollten viele so Jail-Chats haben. À la junge Sau in der Zelle. Nackt und hilflos. An die Wand gekettet. Wie Eric in seinem Apartment.

Und dessen Sohn Pat?
Der kleine schmierige Dealer?
Ja, genau der.
Er ist einfach ein unreifer, 17-jähriger Scheißkerl. Bumst sicher alle Girls, die sich bei »drei« nicht im

Mädchenklo verschanzt haben. Im *L'Avventure* ging er jedenfalls ein und aus. Ich konnte sein schräges Gefasel kaum aushalten. Aber der Stoff war super. Das muss ich ihm lassen.

Den drei Beamten steht das schüttere Haar zu Berge. Irgendwie habe ich das Bedürfnis, einen Anwalt anzurufen. Ich kenne aber nur Jacques, Papas Jugendfreund, einen Winkeladvokaten aus Caen, der fast alle seine Prozesse verloren hat: Grundstücksstreitereien, Erbschleicherei und anderen Kram. Dafür kennt er sich bei teuren Bordeaux-Weinen aus.

Der kleine Kriminelle hat auch noch einen jüngeren Bruder, fahre ich fort, manchmal war der auch im *Glory Hole* Chat. Hat sich als Bachelor ausgegeben und wusste nicht einmal, in welcher Klasse man das Abitur macht. Aber trotzdem ein geiles Ferkel im Chat. Und belesen irgendwie. Manchmal rutschte ihm ein Houéllebecq-Zitat zwischen den sexuellen Fantasien heraus. Angeblich hat er sein Zimmer mit schwarzen Eddingstiften voll gekrakelt.

Antoine ist vor Kurzem von seinem älteren Bruder erschossen worden.

Der Pariser Kriminalbeamte verzieht keine Miene bei diesem Satz, und die beiden Österreicher sehen betreten drein wie Beerdigungsunternehmer Dritter Klasse.

Echt wahr? Ich meine, kein Scheiß?

Der Nachwuchskommissar aus dem Banlieu hält mir eine Schwarz-Weiß-Aufnahme vor das Gesicht. Ein Gitterbett in einer psychiatrischen Anstalt. Ich erkenne den angeblichen Bachelor aus dem Sexchat. Blutüberströmt. Jeder halbwegs normale Mensch würde sofort zu kotzen beginnen.

Sieht ja krass aus.
 Ach, halt die Klappe. Du hilfst uns auch nicht viel weiter.
 Nehmen Sie mich jetzt fest, frage ich in die Runde.

Eine Anzeige nach dem österreichischen Suchtgiftmittelgesetz reicht.

Und was heißt das?
 Geldstrafe, bedingte Haft, Diversion. Irgendetwas in dieser Richtung. Wird sich wohl in der Gerichtsverhandlung ergeben.
 Jedenfalls vielen Dank, dass du uns nicht geholfen hast, Freundchen.

Die finstersten Blicke der Welt. Nicht einmal in einem brasilianischen Massengefängnis wird es so ungemütlich zugehen.

Kann ich Ihnen noch irgendwie behilflich sein?

Ich höre drei Flüche auf einmal.

Die drei Beamten stehen auf und lassen mich mit einem Protokoll, einer Anzeige und einem ziemlich roten Kopf zurück. Dennis kommt näher, mit einem *French 75* in der Hand.

Du wirst auch bald mit einer Vorstrafe herumlaufen, Kumpel.
Wieso auch?
Ich habe mit 15 einen Kerl in einer Shopping Mall beraubt. Und bin dabei erwischt worden.
Was?
Sechs Monate Jugendknast. Dort habe ich das Blasen gelernt, zehn Kilo abgenommen und mich an jedem zweiten Tag durchknallen lassen.
Wow, du bist ja richtig … kriminell.
Du aber auch.
Irgendwie – nice.
Schon wieder eine kleine Gemeinsamkeit.
Ob sie jemals den Mörder von Ischgl finden werden?

Dennis zuckt mit den Achseln. Seit ich weiß, dass er einen Kerl ausgeraubt hat, finde ich ihn richtig sexy. Eigentlich hatte ich geglaubt, Dennis wäre genauso behütet aufgewachsen wie ich.

Ich habe Lust auf deinen Schwanz.
Echt jetzt?

Und wie. Ich glaube, ich muss ihn jetzt unbedingt blasen.

In deinem Zimmer oder in meinem?

Es fängt fast immer mit diesem Satz an: Bei mir oder bei dir? Ich schlucke meine Vorbehalte hinunter.

Darf ich – zu dir, frage ich leise.

Na klar. Aber verknall dich ja nicht in mich.

Nein, Dennis, versuch ich erst gar nicht.

Liebe, das gibt's nämlich gar nicht.

Dennis zieht einen Schmollmund. Er sieht jung und früh vergreist zugleich aus. Irgendwie abstoßend. Und doch richtig geil. Ich denke an die Muttermale auf seiner Brust. An seine Art, eine Champagnerflöte mit drei Fingern zu halten.

Wie abgefuckt diese Welt ist.

Kannst du laut sagen.

Und keiner kommt hier lebend raus. Nicht einmal Gott. Wenn er nicht schon längst tot wäre.

*

Ich stehe neben dem weißen Kastenwagen mit der Aufschrift »Veit Notdurfter, Komposition und Orgelbau, Landeck, Kreuzbühelstraße 12«. Der Wagen ist abgesperrt. Ich überprüfe die Ladetüren, werfe einen Blick auf den Fahrersitz und das Lenkrad, alles unverdächtig, nichts, das auf irgendetwas Ungewöhnliches hinweist. In der Mittelkonsole eine angebrochene Packung *Fisherman's Friends*, eine zerknüllte Zigarettenpackung, auf dem Beifahrersitz zwei Paar Arbeitshandschuhe, ein Funkgerät, eine Kappe.

Ich hebe den Kopf und deute ein Okay zum Streifenwagen hinüber, dann löse ich mich aus dem Schatten des Klein-Lkws und verschwinde aus Grubers Gesichtsfeld. Ich bin wieder in der Gegenwart angekommen, die Epiphanien der Kindheit sind weg, meine Mutter ist schon seit fast 40 Jahren tot, ihr Grab existiert nicht mehr, es wurde nach 20 Jahren aufgelöst. Eigentlich wollte ich Landeck für immer vergessen.

Vorsichtig öffne ich das verrostete Gartentor, es schnarrt laut beim Aufdrücken, ein großer Vogel fliegt auf und verschwindet krächzend in der einbrechenden Nacht, eine Eule oder ein Habicht möglicherweise. Das Haus des Orgelbauers ist dunkel, kein Geräusch ist aus dem Inneren zu hören, alles scheint ruhig, ja unbewohnt zu sein. Ich läute an der Haustür. Die Glocke schrillt im ganzen Haus, sie muss ohrenbetäubend sein, aber Notdurfter leidet ja an einer Gehörwegserkrankung. Die Ischgler Orgel wird das letzte, große Meisterwerk von Magister Veit Notdurfter sein, übertrieben dimensioniert, großartig ausgeführt, ein paar Stimmproben noch, dann wird das vollendete Instrument der Pfarrgemeinde übergeben: die Seilbahngesellschaft, die Hoteliers und Gastronomen und sogar ein Bordellbesitzer aus dem Inntal haben die neue Orgel finanziert. Egal, woher der Reichtum stammt, am Ende sind alle Oberländer katholisch. Ich drücke noch ein paar Mal die Glocke, dann klopfe ich heftig an die Tür, nichts – außer Gruber, der mich am Handy anruft.

Alles okay? Was machst du an der Tür?
Ich versuche reinzukommen. Ist abgesperrt. Ich werde das Schloss mit meinem Taschenmesser aufbrechen. Bitte bleibe einfach im Wagen.

Ich nehme das Klappmesser und bohre damit im veralteten Türschloss herum, nach ein paar Anläufen gibt das verrostete Schloss nach, und die Tür springt auf, aus dem Inneren dringt der abgestandene Geruch nie gelüfteter Räume. In der Diele drehe ich das Licht an, spätestens jetzt müsste mich auch der schwerhörige Orgelbauer bemerken. Keine Antwort, kein Geräusch. Nichts. Doch. Jetzt höre ich etwas. An der Hinterseite des Hauses, im Garten wahrscheinlich, bellt und winselt ein Hund. Den Geräuschen nach zu schließen, ein gar nicht so kleiner.

Ich hole die Glock aus dem Halfter, entsichere sie und überprüfe die unteren Räume: Diele, Küche, Wohnzimmer, überall ist penibel aufgeräumt, nichts liegt herum, in einem weiteren Zimmer sind detaillierte Pläne von

Orgelpfeifen und Saitenwerken zu sehen, am unteren rechten Rand eines jeden Blattes steht »Orgel Ischgl 12/12«. Die letzte Orgel. Die am kommenden Sonntag vollendet sein muss. Wenn sich die höchsten Vertreter der katholischen Kirche zur Einweihung der neuen Orgel nach Ischgl begeben. Ich verlasse das Arbeitszimmer und sehe die Treppe nach oben.

– Notdurfter? Sind Sie da? Melden Sie sich. Polizei. Wir haben ein paar Fragen an Sie.

Nichts. Nur der Hund bellt im Garten. Ich gehe die knarrenden Holzstufen nach oben. Drei Türen, und alle stehen weit offen. Der Strom ist im ersten Stock abgedreht. Ich hole eine kleine Taschenlampe aus dem Mantel und leuchte ins Badezimmer. Auf dem Spiegel steht mit rotem Lippenstift geschrieben: »Um Mitternacht beginnt der Reigen des Vergnügens.«

Ich wende mich von den hin gekrakelten Buchstaben ab und sehe im Schlafzimmer nach. Auf dem Bett liegt ein Mann. Aber dieser Mann hat keinen Kopf mehr. Der Torso fühlt sich noch warm an. Ich drehe mich um. Der Kopf der Leiche liegt auf dem Schreibtisch. In einer Lache aus Blut. Daneben ein abgerissenes Kalenderblatt mit dem Giuseppe Tomasi-di-Lampedusa-Zitat: *Alles muss sich ändern, damit es so bleibt, wie es ist.*

Auf der anderen Seite des abgetrennten Kopfes liegt ein Smartphone. Als ich mir eine Zigarette anzünde, beginnt es zu summen. Auf dem Display steht »anonym«. Ohne zu zögern drücke ich auf die Sprechtaste.

Hallo, wer ist dran?

Ich höre schweres Atmen.

Wer, zur Hölle, sind Sie?
 Sehen Sie aus dem Fenster, sagt eine verfremdete Stimme.

Dann legt der Anrufer auf.

Ich beuge mich nach vor und bemühe mich, keinen Blick auf den abgeschnittenen Kopf zu werfen. Im Garten bellt ein Irish Setter. Dunkelbraun. Schlank. Sehr gepflegt. Ich kenne den Hund. Er gehört … Ich schlucke und versuche, mich an den Namen zu erinnern. Er gehört … Ich drücke die Zigarette aus. Die zuckenden Mundwinkel. Der Lodenmantel. Die aufgedunsene, bleiche Visage ohne besondere Gefühlsregung. Die kleinen, unter Fett und Tränensäcken begrabenen Augen.

Sellner.

Das Smartphone beginnt nochmals zu summen.

Na, haben Sie jetzt die Lösung?

Die Stimme ist nun nicht mehr verfremdet, sondern klar und deutlich zu erkennen.

Sellner! Wo sind Sie? Was …
 Sie werden mich nicht kriegen.
 Sie können nicht weit sein.

Ich spüre, wie Sellner am anderen Ende der Verbindung zu lächeln beginnt. Ein feistes Grinsen wird gerade über sein Gesicht gleiten wie ein Lichtstrahl. Im Hintergrund höre ich ein Geräusch. Ich weiß nicht genau, was es ist. Es klingt nach einer Motorsäge oder einem Motocross Bike vielleicht. Die Verbindung wird jäh unterbrochen. Ich stecke das Beweisstück ein und rufe Gruber an.

Kommen Sie ins Haus und lassen Sie Ihre Gefühle im Wagen.

Zwei Minuten später steht Gruber neben der Leiche in zwei Teilen. Torso hier auf dem Bett, Kopf dort drüben vor dem Fenster. Sellners Irish Setter ist an einem Wäscheturm im Garten festgezurrt. Bellend, winselnd, mit den Pfoten im aufgeweichten Schneematsch kratzend. Sein verdammtes Herrchen suchend. Genau wie wir.

Was klingt wie ein Motorrad, ist aber keins, frage ich Gruber mit einem Seitenblick auf den kopflosen Torso hinüber.

Weit kann er nicht sein, murmelt der Revierinspektor, ohne auf meine Frage zu achten, wir sperren die paar Straßen nach Innsbruck und Bregenz, kontrollieren die Umgebung innerhalb von 30 Autominuten. Spätestens an einem der Grenzübergänge ist Schluss.

Hmmm, antworte ich und schaue zu den schneebedeckten Hängen über Landeck hinauf.

Ich denke an das Geräusch im Hintergrund, an dieses hochtourige, nervöse Motorengeräusch.

Wie bewegt man sich am schnellsten auf Schnee, frage ich Gruber.

Mit einem Skidoo, lautet die Antwort.

Genau das ist es! Sellner meidet den Straßenverkehr, er wird mit dem Skidoo über die Silvretta in die Schweiz fahren wollen. Gruber, wir brauchen einen Hubschrauber!

Einen was?

Gruber sieht mich halb entsetzt, halb belustigt an.

Sie haben richtig gehört, wir brauchen einen Hubschrauber, jetzt auf der Stelle, und einen Wahnsinnigen, der auch bei starken Fallwinden startet.

Sorry, aber im Paznauntal gilt im Winter ab 16 Uhr ein allgemeines Flugverbot. Morgen wieder, bei besserem Wetter vielleicht.

Gruber, das ist ein Notfall!

Fehlanzeige: Wer immer uns fliegt, wird seine Lizenz verlieren.

Scheiß drauf.

Das wird den Piloten kaum überzeugen, außer ... einen, der keine Lizenz mehr hat.

Und trotzdem fliegen kann.

Und der Helikopter?

Fragen Sie nicht, lassen Sie mich machen, grinst Gruber.

Ein paar Telefonanrufe später sind wir nach Zams unterwegs. Überall ist Blaulicht zu sehen. Die ersten Straßensperren werden errichtet, die angehaltenen Fahrzeuge kontrolliert. Schwerbewaffnete Polizisten überprüfen jeden Führerschein, inspizieren jeden Kofferraum, lassen Personalien feststellen und richten ihre großkalibrigen Waffen auf die Räder des zu durchsuchenden Fahrzeugs. Es sieht aus wie im Krieg. Gruber lenkt den Streifenwagen an den Kontrollposten vorbei und bleibt in Zams vor einem Gasthaus stehen. Eine dürre Gestalt wankt aus der *Sportalm*. Die Alkoholfahne ist schon von Weitem zu riechen.

Gruber, bitte sagen Sie, dass dieser Besoffene nicht unser Mann ist.
 Doch.
 Entschuldige, aber das geht nicht. Der Typ kann sich kaum mehr an einer Laterne festhalten.
 Hast du vielleicht einen anderen Piloten bei der Hand?

Ich seufze und zucke mit den Achseln.
 Gruber klopft mir beruhigend auf die Schultern.

Felix war dreifacher Europameister im Kunstflug. Einer bös ausgegangenen Scheidung ist der berufliche Absturz gefolgt. Für 500 ohne Rechnung fliegt er uns bei jedem Wetter zum Piz Buin. Und die Lizenz kann ihm auch nicht mehr entzogen werden. Weil er keine mehr hat.

Ich seufze.

Und wo ist der Hubschrauber?
 Bei der *Medalp* drüben. Doktor Schenk hat nichts

dagegen, er lässt Felix immer noch fliegen. Weißt du, am Land kann man die Leute nicht vor die Hunde gehen lassen. Da halten wir alle zusammen, auch wenn es manchmal ein bisschen an den Vorschriften vorbeischrammt.

Felix steigt hinten in den Wagen ein: Mitte 40 vielleicht, ein spindeldürrer Kerl, früher sicher Leistungssportler, aber der Zirbenschnaps hat seine Wangen hohl, die Haare schütter und die Hände zittrig gemacht. Ich werfe ein paar sorgenvolle Blicke auf die Rückbank. Das alkoholkranke Wrack wird unser Pilot durch den Föhnsturm sein. Wir haben keine andere Wahl. Sellner wird mit seinem Skidoo längst von Galtür aufgebrochen sein, Richtung Silvrettasattel, der Schweizer Grenze entgegen.

Wir steigen in einen filigran wirkenden Helikopter mit rot-blauer Lackierung. Ich sitze vorne neben Felix, Gruber hat auf der schmalen Rückbank Platz genommen. Die Rotorblätter beginnen, sich in Bewegung zu setzen, ein ohrenbetäubender Lärm setzt ein, der Helikopter der *Medalp* vibriert, dann hebt das Ding mit einem Ruck ab und schnellt hinauf in die Nacht.

Wie lange brauchen wir bis Galtür?

Felix zuckt mit den mageren Schultern.

Zehn Minuten oder so.

Obwohl der Pilot nach einer ganzen Abfindungsbrennerei riecht, scheint er den Helikopter im Griff zu haben. Ab und zu nuckelt er an einem Flachmann, damit das Zittern der rechten Hand am Steuerknüppel aufhört. Ganz sauber kommt mir die Aktion nicht vor, aber wir brechen auch nicht zu einem Kaffeekränzchen auf.

Ihr jagt also diesen Serienkiller, echt cool.

Felix hebt den Daumen der linken Hand in die Höhe, und der Helikopter wird von der nächsten Föhnbö erfasst.

- Heute ist es richtig zünftig hier oben, grinst Felix und versucht, die leichte Maschine in der Balance zu halten, unter uns ist Höferau, dort hinten kannst du Ischgl sehen, und ganz im Hintergrund vor dem endlosen Weiß der Silvrettagruppe erkennst du bereits die Lichter von Galtür.

Ich blicke aus dem Fenster. Der Föhnsturm rüttelt am Hubschrauber wie ein Erfrierender, der in die rettende Schutzhütte eindringen will. Nur mit Mühe gelingt es Felix, die Maschine in der Luft zu halten.

Wo soll es wirklich hingehen, will unser Promillepilot wissen.

Flieg nach Galtür hinüber und gehe kurz vor der Sesselbahn am Ortsende runter, vielleicht erkennen wir dort etwas im Schnee.

Cool, aber viel tiefer als 150 Meter über Grund werde ich nicht fliegen können.

Ich nicke mit dem Kopf und starre aus dem Fenster. Der Föhnsturm hat eine gewaltige Wolkenmauer über dem Piz Buin aufgebaut, aber hier im Paznauntal ist der Himmel noch einigermaßen klar, die Sicht ist gut, wenn auch manchmal von den zahlreichen Schneefontänen über den Bergkämmen getrübt.

Wenn ich mit dem Skidoo in die Schweiz will, würde ich mich mehr nach links halten, weist Gruber den Piloten über den Bordfunk an.

Okay, mehr links, wiederholt Felix und steuert den Helikopter auf ein paar dunkle Stellen zwischen einer riesigen weißen Schneewand zu.

Siehst du etwas, frage ich Gruber, nein, da ist nichts, verdammt, wo kann der Kerl sein?

Einen Augenblick, ruft Felix, dort drüben, da sehe ich was, dort drüben bewegt sich ein dunkler Punkt auf dem Schneefeld, nicht weit von der mächtigen Felswand entfernt.

Ich drücke mein Gesicht gegen die Plexiglasscheibe des vibrierenden Hubschraubers. Mein Blick gleitet über Schneeflächen, Gesteinsformationen, Felswände hinweg, über eine leblose Winterlandschaft, bedroht vom einsetzenden Föhnsturm, der an den Schneewechten auf den Bergkämmen rüttelt, es könnten Lawinen abgehen, die Warnstufe wurde von drei auf vier und vor Kurzem sogar auf fünf erhöht, absolute Lawinengefahr.

Da, dort unten, halb rechts von uns, etwa 2 Uhr!

Felix visiert einen dunklen Punkt auf einem Schneefeld an, einen Punkt, der sich kaum von den dunklen Gesteinsbrocken in der Nähe unterscheidet, einen Punkt, der sich ganz langsam vorwärts bewegt, einen steilen Eishang hinauf, einen Punkt, der größer wird und sich in eine hellere untere Fläche, den Skidoo, und einen dunklen, massigen Körper zu teilen beginnt.

Sellner, rufe ich aus, er ist dort unten!

Was machen wir jetzt, fragt Felix und lässt den Helikopter etwas absacken, landen kann ich hier nicht, nicht bei diesen Verhältnissen, nicht jetzt in der Finsternis, in diesem Föhnstöhn, in diesem verdammten Gelände.

Dann über dem Skidoo kreisen, wenn's geht, flüstere ich ins Mikrofon vor dem Kinn, er soll uns bemerken dort unten, soll sehen, dass wir ihn im Visier haben, dass …

Er bleibt stehen, unterbricht mich Gruber über den Bordfunk, ich glaube, er ist in einer Schneewechte stecken geblieben.

Felix dreht eine Runde über dem Skidoo, geht noch einige Meter tiefer. Der Wind peitscht um den Helikopter, und Sellner sieht zu uns hoch, droht mit der Faust, scheint irgendetwas in seinem Lodenmantel zu suchen.

Er hat eine Waffe, schreit Gruber ins Mikrofon, er hat eine Pistole aus dem Mantel geholt. Achtung, Leute, er schießt!
 Auf Distanz gehen, zische ich ins Bordmikro, als eine Kugel in die Plexiglasscheibe einschlägt und den Helikopter kurz aus dem Gleichgewicht bringt.
 Hey, grinst Felix und korrigiert die bedrohliche Schieflage, das ist ja wie im Kino hier.

Er fliegt eine enge Rechtskurve und steuert den Helikopter direkt auf den hängen gebliebenen Skidoo zu.

Oh nein, stöhnt Gruber ins Bordmikro.
 Oh doch, antwortet Felix und wirft mir einen neugierigen Seitenblick zu, willst du nicht auch einmal dein Jagdglück versuchen?
 Was meinst du damit?
 Du bist doch bewaffnet, oder?
 Na und?

Wir machen das jetzt so. Ich geh noch etwas näher ran. Und dann probierst du aus, ob dein verdammtes Schießtraining wirklich für etwas gut war.

Sellners nächste Kugel schlägt irgendwo in den Hubschrauber ein.

Der da unten war mein Vorgänger bei der Wiener Mordkommission.
Aber er ist ein Killer, antworten Felix und Gruber wie zwei Solostimmen in einem Chor der Verdammten.

Ich hole die Glock aus dem Halfter, öffne das Seitenfenster und ziele mit der Dienstwaffe auf den schwarzen Schatten neben dem Skidoo. Der Helikopter wackelt im Sturm, gerät in extreme Schieflage, Felix korrigiert nochmals, sieht mich von der Seite her an und scheint bereits an meinen Schießfähigkeiten zu zweifeln. Ich kneife die Augen zusammen und ziele auf den schwarzen Schatten, der offenkundig an einer Pistole hantiert. Ich versuche, ganz ruhig zu bleiben, aber in meinem Kopf schwirren die verstörenden Bilder der letzten Tage herum. *Der abgetrennte Arm eines zehnjährigen Jungen. Die Leichenteile auf einem Schneefeld bei Mathons. Die angepriesenen Mördershots in den Après-Ski-Lokalen von Ischgl. Die Geldgier, die überall in diesem Vollgas-Resort mit beiden Händen zu greifen ist.*

Ich beiße die Zähne zusammen, ich muss es tun – und zwar jetzt: ein Schuss, ein zweiter, ein dritter, und dann fällt der Typ im Schnee endlich um.

Getroffen, jubelt Gruber.

Sauber, nickt Felix und zieht den Hubschrauber höher.

Die Wolkenwände über der Silvretta werden dunkler und drohender, der Sturm nimmt an Stärke zu, und Gruber zeigt auf die Wechte hoch über dem Schneefeld, auf dem Sellner neben dem gelb-schwarzen Skidoo liegt, regungslos, blutend, vielleicht auch schon tot.

Verdammt, das gewaltige Schneebrett kann jeden Moment abgehen.

Grubers Stimme überschlägt sich. Wir fliegen wenige Meter über den kantigen Grat hinweg, die vibrierenden Rotorblätter scheinen fast den überhängenden Schnee zu berühren, Felix reißt den Helikopter hoch, dreht eine Steilkurve, und das riesige Schneebrett löst sich vom Grat und braust in die Tiefe, wir sehen gerade noch eine mächtige Lawine aus Nassschnee und Geröll über die beiden dunklen Punkte dort unten hinweg fegen.

Ein paar Sekunden sagt niemand von uns ein Wort. Nur die Rotorblätter vibrieren. Die abgegangene Lawine tief unter uns bedeckt das Schneefeld mit Tausenden

Schneeklumpen, Gesteinsbrocken und mitgerissenen Latschen.

Markieren wir die Stelle und fliegen wir zurück nach Zams, schlage ich vor.

Ich verstaue die Glock im Halfter und schließe die Augen. Zum ersten Mal habe ich einen Kerl getötet, einen Serienkiller, der früher sogar eine Art Vorbild war, ein gefeierter Profiler, Verhaltenspsychologe und Buchautor. Der an das Schlechte im Menschen glaubte. Weil er zuletzt selber eine Bestie war. Die Bestie Mensch.

Wie auch immer.

Diese Geschichte hier ist zu Ende, und die Leiche des Killers meterhoch unter den Schneemassen begraben. Vielleicht wird man Sellner im nächsten Frühjahr irgendwo dort unten finden, vielleicht wird seine Leiche auch erst in 5000 Jahren geborgen. Ich versuche, ein Motiv, einen Grund oder irgendetwas zu konstruieren, das diese Taten mit einem Anschein von Vernunft versehen könnte, aber vielleicht gibt es auch keine Erklärung dafür – so, wie es aussieht, wird alles in Kürze in Dateien und Ordnern abgelegt sein – und dieser Fall für immer geschlossen werden.

Nachdem wir das Lawinenfeld mehrmals überflogen haben, zieht Felix den Helikopter endgültig hoch und steuert die Maschine nach Osten zurück. Während wir Ischgl überfliegen, werfe ich einen letzten Blick zurück auf die schweigenden Berge, auf die Skipisten hoch über dem Skiort, wo rauschende Partys gefeiert werden und alles glamourös und unwiderstehlich scheint.

Ich lehne meinen Kopf gegen die Plexiglasscheibe der Hubschrauberkanzel und schließe für einige Sekunden die Augen. Plötzlich fällt mir eine längst vergessene Liedzeile ein. Vielleicht sind es auch nur Wörter aus einem Gedicht. Das ich mit 14 kurz nach dem Tod meiner Mutter geschrieben habe. Und dessen letzte Zeile so gelautet haben könnte: »*Dein Gesicht: wie Schnee so dunkel, wie die Nacht so hell.*«

# EPILOG

Es ist eine Insel, ungefähr elf Kilometer westlich von Bolus Head, dem äußersten Ende von Kerry, entfernt. Sie ragt 218 Meter hoch aus dem Meer und besteht nur aus einem riesigen Felsen. Hoch oben thront ein Kloster, das zwischen dem siebenten und elften Jahrhundert von zwölf Mönchen und einem Abt bewohnt wurde. Völlig abgeschieden vom übrigen Leben, mitten im mächtigen Nordatlantik, kurz bevor die Erdscheibe in das Weltall zu brechen drohte. So wenigstens mussten sich diese ersten und letzten Christen ihr Dasein in der felsigen Einsamkeit vorgestellt haben.

Es ist ein schöner Tag Ende Mai, wenig Wind, ruhige See. Die winzigen Ausflugsboote werden ohne Probleme auf Skellig Michael anlegen können. Ich stehe am Kai und blinzle in die Morgensonne, genieße die tiefen Farben einer vom Regen der letzten Tage ausgewaschenen Landschaft. Das Blau ist viel tiefer als blau, das Grün viel lebendiger als einfach nur grün. Ich trage bequeme Kleidung, habe eine Schirmkappe auf, ich schminke mich nicht mehr. Meine Haare sind schütter geworden, ich habe sie abgeschnitten, all die schönen, langen blonden Haare. Manchmal werde ich für einen Mann gehalten: Fabienne de Bruyere, das blonde, immer lächelnde Mädchen im College – nunmehr zu einer hageren Gestalt mutiert, fast geschlechtslos, mit fahlen Gesichtszügen und tiefen Falten. Ich stehe am Kai, rauche eine Zigarette und spüre, wie mir die Zeit davonläuft.

Mein Mann hat sich vor ein paar Wochen in der Karibik umgebracht. In Marigot, auf der Hafentoilette. Er hat sich mit einem Segeltau erhängt, einem Seil so ähnlich, wie es hier die Ausflugsschiffe zum Anlegen benützen. Ich starre darauf und stelle mir Patrick vor, wie er sich – am Ende seiner Odyssee angelangt – den Strick um den Hals gelegt hat und von einer dreckigen Kloschlüssel auf Saint Martin ins Nichts gesprungen ist, in das endlose Schwarz hinein, ins Nirwana.

Ich denke an all die Jahre zurück, an unsere Familie, die sich praktisch aufgelöst hat. Mein älterer Sohn hat seinen jüngeren Bruder in einer psychiatrischen Klinik erschossen, er wird zehn Jahre ausfassen und als verkommener Kerl aus dem Gefängnis zurückkehren, er hat sich weggedreht, als ich ihn in der Untersuchungshaft besuchen wollte, um nach einem Motiv für diese sinnlose Tat zu fragen, aber er wollte nicht reden, hat diese eine endlose Stunde lang auf den Boden gestarrt, auf einem Schemel kauernd, in einem hellen Saal ohne Einrichtung, an Händen und Füßen gefesselt.

Ein Albtraum für jede Mutter. Patrick ist doch mein Sohn. 17 erst. Viel zu jung fürs Gefängnis. Ich möchte nicht wissen, was die anderen Insassen mit ihm alles anstellen werden. Ich habe ihm lange Briefe geschrieben und Geld geschickt, als ob ich noch einmal alles rückgängig machen wollte, aber es war vorbei, dieses Leben, vorbei für ihn und vorbei für mich. Ich erinnere mich, ihm im Winter auf der Pont Neuf begegnet zu sein, nachts, Anfang Februar, mitten im Nebel. Paris kann sehr kalt sein im Winter.

Mein älterer Sohn stand einfach da, zitterte am ganzen Leib und wollte zurück und konnte es nicht mehr. Ich weiß, dass er mit Drogen gedealt hat und nicht der netteste Junge auf der Welt war. Er hatte ein paar Monate zuvor das Gymnasium geschmissen und sich in einer gefährlichen Welt zu bewegen begonnen, die nur an der Oberfläche schön und vielversprechend aussah. Einer Oberfläche aus jungen, schönen Körpern in pulsierenden Klubs, in mondänen Restaurants, in der einen oder anderen schicken Cocktailbar. Dort, wo der Müßiggang zu Hause ist, wie mein Vater sagen würde, ein Industrieller aus der Provence, was hätte er sich geschämt, wenn er noch leben würde und sich das Untergehen dieser Familie mitansehen müsste.

Ich drücke die Zigarette aus und steige in das Touristenboot, das mich mit 15 weiteren Ausflüglern zu Skellig Michael bringen wird. Die meisten sind ältere Ehepaare, die seit Jahrzehnten aneinander festhalten. Die so aussehen, als würden sie einander immer noch lieben. Es ist schön, diese Paare aus den Augenwinkeln heraus zu betrachten. Es gibt sie doch noch, die Liebe, und das füreinander da sein. Das behutsame Streicheln einer alt gewordenen Hand.

Im Boot sitze ich neben einem älteren Herrn, der Professor für Kunstgeschichte ist. Ein Gentleman, ein Sir mit Manieren. Ich glaube, ein Holländer, nach dem Akzent in seinem Französisch zu schließen. Einer, der sein ganzes Leben über Büchern zugebracht hat, ein so abgeschiedenes, anderes Leben. Seine Frau ist letztes Jahr gestorben, bei einem Verkehrsunfall. Der Lenker war betrunken gewesen. Und noch dazu der Sohn eines Freundes der Familie. Curt hat mir gestern Abend an der Hotelbar davon erzählt. Seine Stimme hat ein wenig gezittert dabei.

Irgendwann ist ihm das Weinglas aus der Hand gefallen und am Boden zerschellt. Ich hatte ein bisschen Mitleid mit ihm. Und spürte seine Trauer, während ein Kellner die Glasreste wegkehrte. Und das nächste Glas Wein kam. Ich hätte nicht so viel trinken sollen. Nicht auch noch das dritte Glas Sauvignon Blanc, aber es ging mir gut, gestern Abend. Die Nacht war fast schmerzfrei. Die Tabletten von Doktor DeVille wirken ausgezeichnet. Trotzdem schreitet die Krankheit in meinem Körper fort. Die Blutwerte sind miserabel. Nach diesem Irlandurlaub werde ich wieder ins Krankenhaus gehen müssen. Aber ich will nicht. Ich wehre mich gegen die Aussicht, in einem weißen Bett zu verrecken. Allein gelassen. Übrig geblieben. Wie ein Müllsack voller Unrat, der morgens um 5 Uhr abgeholt werden wird.

Das Ausflugsboot legt in einer felsigen Bucht an, wir steigen unbeholfen aus dem schaukelnden Boot und blicken die 700 Stufen zum verlassenen Kloster hinauf. Ich weiß nicht, ob ich genug Kraft haben werde, diesen Weg hinauf zu schaffen. Ich werde Pausen einlegen, in die strahlende Morgensonne schauen, ich werde an meine ausgelöschte Familie denken und an die Mönche, die hier vor 1000 Jahren gelebt haben, in ihr tiefgründiges Schweigen, in ihren Glauben, in ihre mittelalterlichen Ängste gebettet. Die Angst vor dem nächsten Winter. Den Herbststürmen. Diesem unglaublichen Tosen dort unten. Das endlos scheinende Wasser. Seine Mächtigkeit. Und das beinahe lachhafte menschliche Wehren dagegen. Einen Kräutergarten anlegen. Eine Kapelle bauen. In einem Folianten blättern, die alten Geschichten studieren. Davon erzählen. Und sie weitergeben, an einen nächsten staunenden Menschen. Sich wundern, warum die Gegenstände zu Boden fallen. Angezogen von einer unerklärlichen Kraft. Und die Krankheiten spüren. Die nächste Entzündung. Die schlecht verheilenden Wunden. Die wenigen Heilmittel und Tinkturen. Das karge Essen. Sonntags hat es vielleicht Möweneier gegeben.

Ich höre den Worten der Fremdenführerin zu, aber ich kann ihren harten irischen Akzent kaum verstehen. Eine verhärmte Frau Ende 50. Die Kinder längst aus dem Haus. Der Mann hat sich wohl im örtlichen Pub versoffen.

Immerhin habe ich es wirklich geschafft. Ich stehe ganz oben. Im Klostergarten. 218 Meter hoch über dem Atlantik. In einem unwirklich grellen Sonnenlicht, von einer milden Brise umweht, tief unter uns tost der gewaltige Atlantik. Diese Unendlichkeit. Dieses Eins-Werden mit der horizontlosen Weite. Der holländische Kunstgeschichteprofessor bietet mir Kekse an. Und einen Schluck Whiskey aus seinem Flachmann. Seine Augen sind wach, seine Hände zittern, er freut sich, dass er es mit seinen 75 Jahren auch bis auf den höchsten Punkt von Skellig Michael geschafft hat.

Was für ein Tag, sagt er leise in seinem holländisch angehauchten Französisch, was für ein schöner Tag.

Ich nicke und schaue hinaus auf die endlose See. Ein Fischerboot blubbert langsam an unserer Felseninsel vorüber. Am Himmel sind die Kondensstreifen vorüberziehender Flugzeuge zu sehen. Die Welt ist geschäftig da draußen, aber sie wird immer weniger meine Welt. Sie scheint sich aus mir herauszuwinden, aus meiner schlaffen Umarmung. Aus dem krank gewordenen Körper. Aus meinen Ängsten, aus meiner gelassen gewordenen Erwartung. Ein Jahr noch, neun Monate vielleicht. So lange, wie eine Schwangerschaft dauert.

Ich starre in eine der dunklen Klosterzellen hinein, die Mönche müssen dem Tod viel näher als dem Leben gewesen sein, umhüllt von der ständigen Gefährdung durch das extreme Wetter. Der vielen Fingerzeige Gottes. Sie haben vor 1000 Jahren hinaus auf den Atlantik geschaut, ohne eine Erklärung für die vielen rätselhaften Phänomene zu haben. Oder nein, sie haben eine Erklärung gehabt, eine einzige, allerletzte Erklärung. Eine Erklärung aus vier Buchstaben.

*Gib mir ein G. Gib mir ein O. Gib mir zwei T.*

Antoine, als er fünf war. Ich lächle und spüre einen tiefen Schmerz in meiner Brust. Wende mich von dem Kloster ab und stolpere wie ein verirrter Engel die 700 Stufen nach unten.

Das Ausflugsboot wartet auf uns. Wir steigen wieder ein und verlassen die Insel. Den Blick auf das Wasser gerichtet. Auf die vielen Basstölpel und Pufftaucher. Auf ihr Kreischen im Aufwind. Gestern sind da draußen Wale gewesen, sagt der Bootsführer und deutet mit dem Kinn auf die gigantische Wasserfläche hinaus.

Ich nehme meine Sonnenbrille herunter und betrachte den Ozean, in der Hoffnung, zwischen den Wellen eine

Wasserfontäne zu sehen, diesen einen Wal, der vorüberzieht, dieses Zeichen von Anwesenheit zwischen den endlosen Wellen: eine letzte Andeutung von ...
... Leben.

ENDE

## DANK

Für Peter Pfeiffer

\*

Der Autor bedankt sich herzlich:

Bei Peter Hanak, Andrea Nagele und Christof Habres – den ersten drei Lesern

Beim Gmeiner-Verlag, ganz besonders bei Frau Claudia Senghaas und

Bei allen Gastronomen in Ischgl

Relax. If you can.

*Weitere Titel finden Sie auf den
folgenden Seiten und im Internet:*

**WWW.GMEINER-VERLAG.DE**

Ansgar Thiel
**Network**
Thriller
505 Seiten
13,5 x 21 cm,
Premium-Klappenbroschur
ISBN 978-3-8392-0065-0
**€ 16,00 [D] / € 16,50 [A]**

Berlin 2046: Die Innenstadt ist eine glitzernde Metropole, separiert von Außenbezirken, in denen die »aus-dem-Netz-Gefallenen« ihr erbärmliches Dasein fristen. Diejenigen, die früher zur Mittelschicht gehörten, sind aufgrund fehlender Jobs zum größten Teil erwerbslos. Um soziale Unruhen zu verhindern, werden sie zur »Virtual Work« verpflichtet. Als der visionäre Erfinder des »Virtual-Work-Gesetzes« brutal ermordet wird, übernehmen Mitglieder einer Spezialeinheit die Ermittlungen. Auf dem Weg zur Lösung des Falls durchstreifen sie das dystopische Berlin. Eine gefährliche Jagd beginnt ...

**GMEINER SPANNUNG**

**WWW.GMEINER-VERLAG.DE**
*Wir machen's spannend*

Anne Nordby
**Eis. Kalt. Tot.**
Thriller
505 Seiten
13,5 x 21 cm,
Premium-Klappenbroschur
ISBN 978-3-8392-0024-7
**€ 16,00 [D] / € 16,50 [A]**

Wenn sich die beschaulichen Gassen von Kopenhagen in einen Ort des Grauens verwandeln und du nicht weißt, ob du das nächste Opfer bist …

Ein bizarrer Fall für die Super-Recognizerin Marit Rauch Iversen und ihre Kollegen von der Mordkommission.

Zwischen Abscheu und Faszination – Anne Nørdby besitzt das einzigartige Talent, das Unaussprechliche in Worte zu fassen. Verbunden mit einer gehörigen Portion Adrenalin.

**GMEINER SPANNUNG**

**WWW.GMEINER-VERLAG.DE**
*Wir machen's spannend*

# DIE NEUEN Lieblingsplätze

ISBN 978-3-8392-2730-5
AUGSBURG UND BAYERISCH-SCHWABEN

ISBN 978-3-8392-2929-3
mit Hund BAYERISCHER WALD

ISBN 978-3-8392-2614-8
CHIEMGAU

ISBN 978-3-8392-2930-9
ENTLANG DER SIEG

ISBN 978-3-8392-2927-9
ERZGEBIRGE

ISBN 978-3-8392-0043-8
FEHMARN

ISBN 978-3-8392-2926-2
GARMISCH-PARTENKIRCHEN

ISBN 978-3-8392-2925-5
MAINFRANKEN

ISBN 978-3-8392-0044-5
MARKGRÄFLERLAND

ISBN 978-3-8392-2932-3
NORD-SCHWARZWALD

ISBN 978-3-8392-2924-8
RHÖN

ISBN 978-3-8392-2624-7
RUND UM DRESDEN

ISBN 978-3-8392-2628-5
SCHWARZWALD

ISBN 978-3-8392-2931-6
WALLIS

ISBN 978-3-8392-2634-6
WILSTERMARSCH UND WILD

ISBN 978-3-8392-2928-6
WIEN NACHHALTIG

**WWW.GMEINER-VERLAG**
*Mensch, Kultur, Reg*